Atze Schröder ist einer der bekanntesten und beliebtesten deutschen Comedians. Er wurde 1965 im Essener Stadtteil Kray geboren und wuchs in einem Frauenhaushalt auf, was ihn zeitlebens prägte. Seinen Lebensunterhalt bestritt er zunächst mit Schlagzeugspielen in wechselnden Bands, bis er seine Liebe zum gesprochenen Wort entdeckte. Sein Durchbruch gelang ihm mit der beliebten Comedy-Serie «Alles Atze». Mit seinen Soloprogrammen festigte er seinen Ruf als einer der besten Live-Comedians Deutschlands. Fünfmal hat er bisher den Deutschen Comedypreis gewonnen. «Und dann kam Ute» ist sein erster Roman.

Atze Schröder
und Till Hoheneder

Und dann kam Ute

Roman

Rowohlt
Taschenbuch
Verlag

Veröffentlicht im Rowohlt Taschenbuch Verlag,
Reinbek bei Hamburg, März 2015

Umschlaggestaltung any.way, Barbara Hanke/Cordula Schmidt,
nach einem Entwurf der Hafen Werbeagentur, Hamburg
Fotografie: Stephan Pick; Titelillustration: Silke Werzinger
Satz Dolly PostScript (InDesign) bei
Pinkuin Satz und Datentechnik, Berlin
Druck und Bindung CPI books GmbH, Leck, Germany
ISBN 978 3 499 22867 4

BEDIENUNGSANLEITUNG

Dieses Buch ist ein satirischer Episodenroman, der von Gefühlen, Liebe, Sex, Räuberpistolen und Freundschaft handelt. Vieles ist frei erfunden, manches nicht. Auch die Namen, Schauplätze und Erlebnisse wurden willkürlich gewählt. Allerdings haben alle Geschichten einen wahren Kern.

Euer Atze

Vorspiel

Sie keuchte vor Verlangen und flüsterte mit erotischem französischem Akzent: «Nimm die Finger da weg ... isch zähle bis 1000. Ahhh!»

Zwei Liebestrunkene erstürmten den Kilimandscharo der göttlichen Lust, und zwar ohne Sauerstoffflasche. Als sich meine Lippen auf den Weg über die sanft geschwungenen Pfirsichbrüste Richtung Venushügel-Nordwand machten, verirrten sich ihre schlanken Fingerkuppen ins Fundament meines Basislagers. Sie eskalierte im finalen Taumel der Begierde und stammelte zusammenhanglos: «Fiskalpakt, Schöfferhofer, Doppelvergaser, Mammutbaum, mon Dieu, mon Dieu, au secours, mon Dieu, encore, encore, mon Dieu.»

Wahnsinn. Es war, als ob eine verborgene Tür aufginge und wir in gleißendes Licht getaucht würden. Und wirklich: Die Tür ging auf, das Licht ging an, und wir beide schauten in das fassungslose Gesicht meiner Nachbarin Ute, auf deren Wohnungseinweihungsparty wir uns diesen stillen Ort der Besinnung gesucht hatten. Entsetzt und sogar etwas feindselig starrte Ute uns an: «Was gibt das denn hier?»

«Ach Ute, wie gut, dass du kommst! Gerade noch rechtzeitig! Hier hätte ja Gott weiß was passieren können!»

«Sag mal, tickst du noch ganz richtig? Hier im Kinderzimmer mit meiner Freundin rumzufummeln?»

«Na, meinst du etwa, mir hätte das Spaß gemacht? Gut, dass ich einen kühlen Kopf bewahrt habe. Das hätte auch ganz leicht aus dem Ruder laufen können! Jetzt aber alle raus hier. Etwas mehr Rücksicht täte uns allen ganz gut. Komm, Ute, auf den Schreck trinken wir erst mal einen!»

Irgendwie kam an diesem Abend nicht mehr so richtig Stimmung auf, aber wenigstens hatte die Titanic den Eisberg verfehlt. Ute ist nun mal ein ganz anderer Mensch als ich. Das hatte ich gleich bei ihrem Einzug in unser Haus festgestellt …

1.

Kurt-Schumacher-Straße 10

Ich wohne schon seit zehn Jahren in einem Mietshaus in der Kurt-Schumacher-Str. 10. Dieses Prachtdomizil stammt aus der Gründerzeit und hat vier verschwenderisch großzügig geschnittene Wohnungen, absurd hohe Decken, handgestanztes Eichenstabparkett und knarzende Ochsenbluttreppen in einem größenwahnsinnigen Treppenhaus. Es soll den legendären Fürst Pückler so beeindruckt haben, dass er nach dem ersten Besuch hier seine berühmte Eisbombe nur noch in der Remise im Hinterhof zu sich nehmen wollte. Stehend.

Ja, dieses Haus atmet Geschichte. Angeblich baute der alte Stahlbaron Krupp das Haus für seine heimliche Geliebte Elvira von Stetten. Diese wiederum starb später skandalumwittert und vereinsamt auf der Blumeninsel Mainau im schönen Bodensee an ihrer bedauerlicherweise zu spät diagnostizierten Pflanzenallergie. Ihr Nachlass, zu dem auch unsere Villa gehörte, floss in den nicht nur bei Hobbyköchen sehr beliebten Lacroix-Fonds. Dessen Hauptanteilseigner ließen das Haus dann vor zwanzig Jahren in vier Wohnungen aufteilen.

Der alte Krupp hatte also neben seinem berühmten Husten auch ein offenes Portemonnaie für seine jeweiligen

Geliebten. Ich bin der Letzte, der ihm dafür Vorwürfe macht, denn ohne sein außereheliches Rappelfieber mit anschließender Betongoldspende könnte ich ja nicht in meiner Wohnung residieren.

Mein direkter Nachbar hier im ersten Stock ist Gerhard Storkenbeck. Gerd ist 55 Jahre alt, arbeitet bei der Versorgungsanstalt der Deutschen Bundespost und ist die wahrscheinlich faulste Sau des Planeten. Seit dreißig Jahren geht er in seiner Dienststelle keiner erkennbaren Tätigkeit nach – außer Verdauen. Damit hat er die höchste Form des menschlichen Daseins erreicht: die Unkündbarkeit bei vollem Lohnausgleich. Einmal im Jahr fährt Gerd nach Gomera und kauft sich neue Batik-Klamotten, um seinem Ruf als Stilikone gerecht zu werden. Daher kennen ihn alle nur unter dem Namen «Gomera-Gerd».

Mit sozialen Kontakten hat er es nicht so, er spricht lieber mit seinen Pflanzen. Er hegt sie, er pflegt sie – er raucht sie. Und weil er permanent dauerstoned in seinem Hanfdschungel dahindämmert, ist ihm alles, also wirklich alles, komplett scheißegal. Aber wenn es drauf ankommt, dann ist er ein guter Kumpel und immer hilfsbereit. Gerd bereichert jedes Gespräch mit einem müden Kopfnicken und einem vernuschelten «Heftig, Alter!».

Unter Gerd wohnen Hajo und Kati Deutschmann, beide Anfang dreißig oder vielleicht Mitte vierzig, das ist schwer zu schätzen, mit Flöcki. Flöcki ist ein mieser Jack-Russell-Terrier und hauptberuflich Hooligan. Macht alles kaputt, beißt alles, was sich bewegt, und pinkelt überallhin. Auf den ersten Blick ein Hund, für Hajo und Kati ein Kind im Fellanzug, für mich einfach nur ein Riesenarschloch. Das

Ehepaar Deutschmann lässt sich nur ungern hinter die Fassade gucken, aber daran haben die Leute in unserem Haus sowieso kein Interesse. Hajo ist allerdings der Gastgeber unserer legendären Männerrunde.

Diese Runde trifft sich traditionell auf seiner Terrasse, und zwar sooft es geht. Ich würde sagen, dass Männerrundengastgeber Hajos wahre Kernkompetenz ist. Kati ist ein heißer Feger, aber komplett psycho und unberechenbar. Deswegen lasse ich auch schön die Finger von ihr. Über Hajo und Kati lässt sich sonst nicht viel Gutes sagen, außer dass sie bei der Volksbank arbeiten und sich auch so benehmen.

In der Wohnung unter mir wohnte bis vor einem halben Jahr Essens Friseurlegende Helga Wachowiak, von allen ehrfürchtig nur «die Rundbürste» genannt. Keiner konnte «syltblond» gefärbte Strähnchen so akkurat über die Rundbürste ziehen wie Helga. Sie hatte als junger Feger mal eine heiße Affäre mit meinem Vater, bevor dieser meine Mutter heiratete. Vielleicht mag sie mich deshalb so gerne.

In ihrem vor einundvierzig Jahren eröffneten Salon «Vier Haareszeiten» gab sich die Essener Schickeria die Klinke in die Hand. Helgas Ruhm basierte im Wesentlichen auf einem Prominentenbesuch, und das kam so: Im schicksalhaften Spätherbst 1976 fand gegen den Riesenprotest des Bischofs von Essen die Premiere des Boulevardstücks «Die schwarzen Zofen des Rasputin» statt. Bei der restlichen Bevölkerung des Ruhrgebiets erfreute sich das Skandalstück großer Beliebtheit und war über Wochen komplett ausverkauft. Kein Wunder: Auf der Bühne stand alles, was damals Rang und Namen hatte.

Elisabeth Volkmann und Brigitte Mira mussten als

schwarze Nymphomaninnen dem halbnackten, völlig enthemmten und durchgeknallten Rasputin, gespielt von Herbert Fux, zu Willen sein. In letzter Sekunde war es dem Intendanten gelungen, Dunja Rajter als wunderschöne, strahlend blonde Zarentochter Anastasia zu verpflichten. Ein Husarenstreich, ein Sensationscoup!

Dunja Rajter war damals aus den Winnetou-Filmen und durch ihre Ehe mit dem legendären Bandleader Les Humphries bekannt. Sie hatte Hits wie «Joschi war ein Zigeuner» und «Chiribi, chiriba, chiribu» gesungen. Mit einem Wort: Frau Rajter war heißer als Lady Gaga, Rihanna und Andrea Berg zusammen.

Das gesamte Ruhrgebiet stand kopf, die Presse überschlug sich vor Begeisterung. Die Sache hatte nur einen Haken: Frau Rajters prachtvolle Löwenmähne war so schwarz wie des Bischofs klerikale Seele. In einer Nacht-und-Nebel-Aktion musste die rassige Schönheit von kroatischem Schwarz auf Petersburger Zarenblond umlackiert werden. Kein Fall für einen Feld-, Wald- und Wiesenfriseur. Man entschied, dass Helga das haarige Problem lösen sollte. Und noch bis zum Verkauf ihres allseits beliebten Salons vor fünf Jahren hing darin an prominenter Stelle ein Foto der etwas irritiert dreinblickenden Dunja Rajter, hinter ihr die strahlende Helga Wachowiak. Darunter prangte der selbstentworfene Werbespruch «Ein Traum wird Haar».

Mit 65 brach Helga alle Trockenhauben hinter sich ab, verkaufte den Salon und erfüllte sich ihren Lebenstraum: Sie zog nach Gran Canaria in die Sonne. Als ich sie und ihren verbeulten Rimowa-Alukoffer zum Düsseldorfer Flughafen fuhr, schluchzte sie: «Junge, wer kümmert sich jetzt bloß um deine Locken? Versprich mir, mich einmal im Jahr zu besuchen, damit ich weiß, dass ich auch wirklich nichts verpasse!» Ich versprach es ihr hoch und heilig. Dann verabschiedete ich mich hastig, damit sie mich nicht mit ihren Abschiedstränen ansteckte. Mensch, Helga. Tolle Frau, feiner Kerl.

Helgas Wohnung konnte allerdings nicht sofort weitervermietet werden. Zwanzig Jahre hatte sie täglich mehrere Packungen Marlboro Menthol ins Mauerwerk gehaucht. Nach einer gemeinsamen Besichtigung der leeren Wohnung brachte es Gomera-Gerd messerscharf auf den Punkt: «Heftig, Alter!»

Und dann zog Ute ein.

2.

Der Einzug

Es war ein goldener Oktobertag. Die morgendliche Herbstsonne strahlte mild und honigsüß durch die schon prachtvoll verfärbten Blätter der altehrwürdigen Kastanie vor unserem Haus. Der Herbst zeigte sich von seiner allerbesten Seite, ein letztes «Au revoir» des verrückten Sommers 2007. Ich schlenderte vom Kiosk nach Hause, eine große Tüte Brötchen und die neue *Metal Hammer* unterm Arm. Ich freute mich auf ein leckeres Frühstück mit Leberwurst und einer ordentlichen Portion dänischen Gurkensalats. Das alte Kopfsteinpflaster in unserer Straße schimmerte speckig, die Kastanienblätter leuchteten bunt, und ab und zu grüßte ich einen Rentner im Vorgarten.

«Morgen, Atze! Wat macht die Kunst? Alles palante?», rief der alte Kowalski. Ich nickte ihm zu und rief: «Willi, du alter Maulwurf, wat gräbste denn da unter ... doch nicht deine Gerda?» Der Alte lachte und drohte mir spielerisch mit der Faust. Herrlich. Ich atmete tief durch und genoss die frische, klare Morgenluft.

Ich nahm mir vor, ein paar Tage die Beine hochzulegen. Und zwar die von Vanessa, Jackie oder dieser kleinen Wildkatze Mandy, die sich in meiner Garderobe nach dem letzten Open-Air-Auftritt im Hamburger Stadtpark so geschickt beim Öffnen meiner Jeans angestellt hatte. Ich fingerte das Handy aus der Hosentasche und wählte ihre Nummer. Nach langem Klingeln nahm sie endlich ab. Ich legte sofort los: «Hallo, meine kleine Moosrose, du Blüte meiner ...» Weiter kam ich nicht. Eine abgrundtiefe Stimme bellte: «Ich mach dich kalt, du miese Ratte ... Mandy, ist das der Typ?» Geschockt legte ich auf. Mein Gott, immer diese kleinkarierte Eifersucht! Warum schickt denn wohl die Pusteblume so viele Pollenfallschirme in die Natur? Natürlich um möglichst viele Löwenzahnfreundinnen zu beglücken. Na also. Tief betrübt über so viel Unverständnis tippte ich eine SMS an Vanessa. Aber außer «Ich liebe nur dich» fiel mir nichts ein, weil der Lärm in unserer Straße jeden klaren Gedanken verhinderte.

Was war denn da los? Vor unserem Haus stand mitten auf der Straße ein verbeulter Europcar-Sprinter, aus dem unter viel Getöse und Gestöhne Möbel und Umzugskisten gehievt wurden. Fasziniert blieb ich stehen und schaute zu. Das war vielleicht eine schräge Truppe! Vollbärtige Latzhosenträger und kaum besser rasierte Frauen in topmodischen Jutta-Ditfurth-Gedächtnisblusen mühten sich redlich, schwere Massivholzschränke in Helgas Marlborohöhle zu schleppen. Völlig konzeptlos, ohne Sinn und Verstand. Was für ein erbärmliches Spektakel!

Aber auch ein Bild für die Götter, denn der ganze Umzug wirkte wie die misslungene Hausbesetzung durch den Männerstrickclub «Rastafari Freies Wendland». Überall bemühte Sozialpädagogen, die schon mit dem Transport einer Yuccapalme von A nach B völlig überfordert waren. Ein Haufen linkshändiger Bananenbieger, die die Praxis nur aus der Theorie kannten. Für ein bisschen Stimmung in dieser müden Truppe sorgte Flöcki, Hajos und Katis hinterfotziger Terror-Jack-Russell. Kaum hatte die miese Töle einen der möbelschleppenden Basisdemokraten erblickt, stürzte sie sich mit wütendem Gekläffe auf ihr Opfer und verbiss sich in rasender Wut in dessen ausgelatschte Mephisto-Treter.

Zum Glück konnte ich Schlimmeres verhindern, denn als Flöcki mich auf das Haus zukommen sah, verzog er sich mit eingekniffenem Schwanz unter die kleine Vorgartenbank. Ich legte die Brötchentüte auf die Bank, setzte mich und schlug die *Metal Hammer* auf. Ich tat so, als läse ich Marilyn Mansons Schminktipps, und lünkerte dabei über den Heftrand, um mir auch ja kein Detail dieser Komödie entgehen zu lassen.

Eine gute Entscheidung, denn jetzt trat eine resolute, leicht schmerbäuchige Mittdreißigerin auf. Sie war zirka 1,72 Meter groß und hatte lange braun-blonde Haare, die sie zu einem lockeren Pferdeschwanz zusammengebunden hatte. Ihr Gesicht sah eigentlich ganz hübsch aus. Die Nase genau richtig – nicht zu groß, nicht zu spitz, nicht zu klein –, ein schöner Mund mit vollen, geschwungenen Lippen. Ihren Humor jedoch hatte sie offensichtlich in einer der zahlreichen nummerierten und derangierten Umzugskisten gelassen.

Der schnarrende Kasernenhofton und die leicht stalinistische Körpersprache ließen keinen Zweifel daran, wer in diesem Rudel Ökogurken der Chef an der Schüppe war. Als Madame mich eifrig lesend auf meinem Logenplatz erblickte, blaffte sie mich an: «Ist das Ihr Porsche da vorne? Der muss da weg!» Ich ließ die Zeitung sinken und schenkte ihr mein strahlendstes Lächeln. Meine Stimme tönte süß und charmant wie süffiger Portwein: «Auch ich wünsche Ihnen einen wunderschönen guten Morgen, Frau Honecker. Sie haben völlig recht, die Mauer muss weg! Und weil Sie mich so nett bitten, kann ich Ihnen diese Gefälligkeit natürlich nicht verwehren.»

Frau Honeckers Gesichtszüge entspannten sich, und ein Ausdruck von Verlegenheit schlich sich in ihren Blick.

«Oh, Entschuldigung, das war wohl etwas daneben. Das ist mir jetzt aber unangenehm. Ich sollte mich vielleicht erst mal vorstellen: Mein Name ist Ute Peymann. Ich bin die neue Mieterin. Verzeihen Sie bitte, aber ein Umzug in meinem Zustand, mit dem dicken Bauch, geht leider etwas an die Substanz.»

«Schon vergessen, Fräulein Ute! Das Problem kennen wir doch alle. Auch ich hab schon wieder vier Kilo zu viel auf der Hüfte. Schmeckt halt alles so gut. Kleiner Tipp: Einfach mal abends die Tafel Schokolade weglassen und stattdessen 'ne schöne Tüte Chips aufmachen!»

Sie grinste breit und konterte: «Ach, sind Sie auch schwanger?»

Ich blickte ihr direkt in die Augen und dachte krampfhaft über eine originelle Antwort nach. Sie wich meinem Blick nicht aus.

Zum Glück brachen wir dann aber beide in Lachen aus. Ich fuhr den Porsche weg, packte mal eben mit an, und trotz meiner wortgewaltigen Mithilfe war Utes Echtholzgerümpel bald an Ort und Stelle.

Als endlich die letzten Freunde gegangen waren, ließ sich das hochschwangere Muttertier in einen Sessel fallen und japste erschöpft in meine Richtung: «Sag mal, Herr neuer Nachbar, gibt's hier irgendwo 'ne kleine Pizzeria für den großen Hunger?»

«Hömma, Prinzessin Doppelherz, wenn du versprichst, mich ab jetzt nur noch liebevoll Atze zu nennen, mach ich dir 'ne Pfanne von meinen legendären Bratkartoffeln. Handgeklöppelt, buttergebräunt und formvollendet in Landestracht serviert!»

Tatsächlich kam sie nach einer halben Stunde zu mir hoch. Erschöpft saß sie mit einem Malzbier am Küchentisch, sah mir beim Bratkartoffelnschmurgeln zu und fragte mich neugierig über den Rest unserer Hausgemeinschaft aus. Ich erzählte ihr das Notwendigste über ihre neuen Mitbewohner und versuchte meinerseits, ein bisschen mehr über sie zu erfahren.

Ute war Lehrerin und hatte hier in Essen an der Ilja-Rogoff-Waldorfschule einen Job angenommen. Ich hatte bis dato überhaupt nicht gewusst, dass es in Essen überhaupt eine Waldorfschule gibt – geschweige denn, was der Unterschied zu einer normalen Schule ist. Aber das wollte ich mir auf keinen Fall anmerken lassen, schon gar nicht während meiner schwierigen Brataktion.

«Und, was machst du so von Beruf?», fragte sie.

Ich war begeistert. Endlich mal jemand, der offensichtlich den Fernseher nicht benutzte! Mühsam versuchte ich ihr zu erklären, wer ich bin und was ich mache. Sie konnte es kaum glauben. Immer wieder schüttelte sie den Kopf und hakte nach:

«Du trittst im Fernsehen auf? So richtig bei einer Sendung? Oder mehr so in Serien? Entschuldige, aber ich interessiere mich nicht fürs Fernsehen, und mit Comedy hatte ich bis jetzt auch nichts zu tun. Ja, kann sein, dass ich schon mal was von Atze Schröder gehört habe, aber ...»

«Lass gut sein, Ute. Ist doch auch keksegal. Der eine interessiert sich für Autos, der andere für Kunst – und dann gibt es Gott sei Dank auch ein paar Menschen, die sich für meinen Beruf interessieren. Sonst könnte ich dir keine Bratkartoffeln servieren. Es gibt dänischen Gurkensalat dazu. Für mich 'n Pils, und für dich habe ich noch ein Malzbier, wenn du magst. Ich decke mal eben den Tisch, und dann gibt es ordentlich was auf die Gabel!»

Wir schmatzten und futterten, was die Pfanne hergab, und plauderten und lachten launig über Gott und die Welt. Nach zwei Stunden stellten wir beide fest, dass man unterschiedlicher als wir beide gar nicht sein konnte. Zum Nachtisch holte ich noch zwei dicke Magnum Mandel vom Kiosk, und danach hing der abgefütterte Babybunker satt und glücklich in meinem geliebten Fatboy-Deluxe-Sessel. Und als ich noch dachte: «Die krieg ich da nie wieder raus!», sagte Ute leicht verzweifelt: «Ich komme hier nie wieder raus!»

Ich lachte und half dem weichgewordenen Castorbehälter im Trainingsanzug mit ordentlich Schwung und Muskelschmalz wieder in die Senkrechte. Ich versprach ihr hoch und heilig, morgen alle Lampen und Bilder in ihrer Wohnung anzubringen.

Hätte ich geahnt, was ich mit meiner neuen Nachbarin und ihrem noch ungeborenen Kind erleben würde, hätte ich ihr wahrscheinlich auch nie aus dem Styroportrümmer rausgeholfen. Oder gerade.

3.

Französisch für Anfänger

Wenn es so etwas wie ein heiliges Ritual für mich gibt, dann ist es, täglich um 18.30 Uhr vor der Glotze zu sitzen und auf RTL die Sendung «Exclusiv» mit meiner Lieblingsschauspielerin Frauke Ludowig zu genießen. Keine kann einen Moderator so glaubwürdig nachspielen wie Frauke. Außerdem hat sie diese versteckte Erotik, die selbst ich bis zum heutigen Tage noch nicht entdeckt habe. Für mich ist diese Sendung der Gebetsteppich auf dem himmlischen Weg zum Boulevardmekka. Wo sonst erfährt man en détail, auf welchem Schulhof sich Lothar Matthäus wieder herumtreibt, wie viele Kilo Hirn Christine Neubauer bei ihren neuesten Diätabenteuern verloren hat und was Jogi Löw bei der Vorstellung seines neuen Intimdeos mit dem mystischen Namen «Jogi-Bär» alles über die Gepflogenheiten in der Umkleidekabine der deutschen Nationalelf preisgegeben hat! Keine Frage, diese Sendung darf kein mündiger und politisch interessierter Bürger auf die leichte Schulter nehmen – oder gar verpassen!

Ich saß entspannt vor dem Fernseher. Der Trainingsanzug saß perfekt, die gefütterten Crocs baumelten locker am Fuß, und der Kakao dampfte gemütlich in der Tasse. Mein RTL!

So nah waren Frauke und ich uns schon lange nicht mehr gewesen. Daher empfand ich das Klingeln an meiner Wohnungstür als rüde Unterbrechung unserer seligen Zweisamkeit.

Wütend stapfte ich zur Tür, um dem Störenfried die Hammelbeine langzuziehen, und blickte in das hanfgegerbte Gesicht meines Wohnungsnachbarn Gerd Storkenbeck alias Gomera-Gerd.

«Samma Storki» – nichts hasste er mehr, als wenn ich ihn Storki nannte –, «tickst du noch richtig? Weißt du eigentlich, wie spät es ist? Was willst du?»

Er zog nur entschuldigend die Schultern hoch, zeigte mit dem Daumen hinter sich, wo Hajo und Kati schon warteten, und schlurfte in mein Wohnzimmer: «Keine Ahnung, wat die alle von uns wollen! Heftig, Alter.» Während ich noch darüber nachdachte, welche Hirnwindung bei Gerd jetzt wieder am Verharzen war, standen schon Hajo und Kati im Türrahmen. Ich war entsetzt: «Ich glaub, es hackt! Wird das jetzt hier 'ne inoffizielle Mieterversammlung? Dann müssen wir noch Ute holen, sonst sind wir nicht komplett!»

«Ach?», versetzte Kati leicht angeschnibbelt. «Seid ihr schon beim Du? Das ging ja fix!»

«Ich bin halt 'n freundlicher Mensch, Frau Gräfin Etepetete. Darf ich denn mal erfahren, warum ihr stört?»

Mit einem Anflug von Panik sah ich zu, wie es sich die drei Eindringlinge auf meinem Sofa bequem machten. Gerd verleibte sich in einer seiner berüchtigten Fressattacken meinen Gurkensalat ein und murmelte dabei: «Dänischer Gurkensalat! Heftig, Alter! Hast du noch 'n bisschen Senf für die Leberwurst? Am besten süßen. Schön heftig.»

«Sicher, Gerd, kein Thema, soll ich dich vielleicht beim Kauen massieren? Und die anderen, was darf es denn für euch sein? Ich hol euch sogar noch Strohhalme für meinen Kakao, wenn ihr mir endlich verratet, was ihr eigentlich von mir wollt!»

Sofort legte Kati in ihrer Eigenschaft als Sprecherin der kleinen Terrorzelle los: «Ich gehe mal schwer davon aus, dass du ebenfalls von Frau Peymann die Einladung zu ihrer Wohnungseinweihungsparty bekommen hast. Sicher hast du auch schon eine genaue Vorstellung davon, was wir unserer neuen Mitbewohnerin schenken können!»

Wir drei Männer starrten Kati verständnislos an. Der Sinn der Geschenkefrage wollte sich uns einfach nicht erschließen. Als Mann bringt man zu einer Party etwas mit, das wegmuss. Ich dachte nach. Vielleicht die Flasche Danziger Goldwasser, die ich im Zivildienst vom alten Lewandowski bekommen hatte, weil ich ihm todschicke Weißwandreifen auf die 20er-Felgen seines frisierten Elektrorollstuhls gezogen hatte? Oder das alte 175-teilige «Dalli Dalli»-Puzzle, das Hans Rosenthal bei seinem kultigen «Sie sind der Meinung, das war spitze»-Sprung vor der Wabenwandkulisse zeigte? Oder die noch originalverpackte VHS-Videoedition «Ernst Huberty präsentiert die deutschen Weltmeistertrainer 1954 bis 1990 aus Sicht des DFB» – ein Topgeschenk! Informativ, unterhaltsam, darf in keinem Haushalt fehlen.

«Tja, Kati, was meinst du denn? Du hast doch immer so einen guten Geschmack!» – So brachte uns Hajo wortgewaltig und souverän aus der Gefahrenzone. Und richtig, sofort sprudelte es aus Kniggefibel Kati heraus: «Die Sache ist ganz klar. Ich kaufe morgen bei H & M einen kleinen

Babystrampler, und dazu legen wir einen Gutschein vom Happy Babymarkt! So was kann eine junge Mutter immer gebrauchen.»

Während ich noch überlegte, warum – wenn doch alles so klar und einfach war – sie mir dann mit so einem trivialen Kokolores auf den Sack ging und ich mein heiliges «Exclusiv»-Ritual ausfallen lassen musste, setzte Madame schon wieder nach.

«Weiß man eigentlich, wer der Vater ist? Habt ihr gesehen, wer ihr beim Umzug alles auf den Bauch getatscht hat? Vielleicht weiß sie es ja auch selber nicht! Das ist ja ganz oft so bei diesen Öko-Lesben. Lassen sich emotionslos von irgendeinem Zottel besamen, und am Ende hat der arme Wurm keinen Vater und zwei Mütter! Ich bin ja wirklich sehr, sehr tolerant, aber wo kommen wir denn da hin?»

Mein Skrotum zog sich auf Erbsengröße zusammen. Kati und Toleranz – zwei Begriffe, die ich in meinem Leben so noch nicht verknüpft hatte. Vielleicht hatte ich ja letztes Jahr nicht richtig zugehört, als sie auf unserem Straßenfest lautstark forderte, man solle allen Parksündern die Reifen aufschlitzen und in die Füße schießen ... oder umgekehrt, ich weiß es nicht mehr so genau. Was ich allerdings weiß, ist: Sobald diese Frau mehr als zwei Aperol Spritz intus hat, verwandelt sie sich in das gute Gewissen eines afrikanischen Diktators. Darüber hinaus hat Alkohol fatale Auswirkungen auf ihre Libido. Nach zwei oder drei Gläschen mutiert die ach so gesittete Kati zum liebestollen Mannsweib, das selbst King Kong die mächtige Affenknute laminieren würde. Bei unseren jährlichen Straßenfesten liefen immer hochdotierte Wetten, wer Opfer ihres nächsten triebhaften

Angriffes sein würde. Ihre Kaltschnäuzigkeit steigerte sich dabei analog zum Promillewert. Unvergessen jener Sommer 2005, als Gomera-Gerd sich neues Dope aus seinem «Kartoffelkeller» holen wollte. Kati war ihm heimlich nachgeschlichen, und ehe Gerd auch nur «Heftig, Alter!» sagen konnte, lag er schon rücklings zwischen den Kartoffeln und wurde mit brutalem Schenkeldruck zuschanden geritten. Dabei schrie sie ununterbrochen: «Lass mich los, du Hengst!», und schlug ihm nach jedem dritten Satz mit der flachen Hand schallend ins Gesicht. Davon hat sich Gerd bis heute nicht erholt. Seitdem hat er Angst vor Pferden und kriegt keine Kartoffeln mehr durch den Hals, nicht mal gepellt als Salat.

In unserer Nachbarschaft wurde die dunkle Seite der Kati Deutschmann hinter ihrem Rücken ausgiebig diskutiert, vor Hajo jedoch galant verschwiegen. Bis heute sind wir uns nicht einig, ob Hajo von den alkoholisierten Hormonattacken seiner Gattin weiß. Oder sie gar gezielt fördert. Ich persönlich glaube, dass er Initiator des ganzen Theaters ist, weil er – wie er mir mal im Vertrauen steckte – sich aus «Sex und solchem Kram» nichts macht. Seine ganze Liebe gilt Flöcki und dem Palisanderschreibtisch in der Volksbank. Soll Kati doch ruhig als durchtriebene Libido-Woman die Nachbarschaft aufmischen, solange er nur seine Ruhe hat. Nur der Ordnung halber möchte ich darauf hinweisen, dass Kati bei den Frauen im Viertel so beliebt ist wie ’ne Königskobra im Streichelzoo.

Frau Siebermann aus der Bäckerei, ein zuverlässiger Multiplikator, wenn es darum geht, böswillige Halbwahrheiten unters Volk zu bringen, erzählte mir – und selbstverständlich auch allen anderen – unter dem Siegel der Verschwiegenheit, dass Kati hinterm Rücken von den Frauen nur «T€DI» genannt wird, weil sie einfach nur billig ist.

Diese Kati saß also bei mir im Wohnzimmer, dozierte über gutes Benehmen und gewährte uns ungefragt Einsicht in das abenteuerliche Leben angeblicher Öko-Lesben.

«Also, Kati, sollen wir Ute jetzt den Strampler mit Gutschein schenken oder nicht?», fragte Hajo devot nach.

«Ja natürlich, ich hab die Sachen doch schon letzte Woche gekauft!»

Ich murmelte resigniert: «Super, Kati, gut gemacht. Und warum sitzt ihr dann jetzt hier bei mir?»

«Ja Mensch, so was muss doch besprochen werden! Und außerdem krieg ich von jedem noch fünfzig Euro!»

In Sekunden lag die Kohle auf dem Tisch.

«Also pünktlich um 20.30 Uhr am Samstag, bei Ute vor der Tür», sagte sie noch, bevor sie gingen.

Am Tag der Party stand ich wie verabredet pünktlich um 22.45 Uhr vor Utes Tür. Von den anderen natürlich keine Spur. Immer dasselbe. Ich wollte gerade klingeln, da entdeckte ich den Zettel an der Tür: Ist offen, kommt rein! Mit geübtem Blick erfasste mein Terminatorauge etwa vierzig Gäste, inklusive meiner Nachbarn. Amy Winehouse tönte aus den Lautsprecherboxen, in der Küche gab es Fingerfood und bei den Getränken die üblichen Verdächtigen: Prosecco, «Hugo», Weinschorle und, fertig gemixt in Dosen: Aperol Spritz! Ach du Scheiße!!! Wo war Kati? Während mein Blick noch panisch umherschweifte und ich angstbesessen nach T€DI, der tickenden Sexbombe,

Ausschau hielt, empfing mich Ute freudestrahlend und bedankte sich für den schicken Strampler und den großzügigen Gutschein.

«Mensch, Ute, da bin ich aber heilfroh, dass ich mich da durchgesetzt habe. Wenn du wüsstest, was die anderen dir für 'n Scheiß schenken wollten!»

Amüsiert schmunzelte sie: «Komisch. Dasselbe hat Kati eben auch gesagt! Hab viel Spaß und keine Angst, ich hab nur nette Leute eingeladen! Bier steht auf dem Balkon!»

Und schon war sie wieder weg und begrüßte ein paar schwäbische Gäste mit Wolfgang-Thierse-Gedächtnisbart, von denen ihr zwei beim Umzug geholfen hatten. Auf dem Balkon standen die Raucher, allen voran natürlich Graf Ganja persönlich, unser Gomera-Gerd. Der Kiffminister aus der Kurt-Schumacher-Straße war ganz in seinem Element und diskutierte, probierte, goutierte verschiedenste Gräser und Harze. Das Gespräch hatte ein schwer internationales Flair: Roter Libanese, Grüner Marokkaner, Schwarzer Afghane. Toll, diese Fachkenntnis. Aber Leute, machen wir uns nichts vor, es gibt nichts Schlimmeres, als völlig bekifften Typen stocknüchtern zuzuhören. Also griff ich mir schnell 'ne Flasche Bier.

Ich stand noch nicht ganz im Wohnzimmer, als meine treuen Augen eine absolute Traumfrau erblickten. Etwas so Schönes hatte ich seit meinem großen T-Shirt-Einkauf bei Peek & Cloppenburg am letzten Samstag nicht mehr gesehen. Was hatte ich in dem Laden nicht alles angestellt, um diese süße Verkäuferin in meine vermaledeite Umkleidekabine zu lotsen? Kein Trick war mir zu billig: «Gucken Sie mal, muss die Unterhose so eng sitzen? Können Sie mir mal das Hemd aufknöpfen? Ich hab so kalte Finger! Würden Sie mich bitte nach Hause fahren, ich glaub, ich muss sofort ins Bett … und Sie sind ja auch schon ganz blass!»

Nix ging, mein Begehren wurde nicht erhört. Aber was ich jetzt hier auf der Party erblickte, war nicht Herrenoberbekleidung, sondern definitiv Champions League. Internationales Parkett, edelblütiger Hormonadel, auf der Skala von eins bis zehn eine satte Zwölf! Ich war augenblicklich derartig scharf – mein Betriebssystem bekam für einige Sekunden weiche Knie, und ich verfluchte meine angeborene Schüchternheit.

Als ich das Blut durch reine Willenskraft wieder nach oben zurückgepumpt und meinem Großhirn wieder die Befehlsgewalt erteilt hatte, schwor ich mir, es diesmal besser zu machen. Bei einem so edlen Geschöpf konnte man auf keinen Fall mit einem doppelten Hornbacher einsteigen. Hier waren eindeutig die Präzision und handwerkliche Finesse eines Schweizer Uhrmachermeisters gefragt, Stilsicherheit gepaart mit der Coolness eines Mannes von Welt. Hier galt es, mit einem sowohl gerührten als auch geschüttelten Wodka Martini in der Hand eine Nuklearbombe kontrolliert zur Explosion zu bringen. In solch prekären Momenten zählt alles – jeder Wimpernschlag, jede Silbe, auch die Körpersprache. Die kleinste Handbewegung entscheidet über Leben und Tod, über die multiple Ausschüttung aller Endorphine des begehrten Zielobjekts.

Ich bewegte mich also mit der zeitlosen Eleganz eines gelangweilten sibirischen Königstigers durch Utes Wohnzimmer, entsorgte beiläufig meine volle Flasche Bier im

Zierfischaquarium und nahm zwei gefüllte Prosecco-Gläser vom Sideboard mit auf die Mission «Traumfrau».

«Entschuldigung, kannst du mal bitte auf meine Uhr gucken, sonst verplempere ich hier noch deinen kostbaren Schaumwein!»

Ihr spontanes Lachen brachte mich fast um den Verstand. Falls ihr Plan für den heutigen Abend lautete, einen hochattraktiven Mann in den unkontrollierten Wahnsinn zu treiben, konnte sie jetzt aufhören. Makellos weiße Zähne, wie von Dr. Best gemalt, dazu ein vorwitziges Zungenpiercing. Schwarzes Haar, das wie Klavierlack glänzend über ihre Schultern floss. Das verblichene «Fruit of the Loom»-Shirt, das mindestens eineinhalb Nummern zu eng war und charmant ihre neckische Babyspeckrolle umspielte. Der BH war zum Platzen gefüllt mit ihren reifen Pfirsichen. Wie zufällig berührte sie mit ihren scharfen, rot lackierten und strassbeklebten Nägeln meine Hand, als sie mir ungeduldig das Prosecco-Glas aus der Hand nahm.

«Parlez-vouz français, mon cher?», hauchte mir ihre eindeutig französische Stimme entgegen. Auweia! Französin! Ich musste meinen genialen Plan im Bruchteil einer Sekunde aktualisieren. Wie gut, dass meine Mutter immer Mireille Matthieu gehört hatte, wenn auch nur auf Deutsch. Also flötete ich mit spitzbübischem Grinsen: «Oh Pardon, sind Sie der Spatz von Avignon?»

Sie wieherte wie ein Pferd und schüttete mir die Hälfte ihres Proseccos über die Hose. «Oh, là, là», sagte sie scheinheilig, «jetz' iest die schöne 'ose nass! Was machen wier denn da? Soll isch sie trocken pusten?»

Klick-klack! Zwei lustgesteuerte Betriebssysteme verlinkten sich miteinander. Gierig, schamlos und unauffällig auffällig zog sie mich an meinem AC/DC-Gürtel in das Zimmer nebenan. Rums! fiel die Tür zu, und ihre Hand glitt ins Feingerippte. Akribisch genau und äußerst detailverliebt zelebrierte sie dort ein Billardturnier auf engstem Raum. Und zwar auf internationalem Niveau. Eine Welle der Lust überflutete meine Synapsen, während sie die schwarze Acht mit meinem Queue über die Bande versenkte. Sie keuchte vor Verlangen ... sie stammelte Worte ohne Zusammenhang ... der Kessel stand kurz vor der Explosion ... sämtliche Torpedos waren abschussbereit im Schacht ...

Und dann kam Ute.

Entsetzt und beinahe sogar etwas feindselig starrte sie uns an: «Was gibt das denn hier?»

«Ach Ute, wie gut, dass du kommst! Gerade noch rechtzeitig! Hier hätte ja Gott weiß was passieren können!»

«Sag mal, tickst du noch ganz richtig? Hier im Kinderzimmer mit meiner Freundin rumzufummeln?»

«Na, meinst du etwa, mir hätte das Spaß gemacht? Gut, dass ich einen kühlen Kopf bewahrt habe. Das hätte auch ganz leicht aus dem Ruder laufen können! Jetzt aber alle raus hier. Etwas mehr Rücksicht täte uns allen ganz gut. Komm, Ute, auf den Schreck trinken wir erst mal einen!»

Ute verschwand wortlos in der Küche. Ich hinterher. «Mensch, Ute, versteh mich doch auch mal. Was sollte ich denn machen? Die ist Französin! Ich weiß noch nicht mal, wie die heißt! Ich dachte, die wollte mir die Flecken aus der Hose waschen!»

«Jetzt hör auf, so dumm herumzuschwafeln. Für wie blöd hältst du mich eigentlich? Und ich hab gedacht, dass es nicht stimmt, was die Leute so über dich erzählen. Da klimpert Sylvie mal kurz mit ihren französischen Augen, und du eitler Bock schmeißt das Bier ins Aquarium und parkst das Hirn im Sanitärbereich. Wie peinlich ist das denn? Ich bin total enttäuscht.»

«Du hast ja recht, Ute, ich hab Mist gebaut. Tut mir leid. Es kommt nicht wieder vor, versprochen! Ehrlich.»

Ich bin es gewohnt, dass die eine oder andere Frau hin und wieder sauer auf mich ist. Und um ehrlich zu sein, kann ich nicht behaupten, dass mich das jemals um den Schlaf gebracht hätte. Umso erstaunter stellte ich fest: Diesmal war es anders. Es machte mir etwas aus. Und zwar ganz gewaltig. Ausgerechnet vor Ute musste mir mein testosterondurchtränktes Hirn einen solchen Streich spielen! Sie war so anders als alle Frauen, mit denen ich sonst zu tun hatte. Irgendwie wollte ich nicht, dass sie mich als Hallodri sah. Grün vor Ärger stapfte ich zu Gomera-Gerd und seinen Reggaefreunden auf den Balkon. Haile Selassie, da war aber dicke Luft auf Klein-Jamaika! Ich riss Gerd seine dickste Bong aus den Händen und zog das Ding mit einem Zug weg. Vollabschuss. Mir traten die Augen weit aus dem Kopf. Entsetzte Gesichter in der Kiffertruppe. Nur Gerd hatte verstanden, klopfte mir mitfühlend auf die Schulter und hustete trocken: «Heftig, Alter!»

Ich würde jetzt gerne von bunten Farben und lieblichen Elfen erzählen, die ich auf meinem wundervollen Trip gesehen habe. Aber die Wahrheit ist: Ich weiß von nichts mehr. Am frühen Morgen erwachte ich mit einem Riesenschädel vor meinem eigenen Bett. Das Letzte, woran ich mich erinnern kann, ist, dass Sylvie von Kati ins Badezimmer gezogen wurde und Hajo verzweifelt versuchte, einen der Zierfische aus meiner halbvollen Bierflasche an Flöcki zu verfüttern. Sah so aus, als wäre es für alle eine tolle Party gewesen. Außer für mich.

4.

Der Racheengel

Und wie es so oft ist im Leben: Erst kam der Herbst und dann der Winter. Meinen Fauxpas auf der Einweihungsparty hatte Ute mir nicht lange krummgenommen. Wir schwiegen die Angelegenheit konsequent tot. Sylvie war eigentlich auch kein Thema mehr, nachdem wir bei einem diskreten Kurzurlaub in Avignon alle Sehenswürdigkeiten der Stadt in ihrem lauwarmen Wasserbett penibel nachgestellt hatten, inklusive der berühmten Brücke von Avignon. Frankreich ist doch größer, als man denkt.

Utes Bauch wurde dicker und dicker. Darüber hinaus nahm die werdende Mutter dankbar jede Hilfe von mir an. Ab und zu mal einen Kasten Wasser reintragen oder ihr Fahrrad aus dem Keller holen, wie das so ist unter Nachbarn und Freunden. Ich hatte mir angewöhnt, Ute nach ihrem Schuldienst mit einer Tasse Milchkaffee und einem ofenfrischen Croissant zu verwöhnen, wann immer ich zu Hause war. Wir machten es uns in meiner Küche gemütlich und plauderten über unsere unterschiedlichen Welten – sie über ihren Ärger als Lehrerin in der Waldorfschule, ich über meinen Ärger mit übereifrigen Redakteuren irgendwelcher angeblich überlebenswichtiger TV-Shows – und natürlich vor allem über ihre Schwangerschaft. Ich war selbstverständlich der erste Abnehmer der jeweils aktuellen Ultraschallbilder. Während sie mit fortschreitender Schwangerschaft immer verzückter auf angebliche Details wie Ärmchen, Beinchen, Ohren und Nase zeigte, blieben die schwarzweißen Polaroids für mich wie Satellitenfotos aus dem Golfkrieg. Hätte ich allerdings niemals zugegeben. Ich freute mich stattdessen lieber mit ihr und beendete jede unserer gemütlichen Kaffeerunden mit der Frage, die mich am meisten beschäftigte: «Komm, Ute», fragte ich, «Butter bei die Fische, jetzt mal nur unter uns Gebetsschwestern ... mir kannste's doch sagen ... wer ist der Vater?»

Darauf antwortete sie jedes Mal grinsend: «Rate mal!»

Um sie aus der Reserve zu locken und das Muttertier bei Laune zu halten, präsentierte ich ihr immer ein anderes Schnäppchen aus dem Promi-Regal:

Calli Calmund – Fleisch ist ein Stück Lebenskraft.

Bülent Ceylan – L'Oréal. Weil ich es mir wert bin.

Harald Glööckler – hatte sich was einfrieren lassen.

Udo Jürgens – durch San Francisco in zerrissenen Jeans.

Lothar Matthäus – wollte es auch mal mit 'ner Oma probieren.

Christian Wulff – weil der doch jetzt keinen Beruf mehr hat.

Johannes B. Kerner – Mitleid.

Ute lachte sich jedes Mal halb schimmelig über meine abstrusen Theorien. Als sie mir irgendwann unvermittelt mitteilte, dass es sich beim Erzeuger des Kindes um einen gewissen Thorsten handelte, der in Hamburg wohnte, hielt ich das erst nur für ein Ablenkungsmanöver. Aber dann merkte ich, dass sie es ernst meinte und dass sie über diesen Typen nicht sprechen wollte. Er spiele in ihrem Leben keine Rolle mehr, sagte sie. Also respektierte ich ihren Wunsch.

Eines Tages stand ich erwartungsfroh mit meinem Kaffee am Fenster und wartete ungeduldig auf Utes Heimkehr aus dem Waldorf-Astoria. So nannte ich die Ilja-Rogoff-Waldorfschule, an der Ute als Lehrerin für die Oberstufe unterrichtete.

Am besten gefielen mir die Geschichten über ihren Schulleiter Jürgen Brostek, einen verstrahlten Pädagogen mit dem Unterhaltungswert einer akuten Nagelbettvereiterung, der mit beflissenem Eifer Rudolf Steiners anthroposophischen Waldorfsalat als allein glücklich machende Doktrin durchpeitschte. Da passten alle Klischees: Namentanzen, Nackttöpfern, das Gartenabitur mit Echtmooszertifikat – nichts war ihm absurd genug. Im Prinzip war dieser Brostek so eine Art altmodischer, aber ökologischer Kim Jong-un – mit dem kleinen Unterschied, dass es in Nordkorea wahrscheinlich mehr zu lachen gibt. Eins musste man ihm aber lassen: Nerven hatte er!

Ich kannte Brostek noch als langhaarigen Frontmann der Essener Metal-Rockband «Milzbrand», deren sensationelle Erfolglosigkeit Anfang der 80er Jahre selbst die besten Talentscouts der großen Plattenfirmen nicht erstaunt hat. Die bekloppte Idee, schlechtgespielten Dumpfrock mit unsäglichen deutschen Texten anzubieten, zeugt selbst heute, nach all den Jahren, von einer nicht zu übertreffenden Dämlichkeit. Ich habe meinen alten Siemens-Kassettenrecorder bis heute nur deswegen nicht weggeschmissen, weil ich noch im Besitz einer Kassette mit der Aufnahme von «Milzbrands» einzigem kläglichem Hitsingle-Versuch bin. Es handelt sich hierbei um ein jämmerliches Machwerk mit dem Titel «Hau weg das Volk!». Legendär ist der Kurzauftritt der unsäglichen «Milzbrände» beim damals nicht gerade üppig besuchten «Rock gegen links»-Festival hinter dem stillgelegten Lokschuppen des Essener Güterbahnhofs vor knapp hundert rechtsradikalen Eierköppen. Die Band war gerade erst auf der Bühne und irrte noch orientierungslos durch die erste Strophe ihres vermeintlichen Anheizerstücks «Volksempfänger», als schon die ersten Bierdosen Richtung Brostek flogen. Brostek, der selbstverliebt wie eine unglückliche Mischung aus Ozzy Osbourne und Marianne Rosenberg über die Bühne stolzierte, versuchte die aufgebrachte Menge mit einem beherzten «Verpisst euch, ihr Wichser!» zu besänftigen. Diesen tolldreisten Vorstoß hätte er fast mit seinem Leben bezahlt. Während er noch mit seiner staksigen Bühnenperformance – «Essen, are you alright?» – stramm Richtung Refrain marschierte, hatte sich der Rest seiner Truppe längst klammheimlich verdünnisiert und überließ ihren autistischen Frontmann dem tobenden Pöbel. Zum Glück traf Essens autonome Szene rechtzeitig am Auftrittsort ein, um den rechten Gesangsverein mit Pflastersteinen und Dachlatten auf links zu ziehen. Brostek kam mit ein paar Beulen, Kratzern und Bierflecken also noch glimpflich davon. Nach seinem abrupten Karriereende schlüpfte er dann ausgerechnet bei den birkenstockigen Anthroposophen unter. Wahrscheinlich hatte er, verpeilt, wie er war, beim Waldorfbegründer Steiner ans Eiserne Kreuz gedacht und nicht an Rübenkrautpädagogik. Als mir zum ersten Mal klarwurde, dass genau dieser Jürgen Brostek der Direktor von Utes Schule war, wusste ich sofort, dass ich die peinliche «Milzbrand»-Kassette wie meinen Augapfel hüten musste. Nur für den Fall, dass Brostek meiner lieben Nachbarin Ärger bereiten würde.

Ich stand also mit einer dampfenden Tasse Kaffee Hag am Fenster und wartete darauf, dass Utes roter Twingo in unsere Straße einbog. Um ehrlich zu sein, konnte ich es kaum erwarten. Ich war fünf Tage auf Tour gewesen und freute mich auf ein Wiedersehen. Schon komisch: Diese Frau hatte nichts von dem, was mich an anderen Frauen begeisterte. Weder trug sie hohe Hacken noch knatschenge Lederhosen, sondern tagein, tagaus nur «Chucks» und manchmal sogar die unvermeidliche Schwangerschafts-Jeanslatzhose. Sie hatte keine rot lackierten Nägel und war – wenn überhaupt – nur sehr dezent geschminkt. Statt «Auto Bild» und «Kicker» steckte in ihrem Briefkasten morgens die «taz» und einmal wöchentlich das Vollwertmagazin «Schrot & Korn». Im Wohnzimmer war ich sogar mal auf einen Stapel «Psychologie heute» gestoßen. Das alleine hätte ausreichen müssen, um sämtliche Fluchtreflexe in mir auszulösen. Bei Ute fand ich all das aber eher interessant und faszinierend. Sie war unglaublich schnell in der Birne, unbestechlich und jederzeit bereit, ihre Ansichten vehement und durchaus zickig zu vertreten. Aber da waren auch diese Grundehrlichkeit und ihre unglaublich sanftmütige Herzenswärme. Während ich also am Fenster stand und über meine neue Nachbarin nachsann, röhrte plötzlich draußen auf der Straße der Acht-Zylinder-Motor eines Aston Martin. Eines der wenigen Fahrzeuge, wo selbst ich als alter Porsche-Adel sagen muss: Das hat Stil und Klasse. Kann man bringen. Nicht so vulgär wie ein Lamborghini oder so lächerlich wie ein Ferrari. Da war ich aber echt mal gespannt, wer aus so einer heißen Rappelkiste aussteigen würde.

Die Tür flog dynamisch und schwungvoll auf. Ein Paar gepflegte Chelsea-Boots betraten das frischgefegte Trottoir vor unserem Haustor. In den Schuhen steckte eine recht sympathische Erscheinung: ein junger Typ, so wie ich Anfang dreißig, Ende vierzig. Er strich sich den gutgeschnittenen Anzug glatt und schaute durch die verspiegelten Gläser seiner Ray-Ban-Aviator-Sonnenbrille zu unserer Haustür. Wahrscheinlich suchte er die nicht vorhandene Hausnummer 10. Die hatte ich Helga bei ihrem Auszug vor einem Jahr unter Tränen als Andenken überreicht.

Der ganze Typ und sein Haarschnitt erinnerten mich entfernt an den langhaarigen Brad Pitt aus der Chanel-No.-5-Reklame. Gibt schlimmere Ähnlichkeiten. Man muss auch gönnen können.

Während ich mit meinem iPhone die genaue PS-Zahl des englischen Superboliden googelte, sah ich aus den Augenwinkeln, wie sich die inzwischen ebenfalls eingetroffene Ute mühsam aus ihrem französischen Rollbriefkasten kugelte. Ein Bild für die Götter! Sie prustete wie Antje, das NDR-Walross, und marschierte direkt auf den Aston Martin zu. Das konnte ja heiter werden: Mister Bond stand auf Utes Stammparkplatz. Für diese Dreistigkeit würde sie ihn ganz sicher in bester «Fräulein Rottenmeier»-Manier kräftig abduschen. Erwartungsvoll stellte ich das Fenster auf Kipp, um nur ja nichts davon zu verpassen.

Was dann geschah, erwischte mich wie ein Tiefschlag von den Klitschkos.

Strahlend fiel Ute in die Arme dieses geschmacklosen Schnösels. Es folgte das ganze miese Programm von vorn bis hinten: Bussi links, Bussi rechts, hochheben, Bauchtatschen, Wangestreicheln. Dabei drangen so lächerliche Wortfetzen an mein Ohr wie: «Toll siehst du aus ... steht dir aber ... wahnsinnig hübsch ... ach mein Utchen ... total vermisst ... hab dich lieb ... sooo gefehlt!»

Diesem schmierigen Provinz-Casanova war anscheinend gar nichts peinlich. Schlimm! Erst parkte er seinen schangeligen englischen Schrotthaufen bräsig vor unserem Haus, beleidigte jede unschuldige Netzhaut mit seinem billigen C&A-Sakko und fummelte dann noch mit seinen Selbstbräunergriffeln an einer wehrlosen Schwangeren herum, ohne seine hirnrissige Scheißpilotenbrille abzunehmen. Was wollte Ute bloß mit so einem abgewrackten, notgeilen Lustgreis? Rolf Eden hätte sich im Grabe umgedreht – wenn er schon tot wäre. Was für ein Arschloch!

Arm in Arm gingen Ute und die buckelige Pottsau ins Haus. Mit einem beherzten Hechtsprung riss ich die Tür auf und dröhnte nach unten durch den Flur: «Uuute, dein Kaffee ist fertig!!!»

Emotionslos rief sie zurück: «Keine Zeit heute, hab Besuch!» – und schon hörte ich, wie ihre Wohnungstür ins Schloss schnappte.

Da stand ich also wie ein begossener Pudel. In meinem ganzen Leben war ich noch nie so gedemütigt worden. Ich kämpfte mit den Tränen. Vor Wut. Da macht man und tut man. Ich erwarte wirklich kein großes Dankeschön, aber man kann doch wohl mal danke sagen! Ich hatte auch was anderes zu tun, als jeden Tag zum Bäcker zu latschen und blöde Croissants zu besorgen. Und den beknackten Kaffee Hag, von dem ich jetzt sechs Pfund im Schrank stehen hatte, konnte ich dann jetzt ja wohl auch wegschmeißen. Trinkt doch sonst keiner, diese elende Plörre.

Ich kam so richtig schön in Fahrt. Kochend vor Wut ging ich in meine Küche und schmierte mir trotzig 'ne Dose Frühstücksfleisch auf das mittlerweile völlig pappige Croissant. Obendrauf klatschte ich viereinhalb Portionen dänischen Gurkensalat. Aber ich hatte noch lange nicht genug. Aus Rache stopfte ich auch noch die drei Riesenstücke Frankfurter Kranz in mich hinein, die ich zur Feier des Tages besorgt hatte – keine gute Idee. Mein Magen rumpelte wie eine Betonmischmaschine, und es gab nur eine Lösung: Jägermeister! Und richtig: Ein Glas brauchte ich nicht.

Die Flasche Hörner-Whiskey in der Rechten, 'ne Pulle Bols Banane in der Linken, saß ich zehn Minuten später breiter als die gern strapazierte Strandhaubitze auf dem Sofa. Was mochte in der Wohnung unter mir wohl gerade abgehen? Wahrscheinlich trieben es die beiden wollüstig und ohne Rücksicht auf Verluste. Sex mit einer Schwangeren! Das kann doch nicht gut für das Kind sein! Richtig krank ist das! Ich sollte eigentlich beim Jugendamt anrufen. Wer weiß, welche Praktiken dieses perverse Schwein in seinem Sexrausch an ihr ausprobierte. Das kennt man doch aus Filmen wie «Schwedische Hausfrauen von hinten!», «Nackt, schwanger und zum Skat gezwungen!». Hör mir bloß auf. Vielleicht waren ja sogar harte Drogen mit im Spiel! Für werdende Mütter ist doch schon ’ne große Packung Mon Chéri wie eine Ladung K.-o.-Tropfen.

Ich konnte nicht länger tatenlos rumsitzen, ich musste das Schwein stoppen. Und wenn ich dabei draufging.

Ich raste zur Tür und stürzte ins Treppenhaus. Stinkbesoffen, wie ich war, rutschte ich mit den Cowboystiefeln auf dem obersten Treppenabsatz aus und knallte kopfüber die komplette Etage runter, bis ich direkt vor Utes Tür landete. Blind vor Schmerz, Alkohol und Buttercreme blieb ich reglos auf ihrer Fußmatte liegen. Die Tür ging auf, und Ute stieß einen spitzen Schrei aus: «Aaatze, was machst du denn da? Gott, du blutest ja im ganzen Gesicht. Um Himmels willen! Mein Bruder fährt dich sofort ins Krankenhaus. Wie ist das denn bloß passiert?!»

«Ute», röchelte ich, «mir geht’s gar nicht gut!»

Tobias, der mich in seinem rattenscharfen Aston Martin rasant ins Krankenhaus beförderte, konnte es kaum fassen. Als ich mit dem frischen Kopfverband für meine Platzwunde aus der Ambulanz kam, saß er immer noch geduldig im Wartezimmer und empfing mich sichtlich erleichtert: «Alter, Alter, was für ein Wahnsinn. Mann, da haste ja noch mal Glück gehabt. Das hätte echt schiefgehen können. Gut, dass ich da war!»

Ich atmete schwer. «Ja, äh, ne? Äh, jau, gut, dass du, äh, da warst. Tja, also, äh … danke, Tobias. So ’n Mist, ich glaub, ich hab dir die guten Ledersitze in deinem Aston Martin versaut!»

«Ach, vergiss doch die Sitze. Hauptsache, dir geht's wieder gut.»

Au Backe. Tobias. Utes Bruder. Ja nee, is' klar. Was für ein feiner Kerl.

5.

Pool der Sünde

Ein paar Tage lief ich mit sichtbaren Schrammen an Kopf und Gesicht durch die Gegend. Aber als noch tausendmal schlimmer empfand ich meine inneren Verletzungen, genauer gesagt: die Verstauchung meiner empfindlichen Männerseele. Ich schämte mich. Mannomann, was war ich doch für ein jämmerlicher Waschlappen geworden! Wenn ich morgens beim Pinkeln in den Spiegel schaute, sah ich aus wie Birgit Schrowange mit Locken. Wo war mein Testosteron? Wo war das berühmte Siegerlächeln, mit dem ich selbst die arrogantesten Palminschnitten zum Schmelzen brachte? Auch die raubtierhafte Körperspannung – sie war dahin. Ich fühlte mich wie ein Pfund Magerquark in der Hängematte. In dieser Form hätte ich noch nicht mal einen Sitzplatzanspruch im Musikantenstadl durchsetzen können. Was also tun?

Es gab nur zwei Möglichkeiten: entweder Chris de Burgh einlegen und zu «Lady in Red» weiterheulen oder mit AC / DC wieder auf den «Highway to Hell» einbiegen. Ganz klar, keine Frage – dass ich überhaupt darüber nachdenken musste! Erst mal eiskalt geduscht, drei rohe Eier mit Milch runtergespült und ab in den Porsche. Die sechs Zylinder angefüttert und volles Rohr ... tja, wohin?

Es war Winter, ich hatte zehn Tage Zeit und wollte wieder mal ein ganz dickes Ding drehen. Auf keinen Fall wollte ich irgendwo abgeschlafft und vollgeölt auf einer Liege am Strand schmurgeln. Außerdem passte mir meine legendäre 76er Speedo-Badehose nicht mehr so richtig. Ohne meine Speedo und in meiner desolaten körperlichen Verfassung würde ich nicht mal den kleinsten Nippelalarm in den gepflegten Bikinihalbschalen bei Miami Beachs Strandnixen auslösen.

Wohin sollte der Adler also fliegen? Fakt war: Ich hatte einen sensationellen Körper in schlechter Verfassung. Außerdem zeigte der Blick in mein eingefallenes Gesicht, dass diesmal etwas mehr fällig war als eine uninspirierte Werkspflege mit Cockpitspray. Am besten käme eine dezente Wellness-Kur – aber auf keinen Fall die tuckige Variante! Gurkenscheiben gehören bei mir in den dänischen Gurkensalat, nicht auf die Klüsen. Auch wichtig: Fitness und Sport auf höchstem Niveau und im Abendprogramm gerne ein bisschen was Süßes fürs Auge – keine Krapfen mit schlabberigem Marmeladeneinschuss, sondern Top-Stöckelwild! Mit Frauen, die auch mal einen ausgeben. Schlanke Champagnerflöten im noblen Chalet statt Kellergeisterdosen in der klammen Kurmuschel. Ich wollte nur vom Feinsten! Bei diesen knallharten Kriterien lag die Entscheidung auf der Hand: zehn Tage Winterurlaub in St. Moritz. Aber nicht in so einem von Russen überlaufenen Fünf-Sterne-Frikadellenpuff, sondern exklusiver als exklusiv: im «Grande Grand Hotel Le Chevalier du Chef». Das einzige Hotel weltweit mit behördlich bestätigtem Sieben-Sterne-plus-Zertifikat. Das letzte Mal, dass dieser sagenumwobene Tempel der Gastlichkeit in der Öffentlichkeit erwähnt wurde, war in der Abschlusszeitung der Weltausstellung 1911 in Turin. Weil Rocco Bagatelli, der Wirt des Hotel garni «La Gondola» in Turin, sich weigerte, die Rennkamele des Scheichs von Abu Dhabi in der Tiefgarage zu parken, sprang der damalige Besitzer des «Chevalier» generös ein und brachte die edlen Tiere im Kletterzimmer der Luis-Trenker-Suite unter. Doch leider setzte der Kamelmist dem Mauerwerk schwer zu. Nach der Abreise des Scheichs war das Hotel nicht mehr zu retten. Aber der Scheich ließ das Gebäude originalgetreu im Maßstab 1:1 ein Dorf weiter wieder aufbauen. Seitdem wird die Adresse nur noch per Mundpropaganda weitergegeben, was die edelste aller Luxusherbergen im Lauf der Jahrzehnte praktisch unauffindbar gemacht hat. Kurzum: Der Laden steht noch nicht mal im Internet. Google Street View? Ich lach mich tot! Die Adresse wird strenger gehütet als die Goldreserven in Fort Knox. Die Buchungsbedingungen sind für Normalsterbliche kaum zu erfüllen: Jeder Gast muss wenigstens einen Paten vorweisen, um auch nur in die Nähe der goldbestickten Rezeption zu gelangen oder ein einfaches Mansardenzimmer ohne Minibarnutzung zu ergattern. Einmal zugeteilte Reservierungen können vererbt werden, da die Direktion Stornierungen nicht einmal im Todesfall akzeptiert und die Warteliste lang ist. Als Elvis am 30. April 1967 ein Zimmer für seine Hochzeitsreise buchen wollte, bekam er aufgrund seines Mega-VIP-Status vom damaligen Hoteldirektor Maurice «Monty» Montreux umgehend die Zusage für ein Zimmer zugeteilt. Allerdings erst für den 17. August 1977 – das nenn ich mal Schicksal. Aber so ist das eben mit dem «Grande Grand Hotel Le Chevalier du Chef» – dafür ist die Gästeliste immer hochexklusiv. Sach einen – waren alle schon da: Onassis, Prinz Charles, Adnan Kashoggi, der Aga Khan, Ivan Rebroff, Tony Curtis, Liz Taylor, Amy Winehouse, Whitney Houston.

Ich selbst hatte durch meinen guten alten väterlichen Mentor, die Moderatorenlegende Dieter Thomas Heck, von diesem Hotel erfahren. Ja, DER Heck. DIE Ikone. DIE Legende. Der Mann, der mit traumwandlerischer Sicherheit hochprosaische Ergüsse in kühn reduzierte Minimalansagen verwandelte. Der geniale Moderationsklassiker kreierte wie: «Ich sage nur – PUR!» Kultsätze wie «Der nächste Titel wird abgefahren» fanden ihren Weg in die Jugendsprache und wurden so unsterblich. Aus drittklassigen Kirmesmusikanten machte er «großartige Interpreten», aus banalen Schunkelliedern «tolle Titel», und wo ein obszönes «Ich kann den Mist nicht mehr hören!» angebracht gewesen wäre, sagte er nur formvollendet taktvoll: «Dreimal dabei gewesen, bitte nicht wiederwählen.» Überhaupt ist Dieter Thomas Heck ein Gentleman wie aus dem Lehrbuch: selbstlos, hilfsbereit und für seine Freunde immer erreichbar. So kennt man, so schätzt man diesen feinsinnigen Freund der schönen Künste.

Ich saß also in meinem Porsche auf der A 5 Richtung Basel, als ich zum Telefon griff und seine Nummer wählte. Dreimal tutete das Freizeichen, dann hörte ich die sonore Stimme, die schon Millionen rastloser Seelen in Deutschland eine kulturelle Identität gegeben hat. «HECK, wer stört?», lachte er in den Hörer.

Ich antwortete kryptisch: «Es ist Mitternacht, John!» – ein

alter Scherz zwischen uns, mit dem wir jedes unserer Telefonate begannen. «Dieter, kannst du mir ein Zimmer im Chevalier klarmachen? Ich bin in drei Stunden in St. Moritz. Außerdem brauch ich noch die Adresse von dem Promibunker.»

«Atze, mein Junge, hast du noch alle Datteln am Baum? Wie soll das klappen? Aber warte mal ... Ich melde mich gleich noch mal.»

Anscheinend hatte Heck, der Teufelskerl, wie immer noch ein Ass im Ärmel. Drei Minuten später klingelte mein Handy: «Zimmer 535, Stichwort ‹Seilbahn›!»

Ich war begeistert: «Dieter, du bist ein Genie! Wie hast du das bloß geschafft?»

«Junge, das ist schnell erzählt. Ich hatte beim Hoteldirektor Monty Montreux noch einen gut. Auf der Hitparadentour 1976 wollte Monty unbedingt mit Roy Black in die Kiste, weil er sich in dessen scharfes ‹S› verknallt hatte. Aber so locker die Zeiten auch waren, Roy war ein Mann mit Prinzipien. Also hab ich ihm die Zimmernummer von Cindy und Bert gegeben. Aber irgendwie hatte Monty einen Dreher in die Nummer gebracht und ist bei Ivan und Divan, einem russischen Travestie-Duo, gelandet. Was dann passiert ist, ist bis heute unklar. Es gibt nur Vermutungen. Aber so viel ist sicher: Eines der Hausmädchen, das am nächsten Tag die Kissen in der Suite aufschütteln wollte, ist danach völlig verstört in ein Kloster gegangen und hat bis heute kein Wort mehr gesprochen. Monty will auch nicht auf diese Geschichte angesprochen werden. Tja ... und damit das auch so bleibt, hast du jetzt dein Doppelzimmer zur Einzelnutzung!»

«Ich stehe tief in deiner Schuld. Wie kann ich das wiedergutmachen, Dieter?»

«Lass stecken, ich hab doch alles. Aber es wäre zauberhaft, wenn du Hilde eine Schachtel von diesen leckeren Erfrischungsstäbchen aus der Minibar mitbringen könntest.»

Ich stammelte: «Klar doch, Dieter, noch mal vielen, vielen Dank!», aber da hatte er längst aufgelegt. So war er. So ist er. Einer der ganz Großen.

Majestätisch knirschten meine 335er Michelin-Pneus über den gepflegten Kies der Auffahrt zum «Grande Grand Hotel Le Chevalier du Chef», nur einen Steinwurf von St. Moritz entfernt, dieser kosmopolitischen Alpenmetropole mit dem prickelnden Champagnerklima. Ich bezog mein Zimmer, das den barocken Charme eines Edelbordells zur Zarenzeit versprühte. Ich konnte mit bildlich vorstellen, wie Katharina die Große hier ihrem Lieblingsrappen «Alabaster» die mächtigen Gonaden vertäfelte und ganze Heerscharen von angeekelten Lakaien damit beschäftigt waren, frisches Stroh herbeizuschaffen. Es war förmlich noch zu riechen. Ich legte mich nur für ein paar Minuten auf das üppige Bett und glitt augenblicklich ins Reich der Träume. Am nächsten Morgen erwachte ich voller Tatendrang pünktlich um neun Uhr zu meiner gewohnten Frühstückszeit.

Im «Chevi», wie es liebevoll von seinen Gästen genannt wird, wird das Frühstück als solches nicht auf die leichte Schulter genommen: Mineralwasser aus Silberkännchen, Honig aus geschliffenen Bernsteinkaraffen, Rehrücken-Carpaccio auf Gletschereis. Persischen Kaviar bietet man hier der Einfachheit halber direkt im Zehn-Kilo-Mayonnaiseeimer an, und den köstlichen Espresso gibt es auch als Lutschbonbon geschnitten. Hundert Sorten Brot – aber nirgends auch nur ein stinknormales Brötchen.

«Grüezi wohl, Monsieur Schröder! Was darf ich Ihnen bringen?» – «Eine gute Tasse Filterkaffee und die Lottozahlen für Samstag bitte.»

Eine positive Schweizer Eigenschaft ist die völlige Spaßbefreitheit. Jeder noch so nett gemeinte Spruch wird komplett wörtlich genommen.

«Es tut mir leid, ich kann Ihnen nur den Kaffee servieren, die Lottozahlen kriegen wir leider erst nach der Ziehung geliefert. Darf es sonst noch was sein?»

Nach den obligatorischen rohen Eiern mit Milch ging ich nicht erst über Los, sondern trabte direkt Richtung Wellness-Oase. Um Zeit zu sparen, hatte ich praktischerweise direkt in Bademantel und Schlangenlederstiefeln gefrühstückt. Am Empfangstresen der Beautyfarm wurde ich sofort von einer schmucken Masseuse angezwitschert. «Monsieur Schröder, für welches Arrangement haben Sie sich entschieden?»

«Prinzessin Adilette, sag du es mir!»

«Ich empfehle zunächst eine Stunde Fangowanne, dann eine hawaiianische Lomi-Lomi-Massage und zum Abschluss des Tages ein Bodypeeling mit anschließendem Pflegeritual.»

Ich hatte ja mit vielem gerechnet, aber was diese zauberhafte Badeelfe da versprach, übertraf meine kühnsten Erwartungen. Wanne! Hawaii! Pflegeritual und vor allem: Lomi Lomi! Das alles klang so verlockend wie eine Mischung aus «Neuneinhalb Wochen», «Deep Throat» und «Shades of Grey». Ich zwinkerte ihr wissend zu. «Nehme alles genau in dieser Reihenfolge. Und bitte kreuzen Sie auch ‹Happy Ending› an.»

Sie lächelte süffisant und brachte mich in ein brüllend heißes Zimmer, in dem eine riesige Badewanne stand. Ich streifte lässig meinen Bademantel ab, schaute hinein und wich entsetzt zurück.

Zehn Sekunden später stand ich wieder am Tresen: «Fräulein, da ist meinem Vorgänger in der Wanne offenbar ein kleines Malheur passiert. Da ist wohl beim Husten ordentlich Land mitgekommen. Na ja, kann ja mal passieren. Shit happens.»

Erschüttert starrte sie direkt auf meinen purpurbehelmten Liebeskrieger.

«Entschuldigung, Frau Röntgen, aber mit dem Bademantel habe ich die Wanne abgedeckt. Und ja, wo Sie gerade gucken – das ist alles Natur! Wirklich, die gibt es auch in solchen Größen. Wollen wir dann gleich mal mit Lomi Lomi weitermachen? Oder warten wir noch auf die hawaiianischen Pusteblümchen?»

Sekunden später lag ich auf einer harten Massagebank. Ein Sumoringer im weißen Bademeisterhöschen bearbeitete mich. Die nächsten dreißig Minuten verbrachte ich in unfreiwilliger Duldungsstarre mit anschließender Bewusstlosigkeit. Als ich zu den Harfenklängen von Andreas Vollenweider erwachte, fühlte ich mich erstaunlich entspannt und erholt. Der Fettsack hatte mir offenbar sämtliches Übel aus meinem gedemütigten Leib gedroschen. Er war jeden Schweizer Franken wert. Wie bestellt erschien meine Wellness-Zofe und führte mich mit wissendem Grinsen in die mosaikverzierte Badelandschaft. Umgehend machte ich einen Seemannsköpper vom Dach der finnischen Saunahütte, und weiter ging es erst mal mit fünfzehn Meter Lagen durch den muggelig warmen Pool. Als ich wieder auftauchte, bemerkte ich, wie mich drei goldverzierte Matronen im Versace-Lametta-Bikini mit fettigen Blicken vernaschten. Mit einem riskanten Fluchtmanöver über die Poolkante ins eiskalte Tauchbecken brachte ich mich vor ihnen in Sicherheit.

Nach fünf Minuten Schockfrosten machte ich mich auf den Weg zum Bodypeeling mit dem versprochenen Entspannungsritual, dass ich ja auch noch gebucht hatte. Die ganze Prozedur hatte ich mir zwar anders vorgestellt, aber übel war das auch nicht – wie 'ne Art Sandstrahlung. Hinterher ging es im Schongang locker mit dem Polierschwabbel über die frischrenovierte Epidermis.

Um ehrlich zu sein: Am Ende fühlte sich das alles überraschend gut an. Nach einem Tag Wellness war ich komplett runderneuert. Die alte Spannkraft war wieder da, jeder Muskel vibrierte lebenslustig, und das Auge des Tigers erstrahlte hell in neuem Glanz. Ich freute mich schon auf das Abendprogramm: genussvolle Gaumenkitzler und andere herrliche Schweinereien. Außerdem sollte man in dem Laden auch gut essen können. Das «Chevi» war bekannt für exotische Spezialitäten und eine hervorragend sortierte Cocktailbar, wo ich mit Sicherheit ein paar exquisiten Skihasen das Fell über die Ohren ziehen konnte. Endlich war ich wieder auf Kurs!

Mit einem diabolischen Grinsen auf dem Gesicht verließ

ich den Seifentempel, stiefelte direkt auf mein Zimmer und fläzte mich behaglich auf das bequeme Sofa. Gleich würde auf RTL meine Lieblingssendung starten: «Exclusiv» mit Frauke Ludowig. Endlich Ruhe. Mein RTL. Herrlich.

In diesem Moment klopfte es an der Tür. Obwohl ich nicht aufmachte, stand plötzlich der Hoteldirektor persönlich im Zimmer: der legendäre Maurice «Monty» Montreux.

«Tach, Herr Schröder, sitzen bleiben, keine Umstände. Der gute Heck hat mich angerufen und mich gebeten, Ihnen eine persönliche Einladung für unser traditionelles Direktorendinner auszusprechen. Wir beginnen pünktlich um halb neun in der ‹Brasserie du Lac›. Ich erwarte Sie also in stilsicherer Garderobe und freue mich darauf, Sie zu sehen.» Unaufgefordert ließ er sich dann im Sessel nieder und erzählte ein paar Räuberpistolen aus der guten alten Zeit. Der Höflichkeit halber machte ich den Fernseher aus und versuchte ihm aufmerksam zu folgen. Verdammt. Wieder nix mit «Exclusiv». Danke, du snobistischer Labertünnes.

Um halb neun marschierte ich mit meiner besten Alpina-Brille in die Brasserie. Zwei entzückende Damen geleiteten mich zu Montys Tisch, an dem zu meiner Überraschung außer Monty und mir noch drei weitere Pärchen saßen. Namen spielen keine Rolle, aber ich kannte alle aus der *Bunten*. Drei beliebte Schauspielerinnen mit ihren derzeitigen Partnern saßen gelangweilt um den Tisch herum. Ich klopfte auf den Tisch und sagte gespielt unschuldig: «Ich kenn euch nicht, aber ihr kennt mich. Gestatten, Atze Schröder, Baron der Leidenschaft, Ritter der Herzen, Fürst der Verzückung, Lebemann und Galan aller Galanten!»

Sechs ratlose Augen blickten mich irritiert an. Bevor es peinlich wurde, sprang Monty hektisch auf: «Kinners, was wollt ihr trinken?»

Hilfe, das konnte ja heiter werden. Ich ließ mir nichts anmerken und beobachtete die blasierte Mischpoke beim Essen an meinem Tisch. Die Blonde war so tief ausgeschnitten, dass ich ihren frischrasierten Bauchnabel erahnen konnte. Für das üppige Dekolleté würde man in einer guten Landmetzgerei 280 Euro auf die Theke legen müssen – dafür wäre es allerdings auch frisch gewesen. Sie schwafelte unablässig von ihrer sogenannten Schauspielerei und tupfte ab und zu ihrem beflissenen Macker die Bratensoße vom Porno-Schnauzer. Das ging selbst dem dünnen Schwarzmähnen-Pony mit dem schmalen Rücken und den langen Beinen gewaltig auf den Keks. Sie schnitt eine gelangweilte Grimasse und schaute mir eine verräterische Sekunde zu lange in die lauernden Augen. Ihr Typ unterhielt sich angeregt mit dem Begleiter von der Dritten im Bunde. Sie war seit langem Deutschlands feuchter Männertraum. Eine Schönheit, in Würde gereift. Nicht mehr ganz so jung, aber mit Sicherheit äußerst routiniert auf dem Platz. Die Erotik dieser Frau war immer noch sehr präsent, und mein neuer Kumpel Monty war ihr schon nach wenigen Minuten endgültig verfallen. Trotzdem zog sie gekonnt ihr betörendes Spiel durch. Ein neckisches Kopfschütteln, ein silbriges Lachen und laszives Lippenlecken, und die bestickte Serviette, die eben noch unschuldig über Montys Schoß gelegen hatte, schwebte in Sekundenschnelle auf Tischkantenhöhe. Die alpine Liebeslegende hing mit ihrem Eispickel willenlos an der Nordwand, und dort ließ sie Madame mit sichtlichem Vergnügen zappeln. Tja, in dem Alter macht das Suchen mehr Spaß als das Finden!

Monty und ich hatten mit den Frauen im Prinzip alles klar, es gab nur ein Problem: Wohin mit den Männern? Plötzlich hatte ich eine Idee. «Sagt mal, Leute, ist heute nicht Fußball? Champions League, Halbfinale?»

Auf einen Schlag kam Leben in die Schnarchköppe. «Ja leider», wurde in die Runde genölt, «die erste Halbzeit haben wir ja schon verpasst!»

In diesem Moment zeigte sich die ganze Klasse des mit allen Wassern gewaschenen Hoteldirektors. Er stand auf und räusperte sich gewichtig: «Meine Herren, ich habe im Zigarrenzimmer eine Großbildleinwand, einen herrlichen Single Malt und ein paar exquisite Cohibas herrichten lassen. Wenn ich also zur zweiten Halbzeit bitten darf.»

Der alte Fuchs hatte in Millisekunden meinen perfiden Plan durchschaut. Und richtig – während Tick, Trick und Track gar nicht schnell genug mit der Blondine im Schlepptau in die Räucherhöhle verschwinden konnten, öffnete ich nonchalant eine neue Flasche Champagner. Den beiden verbliebenen Schönheiten füllte ich genussvoll die Kristallgläser und prostete in die Runde: «Fußball, wie vulgär!»

Man konnte die Milch förmlich einschießen hören. Der vielzitierte Kieslaster nahm Fahrt auf und war nicht mehr zu stoppen. Die Damen waren außer Rand und Band. Monty zog das nächste Ass aus dem Ärmel: «Wollen wir vier Hübschen nicht mal was für den Kreislauf tun? Unser Whirlpool in der Präsidentensuite hat doch jetzt diese tolle Unterwasserbeleuchtung!»

Fünf Minuten später war «Land unter» im blubbernden

Eierkocher. Es wurde gegackert, gespritzt und gejodelt. Was an Wasser überschwappte, wurde mit Champagner umgehend wieder aufgefüllt. Und während die Herren im Raucherzimmer lautstark einen Elfmeter forderten, konnte in Aphrodites Pool der Sünde von Strafstoß keine Rede sein. Die mit den schwarzen Haaren, ich nenne sie mal «Blacky», ging auf Tauchgang und inspizierte höchst eindrucksvoll mein Great Barrier Reef. Auch Montys feurige Badenixe machte unerschrocken Jagd auf «Roter Oktober». Zeitweise hatte ich große Sorge, ob mein neuer bester Kumpel das ganze Spektakel heil überleben würde. Knutschend, fummelnd, trinkend, prustend und komplett enthemmt, plantschten wir uns durch alle drei Teile von «Free Willy». Gerade als ich dachte, was soll jetzt noch kommen, legte Monty noch einen drauf: «Mon Dieu, das darf doch nicht wahr sein. Schon elf Uhr durch! Jetzt aber alle husch, husch ins Bett!»

Was für ein Teufel – stand das Bett doch keine acht Meter von unserer blauen Liebeslagune entfernt! Und was heißt hier überhaupt Bett? In dem Trümmer hätte Schneewittchen bequem mit sieben grünen Ogern hausen können. Während Montys Gespielin ihren Galan mit einem flauschigen Frottétuch verwöhnte, zeigte er zu ihrer sichtlichen Enttäuschung nicht mehr ganz so deutlich, dass er ein Rüde war. Ich weiß nicht, ob es die drei Flaschen Schaumwein waren oder ob es am zu heißen Badewasser lag: Unser graumelierter Stiffmaster nickte einfach selig weg. Aber wir drei hatten auch so unseren Spaß.

Mein Gott, es geht doch nichts über zwei wunderbare Klassefrauen, die eine gute Unterhaltung zu schätzen wissen. Ich sagte: «So, ihr beiden Fußballmuttis, dann holt mal eure Minikicker aus dem Raucherzimmer ab, sonst geht's hier gleich in die Verlängerung!»

Lachend zogen die beiden Schönheiten von dannen. Ich sag es ja immer wieder: Frauen hassen nichts so sehr wie Langeweile! Ich deckte den schnarchenden Monty liebevoll mit einer Tagesdecke zu, hängte die Bettwäsche zum Trocknen raus auf den Balkon und zog mich rechtschaffen müde in mein Zimmer zurück. Gerade als ich ins Land der Träume übersetzte, klingelte mein Handy auf dem Nachttisch. Schlaftrunken ging ich ran. Ute war dran: «Atze, mir geht's nicht gut. Ich hab große Schmerzen. Ich mach mir Sorgen. Hier stimmt was nicht. Wo bist du denn?»

Schlagartig war ich hellwach, und bereits zehn Minuten später flutete ich den Sechs-Zylinder-Boxer meiner Zuffenhausener Präzisionslenkwaffe. St. Moritz–Essen: 800 Kilometer! Bei einem vorsichtig tiefgestapelten Durchschnitt von 257 Stundenkilometern. Ich versuchte, meine besorgte Nachbarin zu beruhigen: «Ute, halt durch, ich bin in drei Stunden bei dir!» Um exakt fünf Uhr siebenundvierzig und dreiundzwanzig Sekunden klopfte ich lautstark an Utes Wohnungstür. Nach endlosen Minuten öffnete sie gähnend und schaute mich verdutzt an: «Ach ja, Atze, du bist's! Fehlalarm, waren nur zwei Frühwehen! Kannst dich wieder hinlegen.»

Fassungslos schlich ich die Treppe hoch in meine Wohnung. All die Sorgen – umsonst! Na, Gott sei Dank. Utes besorgte Stimme war mir durch Mark und Bein gegangen. Auf der Autobahn hatte ich sogar ein kleines Stoßgebet Richtung Abendhimmel geschickt. Jetzt fiel mir die ganze

Anspannung aus dem Pelz. Als ich beim Pinkeln in den Spiegel schaute, sah ich so fertig aus wie Helmut Schmidt nach einer Elektrozigarette. Schlagartig wurde mir klar: Wellness wird total überschätzt.

6.

Babys erster Porsche

Als ich am nächsten Morgen um neun Uhr völlig gerädert in meiner kuscheligen Biber-Porsche-Bettwäsche die Augen öffnete, hörte ich ein dumpfes Klopfen an der Tür. Wahrscheinlich war ich davon aufgewacht – die Klingel hatte ich nämlich vorsichtshalber abgestellt. Panisch verkroch ich mich unter meinem dicken Plumeau. Mein erster Gedanke war: Hoffentlich sind das nicht die beiden Badenixen aus dem «Chevi»! Mit vorgehängter Kette öffnete ich vorsichtig die Tür und stellte zu meiner Erleichterung fest, dass es nur die gute Ute war. Ein kurzes Lächeln erschien auf meinem Gesicht, doch dann fiel mir ein: Ich war ja eigentlich stinksauer auf sie. Bevor ich ihr auch nur den kleinsten Vorwurf eintüten konnte, nahm sie mir mit einem treuherzigen Blick aus ihren braunen Augen den Wind aus den Segeln: «Sag mal, hab ich mich eigentlich schon bei meinem kleinen Rennfahrer bedankt? Danke, dass du heute Nacht sofort gekommen bist. Das war sooo süß von dir!»

Gönnerhaft machte ich eine wegwerfende Handbewegung und entgegnete: «Hä? Ach so! Kein Thema, das war doch nix. Ich war eh grad in der Gegend!»

Jetzt war sie verdutzt: «Hä? Hast du nicht was von St. Moritz erzählt?»

Um Zeit zu gewinnen, friemelte ich umständlich die Kette von der Wohnungstür und hörte mich selber stammeln: «Ach so ... nee ... ja ... nein, nein – nicht St. Moritz ... das war doch nur mein alter Kumpel Moritz Schmidt vom Porsche-Zentrum Wanne-Eickel. Wir haben uns ein paar Stunden mit dem neuen Panamera amüsiert und noch 'ne Runde geflippert.»

«Aha. Trotzdem schön, dass auf dich Verlass ist. Ich hab bei mir in der Wohnung Frühstück für uns gemacht. Ich bin doch jetzt schon im Mutterschaftsurlaub. Dusch dich mal schnell und komm runter. Es gibt sogar dänischen Gurkensalat. Den magst du doch so gerne.»

Zwanzig Minuten später saß ich unten am opulent gedeckten Frühstückstisch und verdrückte zwei Brötchen mit einem ökologisch-dynamischen Leberwurstersatz, auf den ich zirka drei Tonnen Gurkensalat schaufelte, um den seltsamen Geschmack zu übertünchen. Ich kaute, Ute quasselte. Über ihre Geburtsvorbereitungen, den Hechelkurs, Schwangerschaftsyoga, Erstausrüstung, Blümchentapete, Blümchenbordüre, Wickelkommode und so weiter und so fort! Alle dreieinhalb Minuten grunzte ich zustimmend, um Interesse zu heucheln. Was sollte ich auch dazu sagen? Ich war ja noch nie schwanger gewesen. Sie plapperte munter weiter: «... und dann brauch ich ja auch noch einen Kinderwagen. Am besten aus dem Secondhandladen in Kettwig, oder ich schau mal bei eBay!»

Fast hätte ich mich verschluckt. Einen Wagen bei eBay oder secondhand kaufen? Ich glaub, es hackt.

«Hömma, mach, was du willst, aber eins sag ich dir ganz klar: Wer am Wagen spart, der frisst auch Raps. So ein Kinderwagen, das ist doch kein schnöder Gebrauchsgegenstand! Das ist eine Lebenseinstellung. Da werden die Weichen gestellt für die motorisierte Zukunft! Du kannst doch ein unschuldiges kleines Wesen nicht in so 'nem versifften Milbenkreuzer durch die Gegend schaukeln. Wer weiß denn, durch welche kontaminierte Essener Favela das Teil schon geschubst wurde? Willst du, dass dein Kind ernsthaft krank wird? Gerade in Essen! Pseudo-Krupp, die Krätze – wer weiß, welche Wanzen sich da noch verzweifelt ins Polster krallen? Nee, Ute, ich hab ja wirklich für alles Verständnis ... man kann echt an allem sparen, aber nicht am Wagen!»

«Ja sicher, klar! Du hast gut labern. Weißt du eigentlich, was ein neuer Kinderwagen kostet? Da kann ich ja gleich einen Kredit aufnehmen.»

«Ich bitte dich, nun lass doch mal die Kirche im Dorf. Was mag so ein Teil kosten? Doch nicht mehr als 150 Euro! Und da ist die Klimaanlage schon serienmäßig mit drin. Und wenn er dann eben in Gottes Namen 180 kostet, leg ich halt den Rest dazu. Dann hast du wenigstens was Gutes.»

Seltsam amüsiert schaute sie mich an: «Wenn du meinst. Wann hast du denn mal Zeit, du Experte?»

«Liebste Frau Nachbarin, ich hab noch neun Tage Urlaub. Heute Nachmittag um drei geht's nach Düsseldorf, so was kauft der Profi auf der Königsallee!»

Zurück in meiner Wohnung, googelte ich erst mal «Düsseldorf – exklusiv – 150 Euro». Achttausend Treffer! Ich notierte mir die vielversprechendsten Namen der einschlägigen Clubs, als mir plötzlich wieder einfiel, dass es ja um Ute und das Baby ging. Also tippte ich stattdessen

«150 Euro, Kinderwagen kaufen». Fünf Treffer, einer davon sogar in der Innenstadt, Breite Straße, parallel zur Königsallee! Das klang schon mal gut. Es kam noch besser. Der Laden hieß «Mother's Finest». Grandios: wie die legendäre Funkrock-Band! Die hatte mir doch damals im «Rockpalast» so gut gefallen. Vor allem die schwarze Sängerin, eine rastabezopfte Göttin im schwarzen Catsuit. Wenn das mal kein Zeichen war.

Pünktlich um drei hatte ich das Muttertier in dem «Recaro»-Sportschalensitz meines Porsche versenkt und mit einer improvisierten Gurtverlängerung gesichert. 'ne Kiste Bier zum Gewichtsausgleich hinter den Fahrersitz, und die gleichmäßige Traktion auf den Hinterreifen war wiederhergestellt. Wenig später war mir aber schon klar, dass es heute sowieso keine Bestzeit geben würde.

«Hier ist 70, Atze! Siehst du den da vorne nicht? Der bremst doch! Die Ampel war rot! Fahr doch nicht so ruckelig! Mein Gott, ist dieses Auto laut. Was ist das denn für eine komische Musik? Muss die so laut sein? Jetzt hättest du den Opa beinahe umgefahren. Halt an, ich steig aus!» Quietschend stieg ich in die Eisen und versuchte über ihren Monsterbauch zum Griff der Beifahrertür zu langen.

«Pass mal auf, Prinzessin Lilifee. Geh mir nicht auf den Keks. Ich fahre – und du bewunderst mich lautlos. Okay?» Demonstrativ schaute sie aus ihrem Fenster und schwieg. Na bitte, geht doch. Man muss als Mann auch mal 'ne klare Ansage machen. Wo kommen wir denn da hin? Dem Papst erklärt doch auch keiner, was katholisch ist. Ohne weitere

Kommentare parkte ich direkt vor dem Luxus-Babyshop. Madame hatte sich inzwischen so weit entspannt, dass sie sich nicht mal mehr über mein demonstratives Falschparken mokierte.

Stattdessen wälzte sie sich aus dem Wagen, brachte ihren Bauch ins Lot und schnaufte süffisant: «So, in diesem Schickimickiladen gibt es also Kinderwagen für 150 Euro – das glaubst du doch selber nicht!»

«Wetten, dass? Du bist doch schon hysterisch in deiner Sparwut. Weißte was – ich zahl alles, was drüber ist, fertig, aus. Können wir jetzt wenigstens mal reingehen, oder ist das auch schon zu teuer? Mensch, Ute, jetzt bleib doch mal locker. Ich mach das hier schon. Alles wird gut.»

«Ich mein ja nur. Ich will dich nicht ausnutzen. Was hast du denn schließlich mit meinem Kinderwagen zu tun?»

«Nix. Aber wenn ich schon demnächst über eine Karre im Hausflur stolpere, dann soll es wenigstens eine gute sein.»

Im Laden herrschte eine Stimmung wie zur Teezeit im Buckingham Palace. Untermalt von gedämpfter Mozart-Musik, schwebte eine blondierte Fachverkäuferin auf uns zu. Perlenkette, Mitte 50, verbindliches Gutsfrauenlächeln. Arisches Blauauge, leichte Segelbräune. Der berühmte Stock im Arsch schien bei ihr durch eine tiefgefrorene Lachsforelle ausgetauscht worden zu sein, denn sie begrüßte uns unterkühlt: «Herrrzlich willkommen, wie kann ich Ihnen behilflich sein? Möchten Sie etwas trinken? Einen Espresso? Ein Wasser, einen Tee?»

Wir entschieden uns für einen frischgepressten Möhrensaft. Während Frau Gräfin blasiert von dannen zog, stieß ich

Ute leicht in die Seite und stichelte: «Siehste, so was kriegst du nicht bei eBay. Das hat Stil, das hat Klasse. So kauft man ein.»

Zwei Minuten später kam Blondie mit der pürierten Biobrühe und zwei Plätzchen auf einem Silbertablett wieder: «So. Suchen die Herrschaften etwas Bestimmtes?»

Laut und deutlich hörte ich Ute sagen: «Ja, wir hätten gerne einen sehr guten Kinderwagen für 150 Euro.»

Blondie hatte Mühe, die Fassung zu bewahren. Ihre Nasenflügel zitterten. Sichtlich angestrengt teilte sie uns mit, dass sie uns in diesem Preissegment leider nichts anbieten könne. Da müssten wir schon bei der Caritas gucken. Oder secondhand. Ute grinste hämisch und blickte mich triumphierend an. So kamen wir nicht weiter. Das konnte ich mir nicht bieten lassen. Die ganze Angelegenheit war hiermit Chefsache.

«Frau Peymann hier macht gerne mal einen Scherz. Zeigen Sie uns einfach mal Ihre Topmodelle zur Auswahl!»

Sichtlich unmotiviert sortierte Queen Mum ihren eingefrorenen Überbiss wieder ein und führte uns gelangweilt in den Showroom.

«Hier haben wir das Modell ‹Booguba Sparta 300›! Der kostet, so wie er hier steht, 1100 Euro.»

«Tolle Idee, Frau Gräfin, gibt's den auch als Einsteigermodell?»

«Das ist das Einsteigermodell.»

«Nee, Sie haben mich nicht verstanden. Gibt es den billiger?»

«Nein, das ist ein Restposten. Das aktuelle Modell kann ich Ihnen für 1800 anbieten.»

«Aber der Wagen hat ja noch nicht mal gebürstete Alufelgen ... oder äh ... Karbongriffe ... äh ... äh ... äh.»

Ute unterstützte mich gutgelaunt: «Du meinst Lammfellfußsack, Sonnenschirm und Schneeräder!»

«Ja genau, sag ich doch. Das Dingen hat ja noch nicht mal Winterreifen!»

Arrogant konterte Frau Gräfin: «Entschuldigung, wenn Ihnen der Wagen für 1100 Euro schon zu teuer ist, dann werde ich Ihnen ja wohl kaum die Vollausstattung für 2500 vorschlagen, nicht wahr!»

Allein für das «nicht wahr» hätte ich ihr eine ballern können. Ich beherrschte mich und ging souverän zum Gegenangriff über.

«Jetzt pass mal auf, Tante Prusseliese – die Karre ist mir nicht zu teuer, sondern zu armselig. Das Kind ist doch nicht von Adam Opel. Ich will jetzt auf der Stelle das Topmodell sehen!»

«Ganz wie Sie meinen.»

Tante Prusseliese verschwand siegesgewiss um die Ecke, nur um eine weitere Demütigung aus dem Lager zu ziehen.

Im Gegensatz zu mir roch Ute den Braten und zupfte flehentlich an meinem Ärmel: «Atze, komm, lass gut sein. Bitte, lass uns einfach gehen! Das bringt doch alles nichts!»

Kein Anschluss unter dieser Nummer. Ich lass mich doch von so einer polierten Sardellendose nicht ins Bockshorn jagen. Ja, was? Wollen doch mal sehen, wer hier die besseren Nerven hat! Da eierte der blonde Klapperstorch auch schon wieder um die Ecke und schob voller Stolz eine imposante Luxusschaukel vor meine Füße.

«Das ist jetzt der ‹Booguba Dubai Panamera 4S› – Aluräder, Karbongestell, Überrollbügel aus Karbon, Keramikbremse, Freilaufschaltung, Solar-Sitzheizung im Schiebebetrieb, GPS-Notruf, Obermaterial mit Fibermembranen aus NASA-geprüften Methyldiclobromidfasern. Innen ist der Fußsack natürlich aus feinster Vikunja-Wolle. Mehr geht nun wirklich nicht! Ach so: Der Haltebügel der Babyliegewanne ist natürlich von Porsche designt.»

«Na bitte. Jetzt reden wir Deutsch. Den nehmen wir! Was kostet die Beule?»

«6800 Euro. Der Einkaufsbeutel hat am Griff eine kleine Farbirritation, deshalb ist der billiger.»

Ute flüsterte mir hektisch ins Ohr: «Bitte hör jetzt auf. Ich will dieses Hightech-Dingen nicht. Lass es gut sein, ja? Bitte!»

Ich raunte zurück: «Das verstehst du nicht. Halt dich da raus. Sie oder ich, nur darum geht's!»

Peinlich berührt verzog sich Ute in den hinteren Teil des Geschäftes.

Triumphierend drehte ich mich zu meiner Gegnerin um: «Entschuldigen Sie, gnädige Frau – aber Lackfehler ist nicht. Holen Sie bitte einen Neuen aus dem Lager!»

«Sehr gerne, das macht dann 7200 Euro.»

Ich griff in meine Hose und fing an, die Scheine abzuzählen. Meine Urlaubskasse aus der Schweiz war noch fast unangetastet – streng genommen hatte ich in St. Moritz ja noch nicht einmal übernachtet. Meine Gegnerin versuchte die Fassung zu bewahren, aber ihre Augen flackerten nervös. Während ich noch genüsslich und extra umständlich die Zehner abzählte, rollerte Ute strahlend mit einem kleinen, etwas ramponierten 50er-Jahre-Kinderwagen um die Ecke.

«Guck mal», rief sie begeistert, «genau so einen wollte ich schon immer haben!»

Tante Prusseliese wurde direkt wieder giftig: «Tut mir leid. Der ist nur Deko und nicht verkäuflich.»

Abrupt hörte ich auf zu zählen. Ich sah die tiefe Enttäuschung in Utes Augen.

«Ach so, der ist also nicht verkäuflich. Dann machen Sie uns doch noch mal einen schönen starken Kaffee, einen frischen Saft und ein paar Schnittchen. Ich glaube, wir möchten nämlich jetzt doch noch mal alle Modelle sehen. So ein Mobile für übers Bett fehlt ja auch noch. Das wird heute 'ne lange Nacht … aber morgen ist ja auch noch ein Tag!»

Entgeistert ließ die alte Hippe endgültig die Maske fallen: «Hören Sie zu», raunte sie. «Wenn Sie versprechen, nicht mehr wiederzukommen, und uns auch nicht weiterempfehlen, würde ich Ihnen den Dekowagen in Gottes Namen für 150 Euro ohne Rechnung überlassen!»

Sieg! 150 Euro wechselten den Besitzer, und eine überglückliche Ute schob ihren fast neuen Kinderwagen nach draußen. Der Taxifahrer verstaute ihn im Kofferraum, und ich sagte gutgelaunt zu Ute, die schon auf der Rückbank saß: «Siehste, was habe ich dir gesagt – einen guten Kinderwagen kriegt man in Düsseldorf! Exklusiv, für 150 Euro.»

«Tja, Atze, und wer zahlt das Taxi?», entgegnete sie.

«Ich natürlich, werte Frau Peymann. Hab ich doch gesagt: alles, was über 150 geht. Außerdem kannst du ja nix dafür, dass das schmucke Teil nicht in den Porsche passt.»

Sie schenkte mir ein strahlendes Lächeln: «Du bist aber auch ein Typ! Was würde ich bloß ohne dich machen?»

Ich zwinkerte ihr zu: «Keine Ahnung, wahrscheinlich was Gebrauchtes bei eBay kaufen!»

7.

Gran Canaria

Ruck, zuck war Mitte Februar, und ich hatte tatsächlich immer noch keinen richtigen Urlaub gehabt. Der erste Tour-Block im neuen Jahr war um, und jetzt schlug die Februardepression erbarmungslos zu.

Februar. Der Februar ist ein Scheißmonat, der die Menschen mit Krankheit und Kälte quält ... meistens schmuddelig und trüb, aber vor allen Dingen grau. Zu allem Überfluss stand auch noch das Karnevalswochenende bevor – höchste Zeit, sich zu verdrücken. Das ging mir durch den Kopf, als ich mich auf den Höhepunkt des Tages vorbereitete.

Akkurat lag die pommersche Leberwurstschnitte neben dem hauchdünn geschnittenen dänischen Gurkensalat. Leise zischend perlte das Pils in der Brandung. Noch vier Minuten, dann würde mich Frauke Ludowig, der fleischgewordene Boulevard, zu meiner Lieblingssendung «Exclusiv» begrüßen. Herrlich. Mein RTL.

Ich hatte gerade wohlig stöhnend die exakt richtige Mischung aus Leberwurstbrot, Gurkensalat und Pils auf der Zunge ausbalanciert, als mich das Telefon aus diesem kulinarischen Traumzustand klingelte. Ich wäre niemals rangegangen, wenn ich nicht Helgas Nummer gesehen hätte. Helga Wachowiak, meine heißgeliebte Exnachbarin, genannt «die Rundbürste». Helga, die Friseurlegende, die vor Ute in der Wohnung unter mir gehaust hatte. Helga war jetzt seit einem Jahr auf Gran Canaria und fühlte sich dort pudelwohl – für ehrenvolle Pensionäre wie Helga ist die Insel mit ihrer einzigartigen Natur und der handfesten Eckkneipenkultur schließlich wie gemacht. Wer allerdings noch alle Tassen im Schrank hat und auch körperlich noch voll im Saft steht, für den ist dieses idyllische Eiland schlicht die letzte Ausfahrt vor der Hölle. Ich ging also ans Telefon. Adios, Frauke, te quiero, mi diavola erotica – wir sehen uns morgen.

«Hallo, Helga, ich hoffe für dich, dass es wichtig ist!»

«Spricht man so mit einer alten Freundin, du vorlautes Lockenschaf? Es *ist* lebenswichtig, sonst würde ich dich doch nicht bei ‹Exclusiv› stören. Wie ich dich kenne, hast du den Gurkensalat schon aufgegessen.»

«Helga, was ist los? Hast du Ärger? Wen soll ich lautlos töten?»

«Nee, nee, alles gut. Ich brauch nur ganz spontan 'nen Trauzeugen, sonst nix. Ich hab nämlich einen ganz reizenden Mann kennengelernt. Enrico und ich heiraten übermorgen hier auf Gran Canaria. Haste Zeit?»

«Also jetzt mal langsam zum Mitschreiben. Hast du nicht immer gesagt: Warum gleich heiraten, man kann doch erst mal 'n bisschen fummeln?»

Sie kicherte. «Ja, klar. Aber das haben wir längst hinter uns. Und du weißt ja – für alles andere will ich 'nen Trauschein.»

Mir fiel der Kitt aus der Alpina-Brille. Damit hatte ich nun wirklich nicht gerechnet. Überrumpelt stammelte ich in den Hörer: «Ich bin morgen da. Stell schon mal 'nen Eimer Sangria kalt. Aber damit das klar ist, mein Turteltäubchen: Bevor ich unterschreibe, muss dein spanischer Stanglwirt erst bei mir durch den TÜV.»

Hustend verschluckte sie sich an der obligatorischen Mentholkippe und wollte protestieren, aber da hatte ich schon mit einem lakonischen «Bis morgen, mein Rotfuchs!» aufgelegt. Meine Helga wollte heiraten. Das war ja 'n Ding! So kannte ich sie gar nicht. Irgendwas war da doch faul, nur was? Das musste ich herausfinden. Ich rief schnell in der Agentur an, um mich für die nächsten Tage abzumelden und die Reisedaten zu klären. Pünktlich um halb acht am nächsten Morgen stand ich im Düsseldorfer Abflugterminal am Ende der längsten Rentnerpolonaise Europas. Nach zehn Minuten hatte ich den Kaffee auf, setzte den Blinker und zog rechts an der greisen Oldieparade vorbei, direkt zum Schalter. Sofort rief der aufmüpfige Rudelführer: «Ey, Locke, hinten anstellen!»

«Da war ich schon, ist mir zu voll!»

«Ist mir scheißegal. Du stellst dich hinten an. Sonst gibt's was anne Mappe!»

Ich drehte mich um und schnarrte den Hirni an: «Hömma, Käpt'n Windjacke, was will dir diese Brille sagen? Rrrichtig, ich bin der Pilot!»

Um die Schlägerei hinter mir hab ich mich nicht mehr gekümmert. Koffer aufs Band, eingecheckt und mit hochgereckten Armen durch die Sicherheitskontrolle. Eine halbe Stunde später saß ich schon in meinem Sitz und nippte gemütlich am Tomatensaft. Ich räkelte mich, gähnte herzhaft, sackte leicht weg ... und dann sah ich sie auch schon durch den Vorhang zum Cockpit auf mich zukommen. Eine erotische Naturgewalt! Ihr knappsitzendes Stewardessenkostüm schob sich bei jedem Schritt knisternd mit dem Polyesterunterrock über die formvollendeten Schenkel. Ich erschauerte vor Lust. Mit den messerscharfen Highheel-Stilettos von «Graceland» würde sie selbst einer hochgiftigen asiatischen Tsuang-Nghong-Mücke noch die Winterkirschen epilieren können. Langsam beugte sie sich über mich. Ihre sinnlichen Lippen näherten sich meinem linken Ohr und raunten verheißungsvoll mit tiefer Stimme: «Hola Señor Schröder. Mein Name ist Maria Gabriela Marquez del Campo. Ich begrüße Sie im Namen von ‹Love Air› an Bord der ‹Chupar la piña› auf Ihrem Flug ins Paradies. Ich bin Ihr Frühstück. Wie hätten Sie denn gerne Ihre Eier?» Während ich schon fast von Sinnen ein heiseres «Gestreichelt» hauchte, setzte sie sich auf meinen Schoß. Ich schrie vor Schmerz.

In diesem Moment wurde ich wach. Entsetzt musste ich feststellen, dass nicht etwa Miss Südamerika auf mir gelandet war, sondern eine Sechserpackung steinschwerer Bocciakugeln. Neben meinem Sitz stand ein Gartenzwerg mit weißen Pumasocken in Trekkingsandalen und versuchte verzweifelt, mit seiner gichtigen Rentnerkralle die Klappe des Gepäckfachs über mir wieder zu schließen. Anstatt sich für seine Dämlichkeit zu entschuldigen, ranzte dieser Gollum mich auch noch herrisch an: «Ey, du Paselacke, nimm die Pfoten von meinen Kugeln, sonst polier ich dir deine miese Fresse!»

Ich entschuldigte mich artig und bemühte mich unter Schmerzen, die bekloppten Kugeln wieder ins überfüllte Gepäckfach zu stopfen. Bloß keinen Ärger auf den letzten

Metern. Ich leg mich doch nicht mit einem kampfbereiten Stress-Opa aus dem Ruhrgebiet an. Nur Dummköpfe unterschätzen leichtfertig die knüppelharte Mentalität eines Rentners aus dem Pott. Da brauchst du nur mal die «Natter» zu fragen, wenigen bekannt unter seinem richtigen Namen Dieter Kuballa.

1982 gab es in Essen-Kray den illegalen Boxclub «Teutonia Kray», Abkürzung BCT. Eine Vereinigung munterer Schläger, Luden, Malocher und anderer Eierköppe. Die Jungs waren ultrahart und staubtrocken. Falls einer den Film «Fight Club» mit Brad Pitt gesehen hat und jetzt glaubt, er hätte 'ne Ahnung, wie es gewesen sein könnte – der ist voll auf dem Holzweg. Präsident des Clubs war besagter Dieter Kuballa alias «die Natter». 2,02 Meter groß, 60er Oberarm, austrainierte 125 Kilo. Dieter war das mieseste und gefährlichste Stück DNA, das der liebe Gott für Essen im Programm hatte. Statt eines Gewissens hatte er im Hirn einen halben Quadratzentimeter verödetes Gewebe. Dafür war sein Testosteronspiegel so ausgeprägt, dass selbst die Polizei sich nicht traute, Kuballa in seiner Dodge Viper anzuhalten, um mal vorsichtig nach dem selbstverständlich nicht vorhandenen Führerschein zu fragen. Nur Nobby Schmiedeskamp, Hauptwachtmeister und dümmster Bulle der Welt, aus Bad Pyrmont der Liebe wegen ins Ruhrgebiet gezogen, hatte das Pech, an seinem ersten Arbeitstag in Essen ausgerechnet die «Natter» in seinem tiefergelegten Muschischlepper anzuhalten. Er fragte gutgelaunt, aber energisch nach den Papieren: «So, Sportsfreund, den Motor aus und Führerschein bitte!»

Keine wirklich gute Idee. Kuballa hielt das Ganze für einen Streich seiner Kumpels und tobte vor Wut. Sein Pitbull «Tyson» riss in einem Anfall animalischer Raserei große Teile aus dem Wapitilederpolster des Beifahrersitzes. Der arme Hund war es einfach nicht gewohnt, dass sich ein Fremder dem Fahrzeug näherte. Höflich, aber schon nicht mehr ganz so gutgelaunt hakte unser braver Nobby nach: «So, Freundchen, wie sieht's aus? Die Papiere, aber ein bisschen plötzlich, du Mongo!»

Was dann passierte, kursiert seither als Legende in ungefähr hundert schauerlichen Versionen. Hier die Geschichte, wie sie in der Zeitung stand:

Kuballa drehte der tobenden Töle mit einem Handgriff das Genick um. Mit der anderen Hand packte er den entsetzten Wachtmeister, zog ihn durch die Seitenscheibe und verprügelte ihn mit den sterblichen Überresten des Tieres. Beide am Bein hinter sich herschleifend, stiefelte der entfesselte Vollasi in die Kleingartenkolonie «Baldeney-Glück». Auf dem Weg dorthin riss er ein Stoppschild um und klemmte es sich unter den Arm. Die «Natter» marschierte zur erstbesten Laube, drückte dem verbeulten Nobby das verdengelte Stoppschild in die Hand und schrie ihn an: «Grab, du Arsch! Grab, du Arsch! Grab, du Arsch! Du sollst graben, du Arsch!» Der völlig ramponierte Polizist wollte gerade schlotternd vor Angst anfangen zu graben, als der Besitzer der Laube, Karl-Heinz Stallmeier, genannt Opa Stahl, mit einem missbilligenden «Wat gibt dat denn hier?!» den Lauf der Geschichte nachhaltig veränderte. Dem Reporter von *BILD* Essen gab er später nur lapidar zu Protokoll: «Ich hab dem Penner mal kurz die Hammelbeine langgezogen. Wo kommen wir denn da hin, wenn hier jeder die Mittagsruhe stört!» Das war allerdings stark untertrieben.

Opa Stahl mit seinen 67 Jahren hatte fast 50 Jahre lang bei Thyssen am Hochofen Stahl gestochen, ein unmenschlich anstrengender Knochenjob. Stahlarbeiter sind die Härtesten. Die ziehen durch. Malocher wie Opa Stahl haben vor gar nichts Angst. Oft sehen sie nach nichts aus: klein, faltig, unscheinbar, und benehmen sich lammfromm. Aber wehe, du nervst sie! Meine Oma sagte über solche Typen immer: «Tun dir jeden Gefallen, darfste nur nicht ärgern.»

Und genau das war passiert. Opa Stahl hatte in der Gartenhütte auf seinem alten Lieblingssessel namens «Mutti» gelegen und seinen heiligen Mittagsschlaf gehalten. Der Krach, den Kuballa und seine Opfer veranstalteten, hatte ihn geweckt. Als er sah, dass die beiden Clowns seinen frisch eingestreuten Rasen (Sorte «Wimbledon») zerstörten, um einen fünfzig Kilo schweren Köter zu verbuddeln, war im wahrsten Sinne des Wortes «Ende im Gelände».

Bevor die «Natter» auch nur zischen konnte, hatte der rüstige Rentner dem hünenhaften Luden mit der stumpfen Seite seiner alten Kohleschüppe derartig eins übergebraten, dass dieser sich auch nach den zehn Jahren in der JVA Velbert an nichts mehr erinnerte und sich erst nach fünf Jahren Bewährung wieder traute, in der Öffentlichkeit vorsichtig ein Käsebrötchen zu bestellen. Ein zwei Meter großes Häufchen Elend. Für immer gebrochen. Dank Opa Stahl.

Das alles ging mir in dem Ferienflieger durch den Kopf, als ich dem Terrorrentner kleinlaut half, seine beschissenen Bocciakugeln wieder ins Gepäckfach zu stopfen.

Eine gute Stunde später landeten wir sanft auf dem Flughafen Las Palmas de Gran Canaria. Nach dem herzlichen Empfang am Flughafen saß ich müde, aber entspannt neben der gutgelaunten Helga Wachowiak auf dem Beifahrersitz ihres alten Renault R4. Wir machten uns auf den Weg zu ihrer kleinen Wohnung in der Ferienanlage «Las Rebajas». Ich konnte mir Helga überhaupt nicht mit einem heißblütigen Toro-Lover vorstellen und überlegte die ganze Zeit, wie er wohl aussah, der Bube ihres Herzens. Kurzum: Ich war gespannt wie ein Flitzebogen. Die betörend schöne Insellandschaft der «Königin der Kanaren» zog an uns vorbei. Durch das halbgeöffnete Fenster umschmeichelte der Duft der farbenfrohen Hibiskusblüten meine sonnenhungrige Februarhaut, verlockend schimmerte der azurblaue Atlantik am Horizont. Hier wurde man sofort ruhiger, hier konnte man entschleunigen – hier schaltete man gleich zwei Gänge runter. Auch Helga hatte dauerhaft runtergeschaltet. In ihrem betagten R4 schaffte es die zittrige Tachonadel nicht über 55 Stundenkilometer. Sie schien meine Gedanken lesen zu können.

«Tut mir leid, Atze, die Revolverschaltung ist kaputt. Der dritte und der vierte Gang gehen nicht mehr rein, aber die brauchst du hier sowieso nicht. Wir Canarios haben Zeit.»

Soso – «wir» Canarios. Die gute Helga machte also schon auf Ureinwohner. Vor Jahrhunderten haben «wir» hier als Guanchen in den Höhlen gelebt, unter den spanischen Conquistadores bitteren Blutzoll gezahlt, dem kargen Atlantik die letzte Makrele abgerungen, und jetzt sind «wir» Canarios also pensionierte Friseusen, die alle Zeit der Welt haben!

Mann, Helga. Sonst noch was?

Wir bogen von der Hauptstraße ab und rollten auf eine kleine Urbanisation mit dem maroden DDR-Charme der 70er Jahre zu. Zu allem Überfluss jallerten wie auf Bestellung die unvermeidlichen «Gipsy Kings» ein schrengelndes «Hotel California» durch den morschen Monolautsprecher über dem Handschuhfach. Vor einem achtstöckigen Plattenbau in heimeligem Zementgrau kam das klapprige Helgamobil zum Stehen, und meine Gastgeberin deutete mit einem verschmitzten Lächeln auf ein verblichenes Schild über der Eingangstür: «Willkommen in der Casa Elvira España». Auweia. Als wir in die Wohnung kamen, traute ich meinen Augen kaum. Verstohlen blickte ich auf den Abriss meines Flugtickets, um mich zu vergewissern, dass ich den Flug nicht nur geträumt hatte. War ich vielleicht doch noch in Essen?

Helga hatte ihre alte Wohnung konsequent originalgetreu rekonstruiert. Ich erkannte alles wieder: ihr altes Nussbaum-Buffet, das schwarze Ledersofa von Colani, die alte Biedermeieranrichte – alles genau wie in Essen. Natürlich roch es auch hier wie auf einer abgebrannten Mentholplantage, und sogar der alte Friseurstuhl mit der unverwüstlichen Siemens-Trockenhaube stand vor dem goldenen Messingspiegel. Auf meinen fragenden Blick hin erwiderte sie mit Unschuldsmiene: «Man wird doch wohl noch ab und zu 'ne kleine Dauerwelle legen dürfen. Das kriegen die Spanier nicht hin. Schon gar nicht bei den ganzen Touri-Omas. So, und jetzt stell erst mal deine schwere Tasche ab, und dann gehen wir rüber zu Pedro, was essen. Super Laden, da gehen sogar die Spanier hin.»

Das war mal ein guter Vorschlag. Auf jeden Fall schnell

raus aus Helgas verquarztem Marlboro-Museum. Zur Not würde ich einfach am Strand pennen. Oder als Veterano der freien Liebe mit irgendeiner rassigen Dolores anbändeln – aber erst mal eintauchen in die kulinarische Welt der Kanaren. Ich freute mich auf ein gepflegtes «San Miguel», Sepia a la plancha, Pimientos de Padrón und zum Nachtisch Crema catalana mit einem warmen Brandy de Jerez. That's Spain, wenn du mich fragst. Im Geiste kramte ich nach den richtigen spanischen Wörtern für meine Gourmetbestellung in Landessprache. Ich fragte Helga: «Sag mal, was heißt eigentlich Espresso auf Spanisch?»

«Wieso Spanisch? Bist du bekloppt? Wir gehen doch nicht zum Spanier. Das spanische Zeug kann man doch nicht essen. Das verträgt kein vernünftiger Magen!»

«Äh – Moment mal, du hast doch gesagt, wir gehen zu Pedro!»

«So heißt doch nur die Kneipe. Gisela und Volker haben den Laden schon seit zwanzig Jahren. Da kriegst du den besten Wirsingauflauf von ganz Spanien. Die haben sogar dänischen Gurkensalat für dich besorgt. Nicht böse sein, ich hab ein bisschen mit dir angegeben. Hast du Autogramme dabei?» Ach du Scheiße, auch das noch. Mir brach der kalte Schweiß aus. Ehe ich was sagen konnte, standen wir schon unter der Eingangsmarkise der rappelvollen Wirsinghütte. Mit einem westfälisch strammen «Gisela, zapf an, da isser! Da isser!» machte Volker gleich klar, dass Diskretion und Wahrung der Privatsphäre nicht zu seinen Kernkompetenzen gehörten. Er umarmte mich mit seinen aufgeweichten Zapfgriffeln und drückte mich mit einer innigen Verbundenheit, als ob wir uns im Schneegestöber des Kessels von

Stalingrad aus den Augen verloren hätten. Dabei brüllte er mir für alle hörbar ins Ohr: «Atze Schröder! Atze Schröder! Atze! Ja, is' klar, ne! Atze! Da isser. Alles für den Dackel, alles für den Club! Atze, mein Atze!» Tapfer lächelte ich die aufkeimenden Mordgedanken weg und ließ die Welle plumper Zuneigung über mich hinwegrollen. Was für ein Idiot. Ich kannte den Lappen doch gar nicht. Trotzdem setzte ich noch eins drauf.

«Volker, mein Volker! Warum bist du denn damals in Berlin im ‹Sandwich› einfach abgehauen mit der blonden Transe? Gisela, das hättest du mal sehen müssen, wie zärtlich der Volker sein kann, sobald Bartstoppeln auf der Oberlippe sind. Was, Volker? Klingelingeling, hier kommt der Eiermann!»

Schon nicht mehr ganz so begeistert, bugsierte uns die leicht angeschossene Frohnatur an einen «ruhigen Tisch», den man von allen Ecken gut sehen konnte.

«Was wollt ihr trinken? Essen ist inner Mache! Dass ich das noch erleben darf. Helga, Autogramme gleich gehen klar, nä?»

Um ein bisschen Ruhe ins Boot zu bringen, schrieb ich 'ne Lage Autogramme, und nach zwanzig Minuten hatte sich der Trubel auch schon wieder beruhigt. Volker servierte seinen Wirsingauflauf. Nachdem wir die Pampe brav aufgegessen hatten, fragte ich Helga: «Wo ist denn jetzt dein spanischer Liebestorero? Stimmt der schon die Gitarre, oder ist er noch beim Stierkampf gefragt?»

«Du brauchst gar nicht so zu frotzeln, Herr Schröder. Da ist er doch schon. Wenn man vom Teufel spricht!»

In der Tür stand ein untersetzter, sonnenverbrannter

Ossi im Camp-David-Hemd. Ende fünfzig, Pocke überm Gucci-Gürtel, breites Grinsen. So 'ne schlabberige Mischung aus Homer Simpson und Tiffy aus der Sesamstraße. Er watschelte ohne den absolut angebrachten Hauch eines Selbstzweifels auf unseren Tisch zu und steckte Helga zur Begrüßung die Zunge bis zum Anschlag in den Hals. Sie erwiderte lustvoll. Die nächsten drei Minuten der liebestollen Schleckerei wären selbst aus einem Hardcore-Porno rausgeschnitten worden. Als sich die Liebenden voneinander lösten, stellte sich der ostdeutsche Ameisenbär vor.

«Enrico Krause, erfreut, dich kennenzulernen. Ich sag mal du. Ich bin ja der Ältere.»

Eigentlich bin ich ja selten um Worte verlegen, aber jetzt war ich wirklich nicht in der Lage zu sprechen. Was sollte ich auch sagen? Diese Flitzpiepe wollte meine Helga heiraten? Die ewige Moosrose aus Essen, die heißeste Partie, die das Ruhrgebiet in den wilden 70ern zu bieten hatte? Bis heute kursiert in Essen das Gerücht, dass der Promoauftritt der Rolling Stones 1973 zum Weltspartag im üppigen Foyer der Hauptsparkasse nur wegen Helga nicht stattfinden konnte. Mick Jagger, die immer scharfe Diva, wollte sich nämlich angeblich von keiner anderen als Frau Wachowiak den Kajalstrich nachziehen lassen. Aus wie immer gut unterrichteten Kreisen wurde die Geschichte unter dem Siegel der Verschwiegenheit folgendermaßen kolportiert: Während Helga in der provisorischen Garderobe bei Mick auf dem Schoß saß und den Kajalstrich nachzog, machte dieser angeblich mit seinem Stift dasselbe. Und zwar ausgiebig. Als die beliebte Popgruppe um 15.30 Uhr vor der Auslosung der Gewinnersparbücher durch den Sparkassenvorstand immer noch nicht auf der Bühne stand, war die dank Freibier stark alkoholisierte Meute kurz davor, die Sparkasse auseinanderzunehmen. Zum Glück erschien in letzter Minute der Fanfarenzug des Sportschützenclubs Germania 1878 e.V., um mit einem beherzt geblasenen «Satisfaction»-Medley die erhitzten Gemüter zu beruhigen. Bis heute behaupten Fans in zahlreichen Stones-Foren im Internet, auf einer frühen Demoversion des 73er-No.-1-Hits «Angie» hätte Mick «Helga» gesungen.

Und jetzt stand ich hier auf Gran Canaria in Volkers nussbaumfurnierter Wirsinghölle, und dieser schmerbäuchige Spacko hielt mir generös seine schwitzige Hand hin. Ich sagte: «Enrico, sei mir nicht böse, aber ich hab mir an dem Auflauf wohl 'n bisschen den Magen verdorben. Ich muss mal zum Strand runter und 'ne frische Brise atmen!»

Schwer in Gedanken versunken, setzte ich mich in den Sand. Mein Blick ging hinaus auf den Atlantik, in dem die glutrote Sonne langsam versank. Warum ging mir dieser Enrico eigentlich so spontan auf den Sack? Ossi hin, Ossi her – es gibt genauso viele bekloppte Wessis. Er musste schließlich nur Helga gefallen und nicht mir. Kann ja auch nicht jeder so gut aussehen wie ich. Auf einmal spürte ich, wie sich jemand neben mich setzte und meine Hand nahm.

«Helga, ich ...» – weiter kam ich nicht.

«Brauchst nichts zu sagen, mein Junge. Ich weiß, dass das mit dem Heiraten keine gute Idee ist. Ich werd's ihm nachher auch sagen. Ich war mir nur nicht ganz sicher. Deshalb wollte ich auch, dass du kommst. Weißt du eigentlich, warum ich dich so gerne hab? Du bist wie dein Vater. Derselbe Charme, das gute Herz, die schönen Augen ... die bestechende Frisur. Jetzt lach nicht, ich mein es schon ernst. Ich hätte damals deinen Alten heiraten sollen, aber wir waren beide zu jung, um zu kapieren, dass die große Liebe nur einmal im Leben anklopft.»

Ich tröstete meine liebe Freundin, die schluchzend in meinen Armen lag. Minutenlang kämpfte ich selbst gegen die Tränen an. Dann sagte ich leise: «Ich wollte es dir nicht sagen, aber mein Vater hat kurz vor seinem Tod dasselbe gesagt.» Dann heulten wir beide leise den dunklen Atlantik und seine ewig rauschenden Wellen an. Sie schnäuzte sich ausgiebig in mein Taschentuch und drückte mich innig. Dann nahm sie mein Gesicht in beide Hände und fragte mich besorgt:

«Und du, mein Junge? Was ist mit dir? Wo ist deine große Liebe? Was läuft denn da eigentlich mit dir und dieser Ute, von der du andauernd erzählst?»

Damit hatte ich nicht gerechnet. Diese Frage kam so überraschend, dass ich anfing zu stammeln.

«Ja wie, äh ... was läuft da ... da läuft gar nix, Helga! Die ... die Ute, die ist äh ... ja, äh ... die ist okay ... also ich mag die, klar, äh ... aber nur so!»

Helga schien sichtlich amüsiert über meine ungelenke Antwort.

«Ach so! Du magst sie nur so, weil sie okay ist. Und warum höre ich dann bei jedem Telefonat immer nur ‹Ute hier, Ute da, Ute ist so klug, Ute hat dies gesagt, Ute hat das gesagt›? Neulich hast du mir sogar von ihrer Schönheit vorgeschwärmt, und das, obwohl sie keine hohen Hacken trägt! Junge, ich kenne dich jetzt seit vierzig Jahren. Du hast ganze Herden von Stöckelschuh-Antilopen an meiner Wohnungstür vorbeigeschleust. Aber ich habe dich noch nie so über eine Frau reden hören wie über diese Ute.»

Entrüstet fiel ich ihr ins Wort: «Blödsinn, Helga, du …»

Weiter kam ich nicht.

«Halt die Klappe, Atze! Ich bin noch nicht fertig. Was immer du auch sagen willst, mein Junge – mach nicht den gleichen Fehler wie dein Vater und ich. Lauf nicht an deiner großen Liebe vorbei. Hör auf deine Gefühle, hör auf dein Herz. Vergiss den Verstand. Der Verstand hat deinem Vater und mir das Herz gebrochen.»

Ich wollte gerade antworten, als ich merkte, dass sie schon wieder weinte. Also tröstete ich sie und schluckte meinen Wortsalat. Langsam versiegte Helgas Schluchzen und ging nahtlos in ein zärtliches Schnarchen über.

Ich musste grinsen.

Ute, meine große Liebe. Ja nee … is' klar! Lächerlich.

Ja, dann sieht sie eben auch ohne Knallpumps gut aus, na und? Sie ist ja auch schwanger, da kann sie nun mal keine anziehen. Als ob ich immer von ihr erzählen würde! Kokolores! Was soll ich denn sonst machen, wenn Helga bei jedem Telefonat nach ihr fragt! Nein, nein, Ute und ich, das passt so gut zusammen wie ein Diesel im 911. Alles Quatsch, was sich Helga da in ihrer Gefühlsduselei zusammenfabuliert.

Schließlich wurde es kalt am Strand. Ich versuchte, die schlafende Rundbürste zu wecken. Mein Arm, auf dem sie lag, fühlte sich nämlich inzwischen an wie ein kaltes Stück Treibholz. Ich rüttelte an ihrer Schulter.

«Hömma, du Boxenluder, eins würde ich nur noch zu gerne wissen – wenn dir das alles doch schon klar war, warum hast du dann eigentlich eben mit dem Kasper noch rumgeknutscht?» Die Antwort wurde trocken serviert.

«Junge, wenn du erst mal in meinem Alter bist, lässt du dir 'ne gute Knutscherei nicht mehr entgehen. Weißt du – Alter schützt vor Liebe nicht, aber Liebe vor dem Altern.»

Als ich in meinem Gästezimmer auf Helgas Schlafcouch lag und über diesen verrückten Tag nachdachte, brummte mein Handy. Jetzt, nachts um halb zwei? Ich schaute auf das Display. Nachricht von Ute: «Kann nicht schlafen, habe gerade ganz viel an dich gedacht. Vermisse dich. Liebe Grüße, Ute».

Mir wurde ganz warm ums Herz. Und so ganz alleine in diesem Zimmer, gestand ich mir ein, dass ich Ute ebenfalls vermisste. Das würde ich aber auf keinen Fall Helga erzählen, sonst würde sie mir wieder gleich mit der großen Liebe kommen. Als ob einem nicht warm ums Herz werden darf, wenn man mal von einer guten Nachbarin eine nette SMS bekommt.

Glücklich schlief ich ein.

Helga und ich verlebten noch eine wunderbare Woche. Mit Enrico, der sich als gar nicht so übel herausstellte – trotz Camp-David-Hemd –, wurden alle Missverständnisse ausgeräumt. Die beiden umflirteten sich schon nach zwei Tagen wieder auf Teufel komm raus. Als ich schließlich gut erholt im Flieger Richtung Düsseldorf saß, musste ich immer wieder den Kopf schütteln. Je oller, desto doller! Oder wie mein Vater immer sagte: Der zweite Frühling kommt mit den dritten Zähnen.

8.

Safer Sex

Eigentlich hasse ich einkaufen, deshalb kaufe ich auch nie nur ein. Ich nenne es «Erlebnisshopping». Auch im Supermarkt. *Gerade* im Supermarkt. Weil ein guter Supermarkt die ideale Partnerbörse ist. «Elitepartner» und Facebook sind doch nur virtuelle Fummelbuden. Wer am wirklich wahren Leben teilnehmen und was zum Kuscheln klarmachen möchte, der schaut sich am besten in einem gutsortierten Supermarkt um. Es ist wie in der Werbung: «‹Real›! Einmal hin, alles drin!» Also erst mal hin.

Braun gebrannt, in bester körperlicher Verfassung und bereit, den Pfeilen Amors die richtige Richtung zu geben, schob ich meinen Einkaufswagen aufreizend lässig an der Obsttheke vorbei. Aus den Supermarktlautsprechern erschallte eine ungekürzte Version von «Imagine», gespielt von Ricky King und seinen «Hit Kids». Plötzlich Alarmstufe Rot! Sehrohr an Brücke: «Blondes Fabelwesen, sehr hart backbord voraus, kein Geleitzug, unbewacht – alles fertig machen zum Entern!»

Da stand sie zwischen struppigen Steckrüben und saftigen Dattelpflaumen: Miss März, ca. 31 Jahre, 1,72 groß, vom Bündnis 90-60-90 / Die Blonden. Feinstes Stöckelwild, eine Hormonoase für meine von Dürre geplagte Testosteronsavanne. Eine lupenreine Bernsteinantilope aus dem Hochland von Äquatorialguinea. Jetzt bloß keinen Fehler machen. Ein lautes Husten, das Knacken eines Zweiges, ein leichtes Knarzen im Gürtelbereich ... wenn die auch nur ahnt, dass dein liebeshungriger Lederdrill mal kurz aus dem Osternest rauslünkern will – dann ist die weg, und du siehst sie nie wieder. Also erst mal Ruhe bewahren. Der umsichtige Scout untersucht penibel alle Spuren und analysiert die Beute im Einkaufswagen des Opfers: kleine Packung Magerquark, 0,2 Prozent Fett, cremig gerührt. 125 Gramm Hühnerbrustfilet (schön mager!), kleine Packung «Leicht & Cross», ein Deinhard-Piccolo, ’ne Packung o.b.-Minis und eine Dose Whiskas.

Für den erfahrenen Großwildjäger ist jetzt alles klar: Das hübsche Fräulein ist Single, figurbewusst, stark verunsichert, hat ein Haustier – und die Garage wurde schon lange nicht mehr richtig durchgefegt. Das Spiel konnte beginnen. Alter Trick, aber immer wieder hochwirksam: In einem günstigen Augenblick unbemerkt den Wagen übernehmen. Bingo! Einen Augenblick später hörte ich sie schon freundlich hinter mir flöten: «Entschuldigung, ich glaube, Sie haben meinen Wagen genommen!»

«Oh, das tut mir leid.»

Tief deprimiert rang ich um Fassung: «Wo war ich nur mit meinen Gedanken. Seit dem Tod meiner Katze stehe ich total neben mir.»

Tief beschämt gab ich den Wagen zurück und machte mich anscheinend orientierungslos auf die Suche nach meinem Korb. 21 – 22 – 23 – Treffer!

«Hallo, Entschuldigung!»

Mit mitfühlendem Blick aus lapislazuliblauen Augen stand sie plötzlich wieder vor mir. «Das tut mir sooo leid. Sie haben wahrscheinlich einfach nur das Katzenfutter gesehen und ...» – sie stockte. «Sie müssen sie sehr geliebt haben. Wie hieß sie denn?»

Ich war selbst so von meiner Lügengeschichte ergriffen, dass ich mit den Tränen kämpfte. Ich nahm ihre Hand, sah ihr tief in die Augen und hauchte unendlich traurig: «Pussy.» Tröstend nahm sie mich in den Arm, und ich spürte, wie sich ihr sich nach Zärtlichkeit sehnender Körper an mich schmiegte. Ich hatte sie am Genick und trug sie vorsichtig an einen ruhigen Ort, um sie in aller Ruhe zu vernaschen. Herrlich.

Während ich ihr den BH fingerfertig wieder verschloss, tippte sie mit einem zufriedenen Lächeln ihre Nummer in mein Handy. Ich zog ihren Schlüpfer aus meinem Cowboystiefel, warf ihn ihr zu und fragte: «Wie heißt du eigentlich? Welchen Namen tippst du da ein?»

Sie zwinkerte mir zu und sagte: «Na welchen wohl? Pussy, oder ist dir Catwoman lieber, Baron Münchhausen?»

Gutgelaunt schwang ich meinen süßen Arsch in den Porsche und hauchte ihr zum Abschied ein Küsschen zu. Noch völlig liebestrunken, schob ich Kuschelrock 5 in den CD-Schacht und gab mich dem Satinbettwäschesound von Barry Whites «Love Theme unlimited» hin. Vor unserem Haus angekommen, traf ich erfreulicherweise auf Ute. Das Mutterschiff U.S.S. «Waldorf» trug gerade den Wocheneinkauf herein und flötete mir entgegen: «Guten Tag, Herr Nachbar. Na, du gestiefelter Kater, wo kommst du denn so zerzauselt her?»

«Ute, du wirst es nicht glauben, ich war auch einkaufen!»

«Ja, und wo ist deine Tüte?»

Etwas beschämt dachte ich: Das willst du nicht wirklich wissen. Also entgegnete ich: «Ich hab mir nur 'n Schnitzelbrötchen auffe Hand geholt. Ab morgen bin ich sowieso 'ne Woche auf Tour, und heute Abend ist doch bei Hajo auf der Terrasse unsere Männerrunde, da wird traditionell angegrillt.»

«Oh, Männerrunde, das klingt ja nach Niveau und Hochkultur. Da danke ich doch mal wieder dem lieben Gott, dass ich 'ne Frau bin! Komm doch morgen zum Frühstück, du hast doch sowieso nichts im Kühlschrank. Dann sehe ich dich wenigstens noch mal, bevor du wieder durch die Lande tingelst.»

«Gute Idee, Frau Lehrerin, aber Sie müssen auch wirklich streng zu mir sein, denn ich habe meine Hausaufgaben wieder nicht gemacht!»

Sie lachte – und ihr Lachen ging mir durch Mark und Bein. Diese Frau hatte irgendetwas an sich, das mich tief berührte. Bei ihr dachte ich nie an «Wham, bam, thank you, Mam», sondern an ... an ... an ... was anderes eben! Verdammt noch mal. Ich wischte meine Gedanken an Ute beiseite und dachte stattdessen an den bevorstehenden Männerabend. Genau das Richtige, um den Weiberkram aus der Birne zu spülen. Zum Aufwärmen schnappte ich mir die letzte Dose Hansa-Pils aus dem Kühlschrank, stellte den Wecker auf 18 Uhr und legte mich aufs Sofa, um ein kleines Nickerchen zu machen.

Um Punkt sieben stand ich bei Hajo auf der Terrasse. Kati hatte er für diese Nacht bei ihrer Schwester Julia in Bochum einquartiert, damit sie unter den männlichen Gästen keinen Schaden anrichten konnte. Speziell Gomera-Gerd fühlte sich nach seiner unfreiwilligen Entjungferung in der Kartoffelkiste sichtlich wohler, wenn Kati bei einer Party nicht in seiner Nähe war.

Hajo war wie immer der perfekte Gastgeber. 250 allerfeinste Bratwürstchen vom Metzger Ummelmann, 500 Liter Krombacher vom Fass und nicht zu vergessen – sein ganz neuer Stolz, der «Radium 3000 Royal», der beste und teuerste Heizpilz, den man für Geld kaufen kann. Nennleistung 355 kW bei einem Druck von 4200 Hektopascal. Flanschgelagert, Titanlegierung und komplett selbstreinigend, versteht sich.

Und alle waren gekommen: Doppel-Dieter, Klötzchen-Werner, Birkel alias «der Lange», Schmitti, der Russe, Frosch, sein Bruder, Micky, Töne, der dicke Bangert und die Zwillinge. Selbst Axel, der heimliche Bundestrainer, hatte es sich nicht nehmen lassen, die 450 Kilometer von Nürnberg rüberzukommen. Das war ein Hallo!

Es geht doch eben nichts über einen amtlichen Männerabend mit einer Supertruppe am Start. Und damit das ein für alle Mal klar ist: kultureller Anspruch, Toleranz, intellektueller Tiefgang und vor allen Dingen Niveau haben an so einem Abend nichts zu suchen. Gar nichts. Bei dieser Veranstaltung geht es um das ganz große Rad und die elementaren Fragen des Lebens: Holzkohle oder Gas? Hat Sebastian Vettel wirklich Schuppen? Wer hat schon mal 'n Dreier gemacht – und wenn ja, warum war keine Frau dabei? Metabo oder Hilti? Und ganz wichtig: Wer hatte schon mal 'ne Rothaarige?

Rothaarige – der große Mythos unter Männern! Ähnlich sagenumwoben wie Atlantis, die Bundeslade, das Bermudadreieck oder die Coca-Cola-Rezeptur. Seit zwei Millionen Jahren bringt auf jedem Männerabend bei der Erwähnung des Wortes «rothaarig» mindestens einer den unvermeidlichen Spruch: «Rostiges Dach, feuchter Keller!» Ein ranziger Klassiker, der jedes Mal raunend und wissend beschmunzelt wird, als ob man ihn noch nie gehört hätte. Wunderbar, solche Rituale. Das ist so wie Pullover-über-den-Kopf-Ausziehen, das gibt es nur bei Männern.

Hajos neuer Heizpilz leistete ganze Arbeit. Das Dingen war so am Braten … nach zehn Minuten stand die komplette Truppe im Feinrippunterhemd auf der Terrasse. Wir sahen aus wie die Weihnachtsfeier von Schiesser. Man musste die Wurst an der Gabel nur an den Heizpilz halten – schon nach einer Minute hatte man ein perfektes Thüringer Filet im Darm.

Zweieinhalb Stunden später – das Niveau war endlich drei Meter unter der Grasnarbe angelangt – klopfte Hajo gewichtig an sein Glas. Er hatte etwas mitzuteilen.

Wir rechneten schon mit einer seiner berüchtigten «Männer, machen wir uns nichts vor, es ist doch so»-Reden, die zum Abschluss gerne mit einem schallenden «Zur Mitte, zur Titte, zum Sack, zack, zack!» endeten. Aber es kam ganz anders.

«Männer, ich muss euch mal was sagen. Ich hab mich vor vier Monaten sterilisieren lassen!»

Totenstille. Als ob einer den Stecker gezogen hätte. Betretene Gesichter, ungläubiges Bartkratzen. Verlegenes Hüsteln. Ratlosigkeit. Lähmendes Entsetzen. Und vor allem:

Stille. Totenstille. Als die Stille fast nicht mehr auszuhalten war, machte Hajo den entscheidenden Fehler: Er fing an, sich zu verteidigen. «Ich hab es nur wegen Kati getan. Die verträgt das ganze Chemie-Zeug doch nicht. Und irgendwie müssen wir ja verhüten!»

Birkel reagierte am schnellsten.

«Hömma, Kati und Verhütung. Die hat doch die letzten zwanzig Jahre super mit ihrem Gesicht verhütet!» Brüllendes Gelächter. Alle Dämme brachen. Man lag sich wiehernd vor Lachen in den Armen. Tränen flossen. Begeisterung pur. Schmitti legte sofort nach: «Sach mal, Hajo, wie viel schneiden die denn da weg?»

Dankbar nahm die johlende Meute den wissenschaftlichen Aspekt auf: «Stört dieser Beutel nicht beim Tanzen? Liegst du jetzt nur faul in der Sonne rum? Kriegst du jetzt die Regel? Hast du noch Bartwuchs? Wie oft musst du nachts raus? Was machst du, wenn du trotzdem mal Bock hast? Bist du jetzt schwul?»

Unsere Männerrunde kannte kein Halten mehr. Erbarmungslos wurden alle Sprüche gekloppt und dabei gesoffen, was reinging. Die Stimmung war noch nie so gut gewesen. Nur Hajo stand bedröppelt mit einem schalgewordenen Pils in der Hand auf seinem Stuhl. Er stammelte ein letztes jämmerliches «Ich hab's doch nur für Kati getan!», da schob der Russe scheinbar hilfsbereit die nächsten Kracher hinterher.

«Wer kümmert sich denn jetzt um dich? Hast du jetzt einen eigenen Zivi, oder kommt Gerdas Pflegedienst?»

Die Truppe raste, die Terrasse bebte, der Heizpilz schwankte. In diesem sensiblen Moment sprang ausgerechnet der dicke Bangert auf und versuchte Hajo zu helfen: «Männers, ihr seid doch alle primitiv, ihr solltet euch wat schämen! Lang inne Buxe, kurz im Kopp. Dat ist euer Niveau! Wat der Hajo da gemacht hat, dat war ... dat war ... dat war 'ne ganz bewusste Bewusstseinsentscheidung. Weg vonne Chemie. Dat ist ‹Bio›, wat der Hajo da ganz bewusst gemacht hat.»

«Bio? ... Bio-Eier oder wat?», rief Töne von hinten ins Gelächter. «Darf ich den Stempel mal sehen?»

Mir tat der arme Hajo mittlerweile ein bisschen leid, und ich versuchte die Lage etwas zu entschärfen.

«Männer, ganz ruhig. Jetzt kommt doch mal wieder zur Vernunft. Selbst wenn der Hajo jetzt 'ne Frau sein sollte, ist er doch nicht komplett nutzlos für uns. Der kann uns doch schön Schnittchen machen – und einer muss doch auch hinterher aufräumen. Oder wollt ihr das etwa machen?»

Das saß. Zumindest wurde nur noch gekichert. Hajo witterte die letzte Chance, seine Reputation wiederzuerlangen. «Leute, jetzt ist mal gut. Das war doch nur ein Spaß. Ihr fallt aber auch auf jeden Scheiß rein. Macht euch mal keine Sorgen, es ist noch alles reichlich dran, und ich versichere euch, dass mein Saft noch für das ganze Ruhrgebiet reicht!»

Ob es der Alkohol war oder nicht, irgendwie beruhigte sich die entfesselte Bande mit einem Schlag wieder, und der gute Hajo wurde als verrückter Hund und genialer Spaßmacher abgefeiert. In den nächsten Stunden und Runden fiel immer wieder der Begriff «oscarreif», und jeder haute dem Gastgeber anerkennend auf die schmale Schulter. Nur Hajo selbst war ganz still geworden. Er sagte keinen Ton mehr.

Eine Woche später traf ich Kati bei «Rewe» an der Kasse. Ich grinste sie breit an.

«Na, Herzchen? Sammelst du schon wieder Treuepunkte, weil es bei euch im Bett wieder so richtig abgeht?»

Ihr Gesicht war ein einziges Fragezeichen.

«Hä, was hast du denn?»

«Ja, Glückwunsch, Kati! Bei Hajo und dir wird ja jetzt wohl wieder gekachelt, was die Natter hält, oder?»

«Ja, von wegen, Atze. Ich muss jetzt verhüten!»

«Was? Wieso das denn? Hajo ist doch sterilisiert?»

«Eben! Deswegen, Herr Nachbar!»

9.

Das Kind braucht einen Namen

Es war schon später Vormittag. Ich saß noch immer im überheizten Wartezimmer von Prof. Dr. Müller, Gynäkologe und Frauenarzt an der Uniklinik Waltrop. Die Praxis war stark überfüllt, nichts ging vorwärts, und es war todlangweilig. Zu allem Überfluss hatte ich auch noch mein iPhone zu Hause vergessen. Also musste ich notgedrungen auf die Literatur vor Ort zurückgreifen. Furchtbar. In dem Anthroposophentempel gab es nur Zeitschriften wie *Eurythmie Heute*, *Atmen – Das Magazin* und die antiimperialistische Wochenzeitung *Impfen & Stricken* mit ihrem Leitartikel «Die Liebe ist ein Kind» von Charlotte Reihermann-Böllinger.

Es gab kein Entkommen. Ich ließ meinen Blick schweifen. Wohin ich auch blickte: Schwangere! Rote Schwangere, gestreifte Schwangere, dicke Schwangere, dünne Schwangere, aber auch Schwangere. Herrlich! Ich mag Schwangere, weil sie so schön schwanger sind. Schwangere Frauen haben eine positive Ausstrahlung. Alles an ihnen ist zauberhaft und natürlich. Während ich so dasaß, dachte ich darüber nach, dass es zwischen Mann und Frau eben nicht nur diesen kleinen körperlichen Unterschied gibt. Plötzlich wurde mir klar, dass ich nie dieses Gefühl kennenlernen würde, wie es sich anfühlt, wenn zwei Herzen im eigenen Körper schlagen. Angesichts all der schwangeren Frauen um mich herum verstand ich die faszinierende Wahrheit: Wir alle kommen aus einer Mutter! Da können wir Männer uns noch so auf den Kopf stellen, aus uns kommt nichts Vernünftiges raus. Wie sagte mein Onkel Herbert immer: «Da kannst du morgens noch so lange mit Kippe und Zeitung auf'm Lokus sitzen – kommt nix bei rum!» Darauf pflegte Tante Renate immer zu sagen: «Das ist doch Kokolores. Wir Frauen kriegen die Kinder, weil ihr Männer einfach zu blöd seid!»

Machen wir uns nichts vor, unser Beitrag zur Entstehung neuen Lebens ist eher überschaubar. Einmal kurz die Blüte bestäubt, und schon flüstert die Evolution uns Männern ins Ohr: «Danke, das war's, den Rest kriegen wir auch ohne euch hin. Kannst dich wieder in die Wälder verziehen!»

Natürlich ist auch oft echte Liebe im Spiel, klar. Aber es ist vollkommen egal, ob es im Himmelbett der wahren Gefühle war oder in der Besenkammer der Wollust.

Wie aus dem Nichts überkam mich die Erkenntnis: Da ich mir nicht vorstellen konnte, dass Ute die Pforten zu ihrem Tempel für irgendeinen dahergelaufenen Dachlattenkasper öffnen würde, musste es doch aus Liebe geschehen sein. Der kleine Mensch in Utes Gebärmutter hatte einen Vater, so viel war klar. Ich erinnerte mich nur vage an den Namen, den sie mir genannt hatte. Thomas ... oder nee ... Thorsten! Es war wie beim weißen Hai. Irgendwo da draußen musste er sein, und man konnte nur ahnen, wann er auftauchen würde. Das schmeckte mir nicht.

Da saß ich also in dieser Frauenarztpraxis, versuchte

meine Gefühle einzuordnen und wartete darauf, dass Ute endlich aus dem Behandlungszimmer kam. Der Geburtstermin war für den 13. März errechnet, also in gut einer Woche. Viel Zeit war das nicht mehr. Gerade als ich überlegte, ob ich an diesem Tage einen Auftritt hatte, flog eine Tür auf. Mühsam schob sich meine kugelige Nachbarin Richtung Praxisausgang. Ich trottete brav hinterher. Mit tausend Fragen auf der Zunge bugsierte ich sie in meinen Wagen, traute mich aber nicht, auch nur eine zu stellen. Aber Madame machte sowieso keine Anstalten, mit mir zu reden. Nach weiteren zehn Schweigeminuten verlor ich die Geduld und fragte vorsichtig: «Ist was? Stimmt was nicht mit dem Kind?» Und ohne Vorwarnung fing sie sofort an zu heulen.

«Ja, es wird ein Junge!», schluchzte sie.

Ich verstand die Welt nicht mehr.

«Mensch, Ute! Glückwunsch. Die Chancen standen eh nicht schlecht.»

«Aber Atze – ich weiß doch gar nichts von Jungs. Wie erzieht man bloß einen Jungen?»

Ich reichte ihr mein Taschentuch und tröstete sie.

«Für solche Fälle gibt es den ultimativen Ratgeber. Und das Beste ist – er sitzt hier direkt neben dir und fährt Porsche! Sei froh, dass du mich hast. Du hast ja recht – die Erziehung eines Jungen ... die darf man nicht auf die leichte Schulter nehmen, da gibt es tausend elementar wichtige Dinge zu beachten. Das fängt ja schon beim Namen an. Was soll denn aus so 'nem Jaust werden, wenn er Thorben, Cedrick, Kevin oder Philipp heißt? Ein schäfchenstrickender Namenstänzer. Was sollen wir denn mit noch mehr Vanilleteetrinkern? Die kannste doch direkt nach der Geburt beim Synchronschwimmen anmelden. Das sind doch die Ersten, die im Kindergarten was auf die Schnauze kriegen, weil sie Rolf-Zuckowski-Lieder singen. Das sind die armen Jungs, denen Mutti beim Schulausflug 'ne Biene-Maja-Sigg-Flasche einpackt, damit ihr Liebling auch immer genug Früchtetee bei sich hat. Wenn ich so 'n Blödsinn schon höre. Ein Schnitzelbrötchen und 'ne kalte Cola, da ist doch alles drin, was so 'n kleiner Körper braucht, und gut is'! Teetrinker und Saftlutscher, das sind genau die Weicheier, die Delfine auf ihrem Schultornister haben wollen und beim Fußball als Letzte in die Mannschaft gewählt werden. Sag mir mal *einen* guten Fußballer, der Philipp heißt!»

Sie schnäuzte sich und entgegnete gereizt:

«Philipp Lahm, einer der besten Linksverteidiger der Welt!»

«Tja, äh ... Aber bei Bayern München spielen ja eh nur Fußballer mit komischen Namen. Ich bitte dich – Schweinsteiger! Das war doch früher in Bayern ein Ausbildungsberuf! Ja sicha! Mandoki, Robben, Toni Kroos, Toni Gard, Gerry Weber, Bruno Banani und wie se da alle heißen ... ja, so isses doch! Da haste deine Flötentruppe. Ganz klar, beim BVB heißt keiner so!»

«Ja nee, is' klar, Atze. Da steht nur einer im Tor, der heißt Roman Weidenfeller ...»

«Ja, und warum? Weil er sich's leisten kann! Bei dir besteht doch sowieso die Gefahr, dass du das Kind einseitig verziehst. Setzt du dich mit dem aufs Sofa und guckst die Sportschau? Bei euch Waldörflern ist doch wahrscheinlich sogar der Fernseher aus Holz.»

«Du hast Nerven, Atze. Red doch nicht so 'n Mist. *Du* sitzt doch jeden Abend mit deinem scheiß dänischen Gurkensalat vor der Glotze und guckst Frauke Ludowig! Was soll der Kleine denn daraus lernen? Wie wichtig es ist, dass Lothar Matthäus' neue Freundin den Realschulabschluss nachmacht?»

«Ja, Frau Peymann, davon red ich doch die ganze Zeit. Da siehst du mal, was so ein falscher Vorname alles anrichten kann! In meinen Augen hatte der Matthäus nie 'ne echte Chance.»

«Tja, Herr Schröder, du geniale Sozialkoryphäe, dann sag doch mal einer einseitig verziehenden Waldorf-Holzpädagogin, wie so ein echter Junge heißen muss.»

«Das ist doch ganz einfach: Angus, Bon Scott, Keith, Jimi ... äh ... Horst, Schimanski – bitte, da haste doch schon mal 'ne tolle Auswahl!»

Ute kriegte einen derartigen Lachanfall, dass ich mir echt Sorgen um das ungeborene Kind machte. Ein 911 ist schließlich kein Kreißsaal. Am schlimmsten war jedoch, dass ich das gar nicht lustig gemeint hatte. Aber sie hörte gar nicht mehr auf zu lachen und wischte sich immer wieder die Tränen aus dem Gesicht. Als sie sich etwas beruhigt hatte, sagte sie mit einer sonderbar ernsten Stimme: «Siehst du, das ist der Grund, warum ich auf den Vater dankend verzichten kann.»

Das war meine Chance.

«Wieso, wenn ich fragen darf?»

«Ist doch egal. Ich brauch ihn nicht. Ich hab keine Lust auf diese ganzen Diskussionen. Ich komm sehr gut alleine klar. Ich habe dieses Kind gewollt, ich werde dieses Kind kriegen, und ich bin niemandem Rechenschaft schuldig. Weder dir noch ihm.»

«Oh, daher weht der Wind – Django hat 'ne Monatskarte! Die einsame Rächerin braucht nichts und niemanden. Entschuldigung, dass ich Anteil nehme.»

«Mensch, sei doch nicht gleich beleidigt. So hab ich es auch nicht gemeint. Ich bin dir echt dankbar, dass du mir immer so hilfst, aber wenn du als Frau deinen eigenen Weg gehen willst, erzählt dir jeder doch nur, wie es nicht geht! Oder was du zu tun hast und was du alles falsch machst. Ich kann es echt nicht mehr hören.»

Mittlerweile standen wir vor unserem Haus. Ich schaltete den Motor aus, schaute ihr tief in die Augen und sagte dann: «Ute, ich weiß genau, was du meinst. Bei mir war es genauso. Jahrelang hab ich mich selbst verleugnet und wurde angefeindet. Jeder hatte was zu meckern. Alles war falsch. Meine Stiefel, meine Locken, meine Brille, mein Auto, meine Musik. Aber eines Morgens stand ich vor dem Spiegel und sagte: ‹Schluss damit. Ich sage JA zu mir. JA zu meinem phantastischen Aussehen. JA zu meinem messerscharfen Verstand. JA zu meinem großartigen Geschmack! Solche wie ich, die werden doch gar nicht mehr gebaut.› So!»

Endlich fing Madame wieder an zu strahlen. Sie grinste über das ganze Gesicht.

«Ach, mein edler Lockenritter. Was würde ich nur ohne deinen unverwüstlichen Humor machen? Und ganz ehrlich – ich kann mir keinen besseren Kumpel für meinen Sohn vorstellen als dich. Ich wünschte manchmal, ich hätte mehr von deiner Leichtigkeit und würde nicht alles hinterfragen. Vielleicht hast du ja auch recht. Vielleicht brauchen wir wirklich mehr richtig gute Kerle.»

«Sag ich doch, Ute. Meine Worte! Was sollen wir denn mit noch mehr Diplom-Betriebswirten? Was uns fehlt, ist ein richtig guter DJ. Einer, der die Eier hat, 'ne gute Acht-Minuten-Single auszuspielen. Und darum frag ich jetzt noch mal mit dem gebotenen Ernst: Butter bei die Fische – wie soll der Kleine heißen?»

Mittlerweile hatte sie ihre Wohnungstür aufgeschlossen, drehte sich im Türrahmen zu mir um und schenkte mir ein wohlwollendes Lächeln. Dann sagte sie: «Nur damit du endlich Ruhe gibst – Philipp Maria Peymann!»

Bums, die Tür war zu. Ich mag es, wenn Frauen durchziehen. Ute – tolle Frau.

Am nächsten Morgen klopfte ich um elf Uhr mit einer Tüte Brötchen in der Hand und einem Namenslexikon unterm Arm an Utes Tür.

«Gut, dass du kommst, ich hatte das Gefühl, dass es heute Nacht losgeht. Da waren ein paar ordentliche Wehen dabei. Ich wollte schon meine Mutter anrufen, aber das Telefon lag in der Küche, und ich hab allein eine halbe Stunde gebraucht, um aus dem Bett zu kommen!»

«Deine Mutter? Von der hast du nie erzählt. Wo wohnen deine Eltern überhaupt?»

«Geboren bin ich in Hannover, dann sind wir nach Bremen gezogen, weil mein Vater da eine Stelle als Rektor der Edmund-Stoiber-Gesamtschule Vegesack übernommen hat. Nach dem Tod von Papa ist Mama dann alleine im Haus wohnen geblieben. Sie hat ja auch ihre ganzen Freundinnen da. Sie kommt übermorgen und bleibt erst mal ein paar Wochen, bis alles rundläuft.»

Ich räumte den Küchentisch leer und legte das Namensbuch demonstrativ neben die *taz*.

«Wie heißt denn deine Mutter? Und wie alt ist sie?»

«Sie ist 68 und heißt Maria.»

«Ach so.» Resigniert zeigte ich auf mein Namenslexikon. «Dann kann ich mir das ja wohl klemmen. Lass mich raten: Dein Vater hieß Philipp!»

Sie musste schon wieder lachen: «Nee, der hieß Horst. Obwohl er wahrscheinlich lieber Angus geheißen hätte. Mein Papa war nämlich AC / DC-Fan der ersten Stunde.»

Mir wurde schlagartig klar, warum sie sich gestern über meine Namensvorschläge so amüsiert hatte.

«Ja, und warum jetzt Philipp? Irgendein Onkel, Uropa oder Schwippschwager?»

«Hä? Du bist gut. Den Namen hast du doch gestern aufs Tapet gebracht. Ich hatte die ganze Zeit hin und her überlegt, aber als du gestern von Philipp Lahm angefangen hast, hab ich gedacht – bingo, das ist er. Philipp Lahm, den finde ich super. Der macht immer so einen netten Eindruck.»

Während unserer Unterhaltung hatte Ute alle drei Brötchen mit viel Tofusalat und Konfitüre drauf verputzt. Sie schien das gut zu vertragen. Mir wurde allein von dem Anblick schlecht.

«Ute, pass auf, ich muss los. Ich spiele heute in Kassel und komme erst sehr spät wieder. Du musst also alleine klarkommen. Ich schaue dann morgen wieder rein. Wasch du dich schon mal an den Stellen, an die du noch selber drankommst, den Rest kann ja deine Mutter morgen Abend machen, wenn sie da ist. Ach, und nimm mir doch bitte ‹Exclusiv› auf. Die Christine Neubauer hat doch jetzt so einen schielenden chilenischen Panflöten-Tünnes. Das muss ich unbedingt sehen.»

Sie lachte und schüttelte den Kopf.

«Mach ich, ich leg dir die DVD vor die Tür.»

Der Auftritt in Kassel war sensationell. Als ich von der Bühne kam, hatte mir Christian, der Veranstalter, ein ganz besonderes Bonbon in die Garderobe geschickt. Ich kam durch die Tür, und auf dem Sofa räkelten sich gutgelaunt und nur noch leicht beschürzt Dorothea und Juliane Wegemeier, besser bekannt als die «Calippo-Sisters».

Ach du Scheiße! Das hatte mir gerade noch gefehlt. Vor zehn Jahren hatte ich die beiden im Backstage-Zelt bei «Rock am Ring» kennengelernt. Sie gehörten – so genau weiß ich das auch nicht mehr – vielleicht zur Entourage der «Toten Hosen». Auf der großen Heimatmelodie-Tour der «Steiermarker Alpenbuam» 2001 hatten sie ihr «Handwerk» von der Pike auf gelernt. Ihren Namen trugen sie, weil sie immer mit einer Kühltasche, randvoll mit «Calippo», reisten. Mit dieser beliebten Wassereisstange stellten sie Sachen an, die selbst einen enthemmten Orgienfanatiker wie Caligula vor größere mentale Probleme gestellt hätten. Wo die beiden auftauchten, war die Hölle los. Ich war neben Lemmy von Motörhead und Hansi Hinterseer der einzige Star, den sie noch nicht geknackt hatten. Ich stand also in Kassel in meiner Garderobe und sagte den beiden: «Mädels, zieht euch was an. Wie schnell holt man sich was weg. Übermorgen spielen hier die ‹Elf Tenöre›, da müsst ihr fit sein.»

Ich packte meine Tasche, grüßte noch mal lässig und

schwang mich in meinen 911er. Die sechs Zylinder nahmen mich mit Schwung und ordentlich Schub von hinten. Ein gutes Gefühl. Nach genau 58 Minuten bog ich in die Kurt-Schumacher-Straße in Essen ein. Keine schlechte Zeit. Ich hatte ja schließlich noch die Winterpellen drauf.

Oben vor meiner Wohnungstür lag die «Exclusiv»-DVD, zusammen mit einer uralten AC/DC-Autogrammkarte. Darauf stand mit trunkener Schrift «To my friend Horst – yours forever, Bon» gekritzelt. Wahnsinn. Ich war zutiefst gerührt. Bon Scott, der Meister selbst, hatte hier unterschrieben! Das war zu schön, um wahr zu sein. Für so eine Karte würde sich ein echter AC/DC-Fan die Hörner amputieren lassen. Utes alter Herr musste ein echt cooler Typ gewesen sein. Mit feuchten Augen blickte ich zum Himmel und schwor mit fester Stimme: «Horst, du alter Teufelskerl. Mach dir keine Sorgen. Dein Enkel ist bei mir in besten Händen. Gleich morgen besorge ich 'ne Spieluhr mit ‹Highway to Hell›. Versprochen.»

Ich war von meiner eigenen Idee schwer begeistert. Endlich ahnte ich, warum Horsts Ute mich so zum Schwingen brachte. Es war der Rock 'n' Roll in ihr! Ich schmiss mich mit Klamotten aufs Bett, stöpselte meinen Kopfhörer in den iPod und zog mir «Highway to Hell» rein. Das ganze Album. Grandios! Mein Herzschlag pochte synchron zum harten Viervierteltakt der Musik, und ich hob langsam ab …

… und fing an zu träumen.

Die Glocken von Hells Bells läuteten, als wir durch die rappelvolle Kirche auf den Altar zuschritten. Und alle waren gekommen: Ozzy Osbourne, Elton John, seine Frau, die

Scorpions, Rod Stewart, Ringo Starr, Werner Schulze-Erdel, Peter und James Bond, der deutsche Bob Marley alias Sascha «I feel lonely» Schmitz und natürlich die frisch miteinander vermählten David Lee und Claudia Roth. Um es kurz zu machen: Alle waren sie da. Der Pastor sprach feierlich die berühmten Worte: «Möchtest du, Ute Peymann, den hier anwesenden Atze Schröder zu deinem Ehemann nehmen, ihn lieben und ehren, bis dass der Tod euch scheidet?» Sie öffnete den Mund, aber alles, was zu hören war, klang wie banales Telefonklingeln.

Ich schrie sie immer wieder an: «Du musst ja sagen! Ja! Ja! Jaaa!» Von meinem eigenen Gebrüll wurde ich wach. Ich musste wohl auf dem Bett ein bisschen eingenickert sein.

Ich ging an mein Handy und hörte Utes besorgte Stimme: «Was ist denn los mit dir? Ich lasse es jetzt schon seit zehn Minuten durchklingeln! Ich glaub, es geht los!»

«Das glaub ich auch. Weiß du eigentlich, wie spät es ist?»

«Du hast mich nicht verstanden, Atze. Es geht los! Ich bekomme ein Kind!»

«Ja, aber deine Mutter ist doch noch gar nicht da!»

«Deswegen ruf ich ja DICH an. Mach dich fertig, hol dein Auto!»

«Ja wie? Soll ich jetzt nach Bremen fahren, deine Mutter abholen?»

Ihre Stimme klang schrill. «Nein, du fährst mich jetzt ins Krankenhaus!»

«Ach ja. Ach so. Ja, ja, ja. Ich komme. Jetzt aber schnell. Warum sagst du das denn nicht gleich? Bin sofort da!» Hastig schippte ich mir ’ne Handvoll kaltes Wasser ins Gesicht, schnappte mir den Autoschlüssel und stürmte die Treppe runter. Sie stand schon mit ihrer Sporttasche unten vor dem Auto. Schnell rein mit ihr in den knallengen Schalensitz, und sieben Minuten 35 Sekunden später bremsten wir mit quietschenden Reifen vor dem Krankenhauseingang.

«Ute, steig du schon mal aus. Den Sitz können wir dir ja gleich oben abmachen!»

Trotz aller Nervosität musste sie lachen. Wir gingen zusammen auf die Entbindungsstation.

«So», sagte ich zu den zwei Nachtschwestern, «wem darf ich denn die junge Mutter anvertrauen?»

Verachtungsvoll blickte mich die ältere der beiden an. Sie war zirka Ende fünfzig, hatte beeindruckende Oberarme und ein Gesicht, auf dem in Großbuchstaben stand: «Keine Widerrede, sonst knallt's.»

«Dat hab ich gerne. Erst mit der Flöte die Weiber ins Bettchen pfeifen, und wenn's ernst wird, sich feige verdrücken. Jetzt nimmst du mal schön die Tasche und packst die in Zimmer 301 aus. Dann kommst du hier in den Kreißsaal 2 und ziehst brav deine albernen Stiefel aus. Schlappen stell ich dir dahin.»

Es gibt Situationen im Leben, da muss man sich fügen. Einfach mal den Ball flachhalten und abwarten. Wenn der Gegner zu übermächtig ist, verbünde dich mit dem Gegner – ganz im Sinne der alten chinesischen Ying-Zhao-Quan-Kampfregel: «If you can't beat them, join them!»

Ich verspürte wenig Lust, mich Schwester Rabiatas Befehlsgewalt zu widersetzen. Das ist sinnlose Energieverschwendung. Ich kenne mich mit solchen Matronen aus. Meine Oma war genau so ein Typ. Die hat mir mal, als ich fünfzehn war, dermaßen eine gescheuert, weil ich bei Wim Thoelkes «Der große Preis» im Wohnzimmer direkt vorm Fernseher gestanden hab. Noch Fragen?

Als ich mir im Kreißsaal die Schlappen anzog und verzweifelt überlegte, ob es nicht doch noch eine Chance gab, irgendwie wieder aus der Nummer hier rauszukommen, nahm Ute meine beiden Hände und schaute mir ernst in die Augen: «Danke, dass du nicht abhaust. Das werde ich dir nie vergessen.»

An diesem 7. März 2008, um genau 9.35 Uhr und 12 Sekunden, erblickte Philipp Maria Peymann schreiend das Licht der Welt. 3585 Gramm im Schatten, 52 Zentimeter Länge, und der Rest war auch nicht ohne. Ein bildhübscher Kerl.

Ich habe schon viel gesehen und erlebt. Zivildienst, Splatter-Movies, angefahrene Kühe und Berti Vogts' unverhüllte Körperteile in einer Herrensauna. Ich dachte wirklich, dass ich schussfest wäre – aber so eine Geburt gehört meiner Ansicht nach in Den Haag vor das Kriegsverbrechertribunal. Mein Gott, hat diese Frau geschrien!

Als Mann denkt man ja erst mal: Geburt, was soll denn daran so schlimm sein? Natürlich weiß ich, was Schmerzen sind. Ich bin ja schließlich auch geboren worden. Ja nee, is klar.

Jeder von uns Kerlen sollte Gott danken, dass die Frauen den Job machen. Dabei muss sich der Allmächtige vorher richtig was gedacht haben, weil wir Männer wahrscheinlich mittendrin sagen würden: «Kinners, beim besten Willen – ich kann nicht mehr. Wir machen morgen weiter.»

Nur durch das reine Mitleiden verlor ich drei Kilo. Ute

zerfetzte meinen Pulli, biss mir den halben Unterarm ab und brach mir den kleinen Finger.

Als der Oberarzt mir die Schere in die Hand drückte, damit ich die Nabelschnur durchschnitt, sagte ich natürlich: «Ja sicher, gib her, kein Problem.» Fünf Minuten später wurde ich wieder wach und rief ihm von der Liege zu: «Lass das Dingen ruhig dran, sieht doch auch viel besser aus.»

Der Kleine lag auf Utes Brust. Sie sagte gar nichts mehr. Verliebt streichelte sie ihm über die beachtliche Neugeborenenmatte. Ich war total begeistert. Ein Baby mit so viel Haaren! Noch nie hatte ich so ein schönes Kind gesehen.

Nachdem auch die Hebamme festgestellt hatte, dass der kleine Mann in der Komplettausstattung ausgeliefert worden war, wurde Ute versorgt.

Eine verteufelt attraktive Krankenschwester trat mit dem Baby auf dem Arm auf mich zu. «So, Herr Schröder, jetzt wollen wir den Kleinen erst mal waschen!»

«Gute Idee, Schwester, aber wollen wir das nicht lieber auf morgen verschieben und uns jetzt um das Baby kümmern?»

Johlend und japsend vor Freude haute mir der Oberarzt die halbe Schulter weg: «Haha, Schröder, immer im Dienst was? Gratuliere, das hat Ihre Frau ganz toll gemacht!»

«Das ist nicht meine Frau, das ist meine Nachbarin.»

«Hahaha! Ihre Nachbarin! Köstlich, den muss ich morgen im OP erzählen! Haben Sie 'ne Autogrammkarte dabei?»

Resigniert unterschrieb ich mit dem spießigen Montblanc-Kuli auf seinem Mundschutz und verdünnisierte mich schnell zur Babypflege mit Schwester Sexy. Eine halbe Stunde später drückte ich Ute den frischgekämmten Philipp in die Arme. «Kann ich noch was für dich tun, bevor ich nach Hause fahre? Brauchst du noch was? Soll ich irgendjemandem Bescheid sagen?», fragte ich sie.

«Ruf doch bitte meine Mutter an und schreib meinem Bruder eine SMS. Wenn du morgen wiederkommst, bring mein Handy mit, das liegt noch auf dem Küchentisch. Und komm mal her, lass dich drücken.» Vorsichtig beugte ich mich zu ihr runter. Und da passierte es: Sie küsste mich. Auf den Mund.

«Danke», hauchte sie und legte ihren Kopf müde aufs Kissen.

Völlig übermüdet fuhr ich nach Hause, rief Utes Mama an und erzählte ihr alles, was sie über ihren kleinen Enkel wissen musste. Dann schrieb ich Utes Bruder eine SMS und setzte mich zum Runterkommen mit einer herrlichen Portion dänischen Gurkensalats vor den Fernseher. Lustlos kaute ich auf meiner Leberwurststulle rum. Eigentlich war ich viel zu müde zum Essen. Tausend Gedanken schossen mir gleichzeitig durch den Kopf. Dass so ein kleiner Mensch aus einem anderen Menschen rauskommt – unfassbar. Was für ein Wunder! Und alles nur wegen so ein bisschen rein und raus. Oder war es umgekehrt? Rein raus, raus rein, chucko chucko, bunga bunga oder, wie der Hawaiianer sagt, njacka njacka. Am Ende des Tages zählt doch nur das wundervolle Ergebnis.

Und noch etwas: Hatte Ute mich wirklich geküsst, oder hatte sie mich nur geküsst? Warum hatte sie mich überhaupt geküsst? Bestimmt war es nur wegen dieser Mutterhormone, von denen man so viel hört. Vielleicht war es auch nur ein Dankeschön? Aber dafür war der Kuss ein bisschen zu gut. Zwar ohne Zunge, aber trotzdem gut. Andererseits soll es ja Menschen geben, die gar nicht schlecht küssen können. Ich erinnerte mich daran, wie Bastian Pastewka mal zu mir sagte: «Pamela Anderson ist echt nicht lustig, aber mein Gott, kann die Alte küssen!»

Ich nahm mir fest vor, sie morgen oder noch besser irgendwann mal danach zu fragen. Jetzt zählte erst einmal nur unser Baby.

Was für eine Veränderung in unserem Haus! Da, wo Rundbürsten-Helga noch vor einem Jahr achtzig Mentholzigaretten pro Tag ins Tapetenmuster gehustet hatte, würde jetzt bald ein kleiner Hosenscheißer Lego-Duplo-Teile durch die Gegend werfen. In selben Zimmer, in dem Mademoiselle Sylvie mit mir Taschenbillard gespielt hatte, würde nun so ein unschuldiger kleiner Erdenbürger mit einem Haufen Stofftieren in seinem Heiabettchen kuscheln.

Tausend Dinge gab es noch zu tun. In diesem Haus wurden jetzt andere Saiten aufgezogen, so viel war klar. Wir mussten Verantwortung übernehmen. Ich würde hart durchgreifen und mich nicht scheuen, Ross und Reiter zu nennen: Gomera-Gerd durfte ab sofort nur noch auf dem Balkon kiffen, weil die Cannabisdämpfe durch das große altmodische Schlüsselloch entweichen und das ganze Treppenhaus kontaminieren konnten. Ich musste mit Kati und Hajo sprechen. Sollte die miese Töle Flöcki auch nur einmal bellen, während mein Philipp schläft, würde ich den Köter höchstpersönlich beim Chinaimbiss «Chow-Chow» am Kennedyplatz abliefern.

Sollte Kati, das Libidomonster, noch einmal irgendein

wehrloses Opfer in der Kartoffelkiste vernaschen, würde ich sie bei der Sitte anschwärzen. Mein Entschluss stand fest: Ich würde für ein sauberes, ehrenwertes Haus kämpfen. Das war ich diesem großartigen Jungen einfach schuldig. Er sollte in Frieden und Ruhe aufwachsen. Das bedeutete in letzter Konsequenz aber auch, dass wir Erwachsenen als gutes Vorbild vorangehen und ein moralisch einwandfreies Leben führen mussten. Bei diesem Gedanken übermannte mich die Müdigkeit.

Ich wusste nicht, wie viele Stunden ich gepennt hatte, aber als mein Telefon klingelte, ging ich ran.

«Hallo, Herr Schröder», säuselte eine durchaus angenehme Stimme in meine Ohrmuschel. «Schwester Anja hier, von der Säuglingsstation. Wir waren doch zum Waschen verabredet?»

«Ja Mensch, Schwester Anja, ja hallöchen ... das ist ja 'ne Überraschung. Das trifft sich gut. Ich fühl mich gerade so dreckig, das können Sie sich gar nicht vorstellen. Hier liegt praktisch ein absoluter Notfall vor. Kommen Sie bitte ganz schnell in die Kurt-Schumacher-Straße 10 ... und Schwester Anja ... wenn Sie an einem Kiosk vorbeikommen ... bitte ... unbedingt zwei Calippos mitbringen, ja?»

10.

Fesseln der Liebe

Ich öffnete die Haustür und schob den Kinderwagen umständlich nach draußen. Es war ein heißer Tag im August 2008, und es kam mir so vor, als ob die Zeit seit Philipps Geburt doppelt so schnell vergangen war. Die Tournee 2007 / 2008 war die härteste, die ich in meiner Karriere erlebt hatte. Ein nicht enden wollender Kreislauf aus Promoterminen, Fernsehauftritten und Konzerten. Das Wort «Zuhause» existierte für mich nicht mehr. Ich schlief nur noch in Hotels und auf der Autobahn im Beifahrersitz meines Porsche. 300 Termine gehen selbst an so einem Titanen wie mir nicht spurlos vorüber. Außerdem hatten mir die Dreharbeiten zu meinem Kinofilm «U 900» die letzte freie Zeit geraubt. Im Nachhinein eine Wahnsinnsidee – ein U-Boot-Film!

Wir drehten einen Monat auf Malta auf dem U-Boot. Wir drehten einen Monat in Rom in dem U-Boot, und wir drehten einen Monat in München die Szenen ohne U-Boot. Abschließend musste ich feststellen, dass Filmedrehen weitaus anstrengender ist, als ich in meiner Naivität und Begeisterung für das Projekt gedacht hatte.

Von Philipps erstem Lebensjahr hatte ich nicht viel mitbekommen. Ab und zu schickte Ute mir Fotos. Der Kleine im Garten mit Flöcki auf der Krabbeldecke, der Kleine mit

Oma Maria im Kinderwagen, mit Gomera-Gerd beim Blumengießen im Garten, das erste Weihnachtsfest – was man eben so fotografiert. So hatte ich meinen kleinen Kumpel wenigstens immer auf dem iPhone bei mir.

Aber jetzt war ich seit zwei Wochen zu Hause und erholte mich glücklich und zufrieden von den Strapazen des letzten Jahres. Wann immer es ging, verbrachte ich Zeit mit Philipp. Unermüdlich las ich ihm sein Lieblingsbuch «Ich bin der kleine Hund» vor oder tobte mit ihm durch den Garten. Oder wir gingen zum Eiscafé Venezia, wo ich einen Eierlikör-Milchshake verputzte und der Kleine eine Riesenkugel Erdbeereis.

Heute war die City unser Ziel. Ich schob den Kinderwagen mit dem strahlenden Milupa-Bomber an Bord in der für mich so typischen Mischung aus Lässigkeit und Sorgfalt durch die Essener Fußgängerzone und stellte zu meiner Verwunderung fest, welch aufpeitschende Wirkung ein attraktiver Mann mit einem Kinderwagen auf die Damenwelt hat. Wirklich faszinierend. Ich war überrascht – da denkt man, dass man alle Tricks kennt, die zum Herz einer schönen Frau führen – und dann öffnet sich plötzlich ein neuer amouröser Pfad ins Abenteuerland!

Wenn ich das geahnt hätte. Was hatte ich nicht schon alles ausprobiert? Traumstrände, Eierlikörtorte, fallengelassene Autoschlüssel, Eheversprechen … selbst Flöcki hatte ich schon als Schleckmuschelköder mit nach Sylt genommen. Der Trick mit ihm war einfach, aber wirkungsvoll: Ich warf die kläffende Töle in einem unbeobachteten Moment im hohen Bogen in die Brandung. Dann schrie ich höchst erregt in Richtung Strand: «Um Himmels willen, warum tut denn hier keiner was? Das Tier ertrinkt doch. Hiiilfe!» Dann hechtete ich mit Jeans und T-Shirt kopfüber in die Fluten, um Flöcki unter großem Beifall und Anteilnahme aller Strandschönheiten vor dem sicheren Tod zu retten. Wenn wir beiden dann zitternd und pitschnass wieder am Strand standen, gab es nur wenig später für jeden die entsprechende Belohnung.

Ich bewegte mich also mit dem kleinen Philipp durch die Essener Fußgängerzone und beobachtete wohlwollend unser Spiegelbild in den Schaufenstern der Kaufhäuser.

Berauscht von so viel optischem Glück, beschloss ich, den nächsten Spielplatz anzusteuern, um mir mal einen Überblick über die Qualität solcher Anlagen zu verschaffen. Kinder sind schließlich unsere Zukunft. Die Wertschätzung einer Gesellschaft für ihre Kinder zeigt sich nicht nur an der Verschwendung von öffentlichen Geldern für Opernhäuser und Tiefgaragen, sondern auch an der Güte und Beschaffenheit des Sandkastens eines städtischen Spielplatzes. Befeuert von meinem eigenen Gutmenschentum, steuerte ich den neu angelegten Großspielplatz in der Sprickmannstraße an. Am Kiosk versorgte ich uns mit dem Nötigsten: Für mich eine *Gala*, ein Pils, ein Magnum Mandel und ein Mini-Magnetschachspiel. Für den Kleinen eine Cola Light, damit er nicht diese ungesunde Zuckerplörre trinken musste. Gerade schlief der kleine Mann unter dem schützenden Sonnenverdeck sowieso tief und fest den Schlaf der Gerechten.

Ich ließ mich also auf einer der Bänke des Spielplatzes nieder und vertiefte mich in einen Fachartikel der *Gala*. Plötzlich riss mich ein markerschütternder Schrei aus meiner Anteilnahme. «CEDRICK! CEDRICK, komm ma wacker nach die Mama. Wir müssen nach Hause! CEDRICK!»

Ich lupfte den Blick vorsichtig über den Zeitschriftenrand. Ein stark übergewichtiges und kurzbeiniges Muttertier versuchte ausschließlich mittels seiner wohlklingenden Stimme den zirka vierjährigen Nachwuchs zum Verlassen der Sandkiste zu bewegen. Der kleine Minibuddha zeigte allerdings keinerlei messbare Reaktion. In sein Spiel vertieft, versuchte er nicht nur den Sand aufzutürmen, sondern auch noch den ein oder anderen Kubikmeter desselben in sich reinzustopfen. Mama Nilpferd versuchte es erneut: «CEDRICK, die Mama geht jetzt! CEDRICK, die Mama geht jetzt!» Wieder keine Reaktion. Der Dicke zog ungerührt durch. Inzwischen flog schon schwarzer Mutterboden aus der Kiste. Respekt. Faul war er nicht.

Die Fleischwurstelfe schaltete einen Gang höher: «Cedrick, die Mama ist weg. Die kommt auch nicht mehr wieder! Cedrick, die Mama ist weg, die kommt auch nicht mehr wieder!»

Gefühlte zehn Minuten brüllte sie immer wieder wie von Sinnen dieselben Sätze in einer Lautstärke, die selbst hartgesottene «Metallica»-Fans schwer verunsichert hätte. Der Fleischklops im schwarzen Sand zeigte keine Reaktion. Stoisch und wie ferngesteuert versuchte er weiterhin, sich zum Erdinneren durchzugraben. Der Wahnsinn steigerte sich weiter, und langsam bekam ich es mit der Angst zu tun. Bar jeglicher Vernunft und völlig unkontrolliert schrie das 200-Kilo-Marzipanschweinchen weiter über den Spielplatz, dass selbst die Rückenlehne meiner Holzbank vibrierte:

«Cedrick, wenn du jetzt nicht nach die Mama kommst, kommen ganz böse Onkels und klauen dich!»

Mittlerweile war Philipp von diesem infernalischen Endzeitlärm wach geworden, heulte sich vor Angst die Augen aus dem Kopf und war nicht mehr zu beruhigen. Ich sah die Panik in seinen unschuldigen Augen. Bevor das fleischige Nebelhorn erneut Luft holen konnte, brüllte ich zurück: «Ruhe! Ruhe, verdammt noch mal! Halt die Klappe! Wer soll den dicken Brummer denn klauen? Die Russenmafia mit 'nem Tieflader oder was?»

Wütend stapfte ich zur Sandkiste, schnappte die baggernde Wanderdüne und drückte sie seiner verdutzten Mama in den Arm. Mit einem herzlichen, aber resoluten «So, und jetzt ab nach Hause, ihr Süßen!» verabschiedete ich mich und schickte die beiden Kalorienbunker in die wohlverdiente Kaffeepause. Wenn man nicht alles selber macht. Als ich schnell zu Philipp laufen wollte, um ihn zu beruhigen, stellte ich zu meiner Verwunderung fest, dass er schon munter mit einem andern Kind in Cedricks Mondkrater spielte. Neben der Sandkiste stand eine gutgelaunte Mutter und lachte mich an. «Na, Herr Schröder? Das war wohl ein bisschen viel für dich, was? Erst wirst du beim Lesen gestört – und dann sieht sie noch nicht mal gut aus.»

Ich war überrascht und grinste dämlich, um Zeit zu gewinnen. Wer war diese aparte und gutgelaunte Person? Kannte ich sie? Krampfhaft versuchte ich mich zu erinnern. Ich schoss erst mal nebulös ins Blaue: «Ach hallöchen, wir haben uns ja lange nicht mehr gesehen – seit wann hast du denn ein Kind?»

«Tja, dasselbe wollte ich dich auch gerade fragen! Und Atze – tu bitte nicht so, als wüsstest du, wer ich bin!»

Natürlich wusste ich nicht, wer diese Person war. Leider, denn sie sah echt gut aus. Sie genoss offensichtlich meine Unwissenheit und erlöste mich mit einem spöttischen Lächeln: «Martina Becker, ich hab damals im ‹Old Daddy› gekellnert.»

Oh Gott, Martina Becker aus dem «Old Daddy». Die heilige Martina, die Königin der Theke! Die Mona Lisa des Zapfhahns, von allen nur Tina genannt! Ich konnte es nicht glauben.

Tina Becker war damals schlicht und ergreifend der heißeste Feger westlich von Santa Fe. Wir haben es alle bei ihr versucht. ALLE. Ich kenne Männer, die Alkoholiker geworden sind, nur weil sie bei Tina immer wieder ein Pils bestellen mussten. Tina sah immer rattenscharf aus, hatte immer Bombenlaune und war zu jedem nett und freundlich. Sie hatte einfach diese außergewöhnliche Klasse. In diesem Drecksloch von Rockdisco war sie wie die Madonna leibhaftig. Aber sosehr sich auch alle bemühten, keiner konnte bei ihr landen. Bis André kam. André Siebert.

André Siebert war für uns Coole eine Person, die eigentlich gar nicht existierte. In der Schule durfte er noch nicht einmal bei den Rauchern am Fahrradständer stehen – selbst wenn er geraucht hätte, was er natürlich nicht tat. Typen wie André sind einfach zu intelligent, um zu rauchen. Er war auch kein Streber, sondern wusste einfach, was er wollte. André wollte Schreiner werden. Sein Vater hatte in Rüttenscheid eine kleine Schreinerei, und die wollte André übernehmen. Es war ihm egal, was andere davon hielten.

Schreiner werden war in den Achtzigern so uncool wie eine Friseurausbildung. Alle wollten nur BWL und Sozialpädagogik studieren. Darum ist die Welt heute voller verbitterter Frührentnerlehrer und abgezockter Versicherungsheinis.

Überflüssig zu sagen, dass die Schreinerei Siebert heute eine der führenden Firmen auf dem Gebiet Ladenbau ist. Kennt doch jeder in Essen: «Wenn Siebert geht, der Laden steht.»

Wie er Tina damals klargemacht hat, war uns allen ein Rätsel. Er trank nicht. Er hatte kein Moped. Er spielte nicht Gitarre. Er hatte noch nicht mal 'ne Bürste in seiner Jeansjacke. Wir konnten es uns einfach nicht erklären. Zu guter Letzt einigten wir uns darauf, dass er wahrscheinlich einen Riesenpimmel hatte – es durfte einfach keine andere Erklärung geben.

Ich grinste bei dem Gedanken über das ganze Gesicht und erschrak über meine eigenen Worte:

«Tina, warum André?»

Die Frage schien sie nicht im Mindesten zu überraschen. Sie lächelte fein.

«Ach Atze, die Antwort ist ganz einfach. Er war der Einzige, der sich getraut hat zu fragen. Ihr ach so coolen Jungs wart doch nur damit beschäftigt, euch zu produzieren und vor mir den Affen zu machen. Aber André stand eines Tages mit einem selbstgepflückten Strauß Blumen vor der Tür. Als ich sah, wie er schlotternd vor Angst seinen ganzen Mut zusammennahm, um mich zu fragen, ob ich mit ihm eine Pizza essen gehen würde, da war es um mich geschehen. So einfach war das.»

«Tina, ich bin gerührt. Und jetzt liegst du jede Nacht wach und träumst von mir?»

Wir prusteten beide los.

«Eins ist klar, von allen Jungs warst du immer der witzigste. Und der charmanteste. Und das größte Arschloch. Du hast doch deine Freundinnen gewechselt wie andere die Unterhosen.»

«Tina, du hast ein völlig falsches Bild von mir. Es ist doch so: Ich hätte gerne mal ab und zu nein gesagt. Aber wenn man mich so lieb bittet? Ich hab nun mal ein großes Herz. Und ich hab sie alle geliebt. Nicht nur die Rosen, auch die Primeln. Guck mal, es ist ganz einfach: Ich kann keiner allein gehören. Ich bin wie ein Massai: In Gefangenschaft geh ich vor die Hunde. Ich muss frei sein. Aber sag du doch mal, ab wann hast du es denn bereut, im Gefängnis zu leben?»

«Ganz ehrlich, Atze, ich bin zufrieden und glücklich. Wir lieben uns in guten und in schlechten Zeiten. André sagt immer: Eine Beziehung ist wie ein Stück Holz. Sie verändert sich permanent, und man muss sie pflegen, damit man lange was von ihr hat.»

«Da spricht ja ein echter Philosoph. Nicht schlecht. Aber sehnst du dich nicht manchmal danach, auszubrechen und Abenteuer zu erleben?»

«Machen André und ich ja auch, sooft es geht. Aber gemeinsam. Dann passen unsere ältesten Kinder auf unser kleines Nesthäkchen auf. Eines unserer wildesten Abenteuer spielt gerade mit deinem Schützling im Sand. Mit 43 noch mal Mutter zu werden ist nur eine gute Idee, wenn man sich wirklich liebt. Wir hatten es eigentlich endlich etwas ruhiger im Haus – schließlich sind die Großen ja schon auf dem

Sprung in ihr eigenes Leben.» Sie nestelte an einer Tupperdose und versorgte die Kinder mit ein paar Butterkeksen.

«Ach Tina, ich freu mich ja auch für euch, aber wann siehst du denn mal was anderes von der Welt als Windeln und Babybrei? Ich sag dir was – da draußen tobt das wahre Leben, und ich bin Gott sei Dank mittendrin.»

Sie packte ihr Kind in den Kinderwagen und schnallte es an. Ich nahm Philipp und setzte ihn ebenfalls in seinen Buggy. Irgendwie hatte sich das olle Gurt-Gebamsel verheddert. Ich schwitzte wie ein Pavian und fummelte verzweifelt an den Riemen, bis Tina mich mit zwei geschickten Handgriffen erlöste und Philipp anschnallte. Dann sah sie mir ins Gesicht: «Gar nichts weißt du, mein großer Massai. Das wahre Leben sitzt direkt vor dir im Kinderwagen. Im wahren Leben zählt nur die Liebe. Liebe, die du gibst, Liebe, die du nimmst. Ja, es ist wahr: Ein Kind stellt dein ganzes Leben auf den Kopf. Plötzlich steht kein Stein mehr auf dem anderen. Alles ist neu und anders. Aber – ist das nicht das größte Abenteuer von allen? Es geht doch um Liebe und Erfüllung. Du redest von den Fesseln der Liebe, dabei hast du doch nur Angst, von der Liebe gefesselt zu werden. Ist ja auch uncool – und cool sein war dir ja schon immer am wichtigsten. Tja. Mir waren die Mutigen immer lieber als die Coolen. Ich grüß dann mal André von dir.»

Sie ließ mich stehen, und ich nickte ein letztes Mal anerkennend ihrem immer noch phantastischen Hintern hinterher. Dann ging ich mit Philipp nach Hause. Tina, tolle Frau … wenn man Schreiner ist. Und Ute nicht kennt.

11.

Weihnachten mit Boxenluder

Somewhere over the rainbow», brüllte es neben mir an der Ampel ohrenbetäubend laut aus dem halboffenen Fenster des tiefergelegten 3er-BMW. Herrlich, wenn Klischees einfach ungefiltert auf die Wahrheit treffen. Vier amtliche Gelhaar-Spackos ohne erkennbare Kernkompetenzen außer Rauchen und Spucken grölten aus vollem Hals den Nummer-1-Hit des dicken Hawaiianers mit der Ukulele, ohne auch nur ein Wort dieses wunderschönen Liedes zu verstehen. «Samm-wer owah sö räinboh ...», blökten sie munter mit.

Es war Dezember 2010, und die gefühlvolle Nummer war auf Platz 1 der Charts, passend zur Weihnachtszeit. Ich war auf der Suche nach Weihnachtsgeschenken für zwanzig meiner engsten Freundinnen. Ich verhandelte hart mit der Geschäftsführerin von Douglas.

«Vanessa, du darfst privat nicht mit geschäftlich verwechseln. Natürlich liebe ich nur dich – das ist aber kein Grund, beleidigt zu reagieren, nur weil ich Rabatt auf zwanzig Flaschen ‹Ed Hardy Woman› möchte. Ich hab es dir doch jetzt zigmal erklärt, dass es für die Schulklasse meiner Nachbarin ist. Für dich hab ich dieses Jahr was ganz Besonderes, mein Engel!»

Vanessa blieb völlig unbeeindruckt, fast sogar etwas unterkühlt. «Ich mach Schluss. Es ist Feierabend, endgültig aus. Ich lass mich nicht länger von dir verarschen!»

Ich ignorierte die alte Leier und bezahlte den vollen Preis.

Es war sowieso viel wichtiger, ein adäquates Heldengeschenk für den Sonnenschein der Kurt-Schumacher-Straße 10 zu finden. Der kleine Philipp war jetzt ungefähr zwei Jahre, neun Monate und neun Tage alt. Alle in unserem Haus waren verrückt nach diesem kleinen Pampers-Bomber. Keiner konnte sich seinem unwiderstehlichen Charme entziehen. Wenn der quirlige Lockenbuddha einen mit seinen blauen Augen und den süßen Grübchen anstrahlte, konnte sogar Gomera-Gerd nur noch resigniert feststellen: «Mein Gott, ist der Typ crazy. Heftig, Alter.»

Auch Kati zeigte unerwartete Muttergefühle, worauf Hajo mich neulich im Treppenhaus zur Seite nahm und umständlich fragte – nur für den theoretischen Fall, dass man sterilisiert wäre –, ob man das wohl wieder rückgängig machen könne.

Selbst Flöcki, der bissige Jack Russell, wurde ganz friedlich und lammfromm, sobald Philipp sich näherte. Der Kleine durfte ihm ungestraft ins Maul fassen und den Ball wegnehmen. Er ließ sich sogar vergnügt von dem Kleinen am Schwanz durchs Haus ziehen. Ute konnte sich jedenfalls über mangelnde Babysitterangebote nicht beklagen. Auch ich hatte mit Philipp schon so manche Leberwurststulle verputzt, wenn Ute Klassenarbeiten korrigierte oder zu einer Zeugniskonferenz musste. Am Anfang weinte er immer noch, aber nach einigen Wochen hatte er sich an den Anblick von Frauke Ludowig gewöhnt. Sogar «Mein RTL» konnte der Bengel schon sagen. Die musikalische Früherziehung machte ebenfalls große Fortschritte. Ohne «Smoke on the water» in der «Made in Japan»-Version weigerte er sich, den allabendlichen warmen Kakao zu trinken. Ein Prachtbursche.

Nur Ute machte mir ein bisschen Sorgen. Sie sah oft müde aus und hatte ziemlich abgenommen. Ihre privaten Aktivitäten beschränkten sich auf gelegentliche Besuche ihrer Freundinnen. Sie selbst konnte sich nicht aufraffen, mal auszugehen oder etwas anderes zu unternehmen.

Bevor ich zum Geschenkekaufen in die Stadt gefahren war, hatte ich bei einer Tasse Kaffee in ihrer Küche mit ihr darüber gesprochen. «Mädchen, du musst mal unter die Leute. Tanzen, ins Kino, Theater. Wann warst du eigentlich das letzte Mal mit 'nem Kerl unterwegs?», hatte ich gefragt.

«Wieso? Wir beide waren doch letzte Woche noch bei ‹Dimi› essen!»

«Das zählt nicht! Du bist ja fast über deinem Schafskäsesalat eingeschlafen. Der Kleine hatte seinen Delphiteller ja schneller leer, als du deine Bionade kauen konntest. Was ist denn nur los mit dir?»

«Du bist lustig. Gar nichts ist mit mir los. Ich hab nur keine Zeit für solche Sperenzchen. Wenn ich abends mit allem fertig bin und der Kurze endlich im Bett liegt, bin ich fix und fertig. Meinst du, da hab ich noch Lust, aufgetakelt durch die Gegend zu rennen und mir das Gequatsche von irgendwelchen Stelzböcken anzuhören?»

Das klang schon wieder leicht zickig, deswegen erhöhte ich den Sülzfaktor ein bisschen.

«Kann ja sein, aber so eine junge, attraktive Frau wie du

darf doch nicht brachliegen. Wozu gibt's denn Kontaktbörsen im Internet? Da kreuzt man an, ob mit oder ohne Behaarung, dann wird ein Date vereinbart – und schon geht die Post ab.»

Erstaunt blickte sie mich an.

«Wie? Jetzt sag nicht, du hast das schon ausprobiert?»

«Nein, natürlich nicht! Ich bin doch viel zu schüchtern für so was. Aber ich mach dir mal 'nen Vorschlag. Heute Abend melden wir dich – nur so aus Spaß – bei Elitepartner.de an und gucken, was passiert.»

So waren wir verblieben, bevor ich ging. Sie rief mir noch hinterher, mich beim Weihnachtsgeschenk für Philipp zurückzuhalten und ihm seinem Alter entsprechend nur eine Kleinigkeit zu kaufen. Jetzt stand ich also bei «Karstadt» in der Spielwarenabteilung. Man glaubt ja gar nicht, wie viele schöne und nützliche Dinge es für unter zehn Euro gibt. Flummis, Quartette, Jo-Jos, irgendwelche batteriebetriebenen grellbunten Lärmverursacher ... lauter tolles Zeug. Leider würde Ute mir auf Lebenszeit den Umgang mit ihrem wunderbaren Sohnemann verbieten, wenn ich mit äußerst unfair gehandeltem Plastikschrott bei ihr aufkreuzen würde. Das wollte ich nicht riskieren. Also würde ich eine pädagogisch wertvolle Kleinigkeit aus Holz für meinen kleinen Kumpel erstehen.

Ich holte also mein Herz aus der Hose, überwand meine natürliche Angst vor verbitterten Fachverkäuferinnen und sprach so 'ne Mama an: «Entschuldigen Sie bitte, gnädige Frau, haben Sie die große Duplo-Lego-Feuerwehr für unter zehn Euro?»

«Ja, selbstverständlich! Aber nicht von Lego – und auch

keine Feuerwehr.» Sie hielt mir eine transparente orangefarbene Wasserpistole unter die Nase: «Hier, bitte! 6,95. Brauchen Sie 'ne Tüte?»

Angewidert von so viel Boshaftigkeit, ließ ich Fräulein Godzilla in ihrer bunten Plastikhölle zurück und beschloss, ein anderes Fachgeschäft zu unterstützen. Ab zu Toys"R"Us.

Und richtig, hier wurde ich von einem graumelierten Spitzenverkäufer mit offenen Armen empfangen: «Herr Schröder, welch prominenter Glanz in unserer bescheidenen Hütte. Endlich mal ein Kunde mit Format und Stil. Sagen Sie jetzt nichts. So wie ich Sie einschätze, suchen Sie ein Spielzeug, das die Kinder pädagogisch wertvoll an den internationalen Motorsport und seine angenehmen Begleiterscheinungen heranführt.»

Ich war perplex.

«Ja? Ja ... äh ... ja, klar! Warum nicht? Äh ... was habt ihr denn da?»

Seine Augen leuchteten selig auf.

«Gestatten – Walter Wehmeier. Herr Schröder, da haben Sie aber ein Riesenglück. Wir haben heute was reingekriegt, das kommt eigentlich erst nächstes Frühjahr auf den Markt. Warten Sie, ich hol's mal eben aus dem Lager.»

Ein paar Minuten später kam der Topverkäufer mit einem Gabelstapler um die Ecke. Rums!

«Ja, Herr Schröder, da gucken Sie! Das ist was für Männer mit Klasse und kognitivem Sachverstand. Was Sie hier sehen, ist die Carrera-Bahn ‹Circuit de Monaco› in der Bernie-Ecclestone-Limited-Edition. Originaler Streckenverlauf inklusive Loews-Kurve, Rascasse, Tunnel und Hafenbecken – alles detailgetreu im Maßstab 1:100. Darüber hinaus gehören zum Lieferumfang Fahrerlager, Casino und ein original getragener Bikini vom Boxenluder Katie Price, selbstverständlich ohne Oberteil. Optional kann hier auch noch eine Tüte Haarschuppen von Norbert Haug ergänzt werden.»

Donnerwetter, ich war beeindruckt. Der Mann war Weltklasse. «Nicht schlecht, aber nach zehn Euro sieht das nicht aus, Herr Wehmeier!», wandte ich ein.

«Herr Schröder, ich nehme doch mal an, dass Sie ein Geschenk für ein ganz besonderes Kind suchen. Das ist natürlich nichts für einen Waldorfschüler, sondern für richtige Kerle. Ich sag Ihnen mal was. Das muss aber wirklich unter uns Gebetsschwestern bleiben. Ich gebe Ihnen jetzt zwanzig Prozent Personalrabatt, weil meine Frau ein ganz großer Fan von Ihnen ist. Danach füllen Sie gleich noch unsere ‹Family and Friends›-Karte aus. Das gibt noch mal fünf Prozent on top – und dann nehmen Sie dieses Geschenk für schlanke 2299 Euro mit nach Hause. So! Und jetzt kommen Sie.»

Ich fuhr mit dem majestätischen Gefühl nach Hause, genau das Richtige für das Kind gekauft zu haben. Machen wir uns nichts vor: Kinder müssen frühzeitig und unvoreingenommen auch an komplexe Themen herangeführt werden. Zu so etwas haben diese modernen Pädagogen doch gar keinen Zugang mehr. Da lasse ich mir auch von Ute nicht reinreden. Das wäre ja noch schöner! Wie sagt schon der Volksmund: «Lehrers Kinder, Pastors Vieh – geraten selten oder nie.» Da bedarf es dringend eines Atze Schröder, damit dieser kleine Junge ein sinnvolles, auf das Leben vorbereitendes Geschenk bekommt. Und das ist gut so. Kleinbürgerliches Erbsenzählen darf eine derart strategisch wichtige und weitreichende Entscheidung nicht beeinflussen.

Wie immer war ich berauscht von mir selber. Gib mir zehn von meiner Sorte, und die Welt wird eine bessere sein.

Ich klingelte Sturm. Die Tür ging auf, und ich legte sofort los: «Ute, versprich mir, dass du dich nicht aufregst. Ich hatte keine Wahl. Du kannst nicht von mir verlangen, dass ich ein giftfrei lackiertes Holzspielzeug aus China für zehn Euro kaufe.»

Streitlustig funkelte sie mich an: «Da bin ich aber mal gespannt, was unser Promi-Pädagoge Sinnvolles eingekauft hat. Aber sei bitte leise, Monsieur schläft schon.»

Ich überreichte ihr den Karton. Fassungslos starrte sie mich an: «Was ist das denn? ‹Baby Born›? Interactive Girl?»

«Jaaahaha! Da guckste, was? Diese Puppe kann weinen, essen, trinken, in die Windeln machen und aufs Töpfchen gehen! Und jetzt pass auf: mit Spezialnahrung, Windeln und Armband. Alles mit dabei. Hammer, wa?»

Sie rang nach Worten: «Äh, aber ...»

«Ich weiß, ich weiß, ich weiß – bitte nicht schimpfen. War ein bisschen teurer, aber Ute: Was der Junge damit lernt, könnte ich ihm nicht besser beibringen!»

Ohne ihre Antwort abzuwarten, ließ ich Ute mit offenem Mund stehen und marschierte triumphierend die Treppe hoch in meine Wohnung.

«Baby Born», ja nee, is' klar. 1:0 für mich. Damit hatte Ute auf keinen Fall gerechnet. Ich nahm mir eine frische Dose AC/DC-Pils aus dem Kühlschrank und machte spontan achtzig Liegestütze auf dem Küchentisch. I am the king of the world.

12.

Heftig, Alter!

Was 'ne Scheißidee. Achtzig Liegestütze. Zwei Stunden später keuchte ich immer noch wie ein waidwundes Walross und war kaum in der Lage, der klopfenden Ute die Tür zu öffnen. Bewaffnet mit Babyphon und Laptop, setzte sie sich an den großen Küchentisch, klappte das Gerät auf und kam ohne Umschweife zur Sache.

«So, Dr. Love, jetzt zeig mir mal, wo dein berühmter Frosch die Locken hat. Wo sind denn deine Traumtypen im Internet?»

Ich schenkte uns Prosecco ein und prostete ihr zu.

«Ja, gib' doch mal Elite-Akademiker.de ein, da wirst du dich wundern.»

Ruck, zuck waren wir auf dem Portal. Der vielversprechende Slogan dieser hochseriösen Seite lautete: «Partner über Niveau».

«Na bitte, Ute, mehr geht doch nicht. ‹Über Niveau›. Hier findest du garantiert keinen aus deinem Lehrerkollegium.»

«Was soll das denn heißen? Sind wir Waldorflehrer etwa keine Elite-Pädagogen?»

«Ich will dir wirklich nichts Böses, aber Clausthaler ist ja auch kein richtiges Bier.»

Das war wohl etwas zu offensiv für Madame.

«Sag mal, spinnst du jetzt? Wir haben alle ganz normal studiert. Das darf doch wohl nicht wahr sein!»

Ich ruderte unauffällig zurück.

«Na siehste, so gefällst du mir. Jetzt hast du endlich mal richtig Puls. Dieses deprimierte Durchhängen passt ja auch gar nicht zu dir. Noch 'n Sektchen?»

«Sei bloß vorsichtig, Freundchen. Ich bin keine von deinen blonden Lamettatanten.»

«Was soll das denn jetzt heißen? Komm mal runter, Frau Nachbar. *Du* suchst doch was zum Poppen – nicht ich!»

Sie sprang mir fast an die Gurgel.

«Bitte??? Ich suche gar nichts! Weißt du was, mir wird das hier echt zu blöde, ich geh jetzt ins Bett.»

«NEIN! Jetzt, bleib doch hier, Ute. So hab ich es doch gar nicht gemeint. Komm, bitte – Frieden jetzt. Lass uns doch erst mal deine Daten hier in das Formular eingeben und dann in Ruhe abwarten, was passiert.»

In der nächsten Stunde füllten wir den Fragebogen von Elite-Akademiker.de aus. Das war vielleicht ein Akt! Das Schlimme an Ute ist, dass sie auch nicht einen Moment bereit ist, die Wahrheit ein bisschen zu schönen. Sie trug ihr korrektes Alter, ihre richtigen Maße und sogar ihre tatsächlichen Hobbys ein. Ich wollte nicht unhöflich sein und sie auf keinen Fall unnötig reizen – aber in meinen Augen las sich das wie eine Tragödie: «Normal aussehende 37-jährige Waldorfpädagogin, durchschnittliche Figur, Nichtraucherin mit kulturellem Interesse». Um Gottes willen, langweiliger ging's doch nun wirklich nicht! Ich redete auf sie ein wie auf ein krankes Pferd. Was sollte dabei denn rumkommen? Das klang doch, als würde Kardinal Lehmann 'ne neue Haushälterin suchen. Ich verzweifelte fast an ihrem Mangel an Sachverstand. Vorsichtig versuchte ich ihr klarzumachen, dass Männer im Internet nicht nach dem Typ «Fräulein Rottenmeier» suchen, sondern eher ein Date mit einem Topmodel Marke «Heidi Klum» bevorzugen. Sie konterte bockig mit: «Ja, Männer wie du vielleicht!» Der Fall war hoffnungslos, und ich beschloss, die Taktik zu ändern.

«So, Ute, ich bin müde. Ich muss morgen früh raus.»

Als sie gegangen war, entschloss ich mich zu handeln. Wenn das Glück nicht von selbst an die Tür klopft, muss man die Tür eintreten. Eins war klar – so wie Ute sich beschrieben hatte, würde sich höchstens das Priesterseminar Hodenhagen bei ihr melden. Was für ein Jammer! So würde sie nie in von göttlicher Erotik durchtränkten Laken erwachen, Worte ohne Zusammenhang stammeln, um im Strom der Begierde flussabwärts gerissen zu werden. Feuchtgebiete, Shades of Grey, Lady Chatterley's Lover. Niemals liebestrunken auf die Room-Service-Taste drücken – keine Champagnerbäder, abgerissenen Duschvorhänge, Delirien der Wollust und danach 'ne schöne Tasse warmen Nesquik. Das durfte ich nicht zulassen. Gott sei Dank hatte ich mir ihr Passwort notiert. Als ob ich geahnt hätte, dass diese Frau meinen rationalen Argumenten nicht zugänglich sein würde.

Umgehend machte ich mich an die Arbeit, schaltete meinen eigenen Computer ein und ging auf die Seite von Elite-Akademiker.de. Es wurde höchste Zeit, in Utes Profil von Schwarzweiß auf Farbe umzuschalten. Nachdem ich ihre Grunddaten etwas modernisiert hatte, tauschte ich ihr uraltes, biederes Führerscheinfoto gegen ein Bild von Heidi

Klum aus. Es war leider ein Foto mit Seal, den ich aber gar nicht gebrauchen konnte – da ging es mir genau wie Heidi. Also verfremdete ich den Schnappschuss mit «Photoshop» ein wenig. Seal machte ich schwarz, und Heidis Gesicht tauschte ich durch Utes aus. Zusammen mit den High Heels und dem üppigen Dekolleté erstrahlte meine Miss Waldorf in ganz neuem Glanz. Toll.

Ich nahm mir vor, das getürkte Foto wieder gegen das alte zu tauschen, wenn sich die ersten zehn gemeldet hatten. Bis dahin würde Ute die Trickserei ja gar nicht mitbekommen, weil ich zur Sicherheit noch ein neues Passwort installierte.

Nach einer Woche hatte ich nur eine Zuschrift erhalten, und zwar vom Administrator der Partnerbörse, der mir sachlich mitteilte, dass er das Profil aufgrund unseriöser Angaben gelöscht habe. Was für ein Arschloch! Was soll bitte schön an «Riesenoberweite» unseriös sein?

Auch Ute wunderte sich, weil sie keinen Zugang mehr zu ihrer Seite bekam. «Du mit deinem Internet. Alles Blödsinn. Und überhaupt, ich such sowieso keinen. Es kommt, wie es kommt», maulte sie.

Was soll's, wer nicht will, der hat schon ... Ich war ab morgen sowieso mehrere Wochen auf Tournee und hatte dann keine Zeit mehr, Utes Liebesboten zu spielen.

Selbst an Philipps Geburtstag am 7. März konnte ich nur anrufen und dem kleinen Mann fest versprechen, bald wieder zurück zu sein. Was freute sich der Kurze, als ich ein paar Tage später wieder zur Tür reinkam! Unterwegs hatte ich ein Bobby-Car von Porsche gekauft und in Schmittis Lackbude genauso lackieren lassen wie meinen: RS-Orange, mit schwarzen Streifen und einer weißen 94 auf der Tür.

Freude pur, alles richtig gemacht: Der Bengel schnappte sich das Dingen und stieg die nächsten drei Tage nur noch zum Schlafen ab. Zahleiche Opfer säumten seinen Weg: Flöcki wurde mehrfach frontal über den Haufen gefahren, Kati konnte eine Woche nicht arbeiten gehen, weil ihr der kleine Geisterfahrer im Hausflur über die frisch pedikürten Zehen gebrettert war. Kein Mitleid! Wer läuft auch im März barfuß durch das Treppenhaus?

Auch Ute sah gut aus und strahlte über das ganze Gesicht. Ich sagte: «Na, meine kleine anthroposophische Tulpenzwiebel, was siehst du so hübsch erblüht aus? Ist es die Freude über unser Wiedersehen?»

Es sprudelte nur so aus ihr raus: «Ja, ich freu mich wirklich, dich wiederzusehen. Mir geht es saugut. Du wirst es nicht glauben, ich bin frisch verliebt!»

Mein Gehirn befahl meinem Gesicht, nicht zu entgleisen, und wie durch eine Käseglocke hörte ich mich sagen:

«Mensch, toll, Ute. Suuuper. Das freut mich aber für dich.» Ich fing mich innerhalb weniger Sekunden und strahlte mein berühmtes Bühnenlächeln: «Herzlichen Glückwunsch. Wer ist denn die Glückliche?»

Utes gute Laune war durch nichts zu erschüttern.

«Hihi», stupste sie mich in die Seite, «das hättest du wohl gerne. Waldorflesbe liebt Biotonne! Hihi. Von wegen, der ist echt ein Supertyp. Der wird dir gefallen, er war auch mal Musiker und hat in einer Essener Band getrommelt. Er sagt, er kennt dich noch von früher. Ach Mensch, wie hieß die Band noch mal ... irgendwas mit Zwerchfell, ach ... egal. Jedenfalls heißt er Heiko. Er hat die Apotheke am Markt. Heiko Müller.»

Es fühlte sich an, als würde aus einem fliegenden Hubschrauber auf mich geschossen. Und zwar aus allen Rohren. Heiko Müller! Das durfte doch nicht wahr sein. Von allen miesen Wichsern dieser Welt war Heiko mit Abstand der mieseste und das dümmste Stück DNA, das ich kannte: dreimal geschieden, ehemaliger Schützenkönig und bekennender Resthaar-Pferdeschwanzträger. Baggerte alles an, was nicht bei drei auf dem Baum saß, und anschließend den Baum selber. Wurde sogar neulich von Rolex-Frankie als leidenschaftlicher Swinger geoutet. Normalerweise bin ich nicht bereit, solche Verdächtigungen zu glauben, aber bei Heiko mach ich gern mal 'ne Ausnahme.

«Heiko Müller, *der* Heiko Müller? Da freu ich mich aber.»

Ute schaute mich etwas irritiert an.

«Dann erzähl das doch mal deinem Gesicht. Das sieht nämlich nicht so aus!»

In meinem Schädel gab es plötzlich einen Kurzschluss, und es platzte aus mir heraus.

«Um ehrlich zu sein, Ute: Ich kenn kein größeres Arschloch als Heiko!»

Ich war selbst erstaunt über meine heftigen Worte. Zu meiner Überraschung lächelte sie mich nur siegesgewiss an.

«Genau das hat Heiko vorausgesagt. Er hat gewusst, dass du so reagieren würdest. Er hat mir nämlich alles erzählt, was in seinem Leben so schiefgelaufen ist. Mir kannst du nichts erzählen. Der Arme hat einfach nur viel Pech gehabt.»

«Ja, klar, Ute. So kann man es auch ausdrücken. Man nennt das ja auch wirklich Pech, wenn die Ehefrau zufällig früher nach Hause kommt und ihren Mann mit zwei Apothekergehilfinnen im Bett vorfindet. Der Arme.»

«Ach Atze, das ist doch überhaupt nicht wahr. Die Geschichte ist uralt und außerdem erstunken und erlogen. Du bist doch einfach nur eifersüchtig, weil ‹Milzbrand› damals ihn als Trommler genommen haben und nicht dich.»

Wie sie so dastand, die Arme vor der Brust verschränkt und sich ihrer Sache so sicher, und dann noch den Mist von diesem Idioten wiederkäute – das machte mich rasend vor Wut.

«Ey Ute, hör auf, mir so einen Scheiß zu erzählen, sonst flipp ich aus! Mach, was du willst, aber sollte mir dieser Lappen hier übern Weg laufen, dann hau ich ihm so was von aufs Maul, dass ihn seine eigene Mutter nur noch an der Stimme erkennt.»

Sie bebte vor Zorn und Enttäuschung. Hochrot im Gesicht ging sie auf mich los.

«Du bist ja völlig verrückt! Du hast sie doch nicht mehr alle. Der tolle Herr Schröder, unser großer Star, kann es wohl nicht ertragen, wenn andere Leute auch mal glücklich sind und er mal nicht die erste Geige spielt. Das hätte ich nie von dir gedacht!»

Sie riss die Tür auf und schob mich in den Flur. Außer sich vor Wut, brüllte sie mich an: «Auf Wiedersehen, aber es eilt nicht. Du bist ein richtiges Arschloch, weißt du das? Ein Arschloch!»

In dem Moment ging unten die Haustür auf, und Utes Mutter kam mit Philipp auf dem Arm vom Spielplatz wieder.

«Was ist denn hier los? Atze, wie siehst du denn aus? Welche Laus ist dir denn über die Leber gelaufen?»

Ich schaute an ihr vorbei und murmelte: «Heiko Müller.»

Dann drehte ich mich auf dem Absatz um und stürmte die Treppe hoch zu meiner Wohnung.

Nachdem ich eine Stunde im Dunkeln auf dem Küchenboden gesessen hatte, ging ich rüber zu Gerd und klopfte. Nach einer gefühlten Ewigkeit öffnete sich die Tür, und vor mir stand Essens Bauminister mit einer Riesentüte in der Hand. Ohne ein Wort zu sagen, nahm ich ihm den Jolly ab, schmiss mich auf sein indisches Kifferkissen und pfiff mir drei dicke Züge in die Lungenflügel. Gerd blickte mich mitfühlend an und sagte nur: «Sorry, ich hab alles gehört. War ja auch nicht zu überhören. Ist es so heftig, Alter?»

«Yo, Gerd. So richtig heftig, Alter.» Ich nahm noch einen tiefen Lungenhieb. Ungerührt holte er aus seinem Goa-Holzkästchen einen neuen Jolly, rauchte ihn an, setzte sich neben mich und legte seinen Arm um meine Schulter: «Heftig, Alter.»

13.

Nix wie weg

Ich lag noch völlig benebelt in der Wanne und versuchte mir den gestrigen Tag aus den Knochen zu baden. Irgendwann hatte mich Gerd ins Bett gebracht, aber ich hatte keinen Schlaf gefunden. Warum war ich nur so eifersüchtig auf Heiko? Weil er ein Arschloch war? Oder weil ich für Ute mehr empfand als nur Freundschaft? Ja, ich fand sie hübsch. Klug. Und anstrengend eigensinnig. Sie war so ganz anders als meine üblichen Spielgefährtinnen. Sie war nämlich eben genau das nicht: Mit ihr konnte man nicht spielen. Was war das bloß mit uns beiden? Wir wurden immer wieder wie von einem starken Magneten zueinander hingezogen ... aber wenn wir uns zu nahe kamen, stieß uns dieselbe Kraft wieder voneinander fort. Und jetzt sollte Heiko Müller ... ich erschauerte und verbot mir weitere Bilder und Gedanken. Was für ein Elend. Wie sagte Andi Brehme einst so treffend: «Hast du Scheiße am Fuß, hast du Scheiße am Fuß!»

Das Radio spielte «Everything I do» von Bryan Adams, und ich konnte mich in der Badewanne noch nicht mal wehren. Das Radio lag außerhalb der Reichweite der Wanne, und ich verspürte keine Lust, mein wärmendes Fruchtwasser wegen der widerlichsten Ballade der Welt zu verlassen. Da kann man doch auch «Heaven» spielen? Oder «Bed of

Roses»? Nach dem zweiten Refrain hatte ich die Schnauze voll von dem Gesülze. Ich griff nach der Shampooflasche und donnerte sie Richtung Radio. Treffer.

Die Stille danach war noch weniger zu ertragen. Ich tauchte unter und überlegte, ob ich überhaupt noch mal auftauchen sollte. Dann wurde die Luft knapp, und ich entschied mich fürs Weiterleben.

Überhaupt war die Sache plötzlich völlig klar: Ich würde abhauen. Wenn ich nur daran dachte, im Hausflur Heiko und Ute zu treffen, drehte sich mir der Magen um. Am besten noch mit Philipp an der Hand. Was wollte der Primat denn meinem Jungen beibringen? Höhlenmalerei? Wie man ein sexsüchtiger Versager wird, der die Frauen nur verarscht? Ich stellte mir vor, wie Heiko mit seiner versifften Swingerflöte eine leichtgläubige Waldorftorte verzierte, während im Kinderzimmer nebenan mein kleiner Philipp unschuldig in seinem Bettchen schlief. Hatte ich all die Strapazen der Geburt auf mich genommen, um jetzt so gedemütigt zu werden? Mein Entschluss stand fest: Ich musste hier weg. Nach Berlin. Mitten in die Ursuppe. In die Hauptstadt des Wahnsinns. Gegensätze werden in Berlin großgeschrieben. Von Rolf Eden bis George Clooney, alle da. Von Politik bis Pop, alle da. Wiener Schnitzel mit Joschka Fischer im «Ottenthal» oder mit Peter Fox an der «Curry 36», alles drin.

Ich packte meinen Koffer, schmiss meinen Wohnungsschlüssel bei Gerd in den Briefkasten und legte einen Zettel dazu: «Hi Gerd. Musste weg, ging nicht anders. Bring bitte die Post rein, und wenn was Wichtiges ist, ruf einfach an. Danke für gestern Abend, Atze.»

Über die A2 bretterte ich mit verantwortungsbewussten

234 Stundenkilometern Richtung Osten. Langsam schüttelte ich den Blues mit einer ordentlichen Portion Deep Purple ab. Jeder Kilometer, den meine dicken Pellen fraßen, verbesserte meine Laune. Ich konnte die Berliner Bären schon riechen.

Es war Frühling in unserer Hauptstadt. Grüne Bäume, heiße Pflaster und an jeder Ecke eine Party. So kenne ich Berlin, mein geliebtes Berlin. Aber wo pennen? Am besten in einem der zahlreichen Fünf-Sterne-Bunker. Schließlich hat keine europäische Hauptstadt mehr Luxushotels als Berlin. Es gibt dort mehr als 27 von diesen Edelburgen, und wenn man es richtig anstellt, residiert man sogar billiger als in einer Jugendherberge. Für mich gab es nur einen Laden: das Adlon – natürlich das Adlon.

Im Adlon gibt es drei großzügig geschnittene Apartments, die für die Gäste des Kultusministeriums unserer Bundesregierung ganzjährig reserviert werden. Will sagen: Wenn bedeutende Künstler wie Nigel Kennedy, David Hockney, José Carreras, Montserrat Caballé, Steven Spielberg, Georg Baselitz oder Umberto Eco in Berlin weilen, sind sie automatisch Gäste des Kultusministeriums und sollten im Adlon untergebracht werden. Ich sage ausdrücklich – sollten!

Denn natürlich weiß im Kultusministerium keine Sau mehr, dass es diese drei Apartments überhaupt noch gibt. Als unser ehemaliger Kulturstaatsminister Dr. Michael Naumann 2006 die Schnauze voll von diesem Chaotenhaufen hatte, verschwand bei der Renovierung seines Büros die entsprechende Adlon-Akte – mit allen Unterlagen, Daten und Reservierungsnummern dieser Luxussuiten. Um genau zu sein: Eine anständige Putzkraft hatte ihre vierjährige Tochter mit zur Arbeit genommen. Es kam, wie es kommen musste: Die Kleine bekritzelte aus Versehen und aus Langeweile mit Filzstiften die Rückseiten dieser geheimnisvollen Akte. Um die Putzfrau zu schützen, nahm eine Mitarbeiterin des Ministeriums die Unterlagen mit nach Hause. Zufälligerweise ist diese Mitarbeiterin die Schwester meines alten Kumpels Bert F., der ein dickes Tier in der Berliner Kulturszene ist. (Name von mir geändert, ich will hier keinen reinreißen.)

Als ich 2007 zum ersten Mal für einen längeren Zeitraum ein Zimmer in Berlin brauchte, rief ich natürlich Bert an. Der Rest war nur noch Formsache. Ich bekam alle notwendigen Daten für die Suiten im Adlon. Das muss man sich mal vorstellen: das Adlon, die feinste Adresse Berlins. Herberge der Fürsten, Präsidenten, Stars und Sternchen. Wo selbst Michael Jackson seinen Sohn aus dem Fenster gehalten hatte, damit er Berliner Luft schnuppern konnte. In diesem dauerbelegten Edelbunker hab ich seit Jahren für mich und gute Freunde drei Luxusapartments zur freien Verfügung.

«Herr Schröder, wie schön, dass Sie mal wieder bei uns sind! Welches Zimmer darf es diesmal sein? Die Eins, die Zwei oder die Drei?» Formvollendet, aber mit einem feinen Lächeln um die Mundwinkel begrüßte mich der Empfangschef an der stilvollen Rezeption. Belustigt zwinkerte ich zurück.

«Welches ist denn frei?»

«Zufällig sind alle drei zurzeit nicht belegt, Herr Schröder. So ein Glück, suchen Sie sich eins aus.»

Ich nahm Zimmer 3, von mir die «Pussy-Galore-Suite» genannt. Wer das nicht versteht, hat keinen Kultursachverstand und sollte sich schleunigst «Goldfinger» angucken. In der Mitte des Schlafzimmers steht ein dreieinhalb mal drei Meter großes herrliches Kingsize-Double-Deluxe-Royal-Bett mit einer Neunzehn-Zonen-Latex-Biokaltschaummatratze und einem Lattenrost aus edelstem Rio-Palisander. Die Bettvorleger sind vom berühmten Sockenhersteller Falke gewebt – damit man auch barfuß das wohlige Gefühl hat, in feinsten Angorasocken zu laufen. Kurzum: Die Bude ist eine Sensation und jeden nicht gezahlten Pfennig mehr als dreimal wert.

Ich warf mich auf das bequeme Ledersofa, nahm mir einen edlen Mümmelmann-Jagdbitter aus der Minibar und stellte zufrieden fest, dass mich das Fell juckte. Ich zückte mein Telefonbuch und suchte unter «E» wie Eskalation. Hmm ... die Qual der Wahl! Ich klappte mein Telefonbuch wieder zu und entschied mich gegen die erfahrenen Stammspielerinnen. Ich wollte dem Berliner Nachwuchs eine Chance geben. Nicht umsonst hatte ich einen fabelhaften Ruf als Talentscout. Viele lernbegierige junge Männer fragen mich oft: Wo findet denn ein erfahrener und mit allen Wassern gewaschener Casanova verständnisvolle Klassefrauen, die sowohl trösten als auch exquisit lieben können? Edle Geschöpfe, die auch mal seriöse Fragen beantworten? In einer angesagten Szenebar? Im coolsten Club der Stadt? Bei Udo Walz unter der Trockenhaube?

Ein klares Nein! Auf keinen Fall! Das ist was für Amateure und Männer, die nur an sich denken, anstatt das Herz einer Frau zu berühren. Die Sache ist ganz klar: Wer auf der Suche nach einem echten Abenteuer ist, für den gibt es in Berlin nur eine ernstzunehmende Adresse – die Feinkostabteilung im KaDeWe, dem Kaufhaus des Westens! Der einzige Konsumtempel mit Flirtfaktor zehn. In keinem anderen europäischen Einkaufszentrum gibt es eine höhere Verweildauer pro Kunde als im KaDeWe. Was nicht wirklich verwundert, denn benebelt und betäubt von exotischen Düften, hingerissen von extravaganten Designerroben und erotisiert von bezaubernden Luxuspumps, erholen sich die geschmeidigen Modeantilopen an den Tränken und Edelbuffets im sechsten Stock. Und wer erwartet sie dort mit Kultur und Stil? Richtig! Der König der Löwen.

Ich saß am berühmten «Fischkutter» und ließ mir meine Dorade schmecken. Dazu ein frisches «Vitamalz» aus dem Champagnerglas und auf einem Extrateller eine herrliche Männerportion Bratkartoffeln. Direkt neben mir saß auch schon die Beute: zwei braun gebrannte Mulattinnen in tadellosem Allgemeinzustand. Die Schuhe nicht zu nuttig, die Kleidung teuer, aber dezent und zu meiner großen Freude: saubere Fingernägel. Die Blonde flötete rüber:

«Entschuldigung, ich sehe gerade, dass Sie da so etwas Dunkles trinken. Meine Freundin und ich fragen uns gerade, was das wohl für ein Champagner ist.»

Na bitte! Geht doch! Wieder mal öffnete meine großartige Malzbiernummer die Pforten zum Abenteuerland.

«Das ist ein 98er Château noir Malz de Vita, Miss Universum. Im Volksmund besser auch als Malzbier bekannt. Stärkt Herz, Nieren und sorgt für gepflegte Augenbrauen.»

Glockenhell vibrierte ihr silbriges Lachen durch meine Gehörgänge. Die beiden hübschen Köpfchen flogen beim

Lachen gleichzeitig nach hinten und präsentierten mir zwei makellos sinnliche Hälse. Das versprach ein launiger Nachmittag zu werden.

«Darf ich die Damen auf einen kleinen Snack und einen richtigen Champagner einladen?»

Eine halbe Stunde später war schon das erste Fläschchen Pommery versenkt und die beiden Ladys in bester Laune. Kichernd prustete die etwas Dunklere der beiden: «Hihi! Drei Uhr nachmittags im KaDeWe und schon wieder Schwänze im Mund. Ich liebe Langusten!» Eine weitere Flasche Kicherwasser später herrschte bereits eine Bombenstimmung im «Fischkutter», und Pierre, der französische Mâitre du Grill, schnappte sich sein Akkordeon und spielte «La vie en rose» in der achtzehnminütigen Kuschelrockfassung. Um den Tag nicht vor dem Abend zu loben, hob ich an:

«Sagt mal, ihr beiden Zuckergiraffen, ich habe für heute keine frische Unterhose mehr. Ich hol mir jetzt einen Zweierpack ‹Schiesser›, ihr beiden Hübschen kauft euch zwei braune Bikinis, und in dreißig Minuten stehe ich mit einem Taxi vorm Haupteingang an der Tauentzienstraße.» Belustigt blickten mich die beiden Süßen an.

«Wieso Bikinis? Es ist doch gar kein Badewetter. Was hast du denn vor?»

Ich schmollte gekünstelt.

«Vertraut ihr mir, oder vertraut ihr mir? Wie lange kennen wir uns jetzt schon? Hab ich euch jemals enttäuscht?»

Ich legte 500 Euro auf den Tisch.

«So, das müsste für alles reichen, auch für die Bikinis. Nehmt lieber guten Stoff, aber dafür etwas weniger.»

Eine halbe Stunde später saßen wir in einem Berliner Doppeldeckerbus, den ich kurzfristig gechartert hatte, und fuhren Richtung Flughafen Tempelhof – die Schokotörtchen, Pierre der Akkordeonkoch und noch einige andere, die ich nicht kannte, die aber bei der Langustenparty durch hemmungsloses Tanzen positiv aufgefallen waren. Was für 'ne Truppe! Zu den fröhlichen Akkordeonklängen von «Bolle reiste jüngst zu Pfingsten» sangen wir uns in Partylaune und verdrückten ein paar Kaviarbouletten, die der gute Pierre im Koffer seines Instrumentes rausgeschmuggelt hatte.

Mein Plan war einfach. Unter dem alten Flughafen Tempelhof gibt es die sogenannten Tempelhofer Katakomben. Von den Nazis gebaut, von den Amis als Hauptquartier ihrer Streitkräfte weitergenutzt, ist diese Anlage zwar nicht so riesig, wie oft behauptet wird, aber dennoch ausgesprochen groß und eindrucksvoll. Der Öffentlichkeit sind nur drei Stockwerke bekannt, aber wenn man die richtigen Leute kennt, gibt es noch eine Etage mehr, und zwar die entscheidende, die geheimnisvolle «Vierte». Darin gab es mehrere ineinander übergehende unterirdische Hallen, die während des Krieges von den Nationalsozialisten zur Montage von Jagdflugzeugen genutzt worden waren. Nach dem Krieg ließ sich der legendäre flugzeugverrückte amerikanische Milliardär Howard Hughes eine dieser Hallen als geheimes Privatrefugium umbauen. Ebenso legendär wie Hughes selbst war nämlich seine paranoide Angst vor Bakterien, die ihn dazu bewog, sich aus der Öffentlichkeit zurückzuziehen. Er glaubte, tief unter der Erde wäre er vor Keimen geschützt. Hughes investierte mehrere hundert Millionen Dollar in den Umbau. Es gab zehn Schlafzimmer, vier Küchen, diverse Salons, zur Selbstversorgung einen kleinen Bauernhof, eine Garage für dreißig Autos, ein Kino und – sein ganzer Stolz – den Miniaturnachbau der Strandpromenade von Waikiki Beach mit feinstem hawaiianischem Sand. Und zwar inklusive der Hotelfassade des «Royal Hawaiian», einer 23 Meter hohen Nachbildung des «Diamond Head»-Felsens und der Strandcafés. Der einzige heute noch existierende Zugang zu diesem unterirdischen Badeparadies ist in der U-Bahn-Station am Tempelhofer Damm / Ecke Paradestraße. Wenn man ungefähr hundert Meter in den Versorgungsschacht hineinläuft, kommt man zu einem geräumigen Lastenaufzug, der angeblich nur bis zum dritten Stockwerk unter die Erde fährt. Der Trick ist, viermal auf den dritten Knopf zu drücken. Schon fährt man in den vierten Stock ein. Nur sehr wenige Menschen in Deutschland und Amerika wissen von diesem Zugang. Bei mir war es purer Zufall, dass ich überhaupt davon erfuhr. Als der Flughafen Tempelhof noch in Betrieb war, musste ich einmal, weil mein Flieger Verspätung hatte, noch reichlich Zeit totschlagen. Ich ging also in die Flughafen-Bar «Cockpit», die allen, die damals von oder nach Tempelhof flogen, sicher noch bekannt ist. An der Bar standen bester Laune zwei Würdenträger der deutschen Hochkultur: Harald Juhnke und Gunter Gabriel. Begeistert gesellte ich mich, noch völlig nüchtern, wie ich war, dazu. Selbstredend verpassten wir alle unseren Flieger. Nach fünf Stunden sagte Juhnke trocken: «Ick geh jetz baden, wa?» Kurze Zeit später standen wir staunend an Hughes' unterirdischem Strand. Seitdem ziehe ich diesen Joker immer wieder gerne, um der gepflegten Langeweile einer Hotelsauna zu entkommen.

Der Aufzug stockte, ich drückte mit beiden Händen den gusseisernen Hebel der Elektroversorgung nach unten, und «Mini-Waikiki-Beach» erwachte wieder zum Leben. Restlose Begeisterung auf den Gesichtern der Partytruppe aus dem KaDeWe. Champagnerkorken krachten, Textilien flogen umher, und dazu spielte Pierre die treibende Melodie von Jean-Michel Jarres «Oxygene» auf seiner Quetschkommode. In den nächsten Stunden spielten wir frisch und frivol den in Cineastenkreisen hochgeschätzten Erotikklassiker «In Malmö steht ein Lotterbett» nach. Ah, was für ein tolles Fest! So konnte es endlos weitergehen. Noch eine Woche später knirschte mir der Sand im Klempnerpfirsich, und ehe der Monat zu Ende ging, war ich Partylegende in Berlin. Man nannte mich nur noch den «König von Waikiki Beach».

Ich erlebte noch drei unglaubliche Monate in Berlin, dann zog ich weiter. Und um ehrlich zu sein – in München, Hamburg, Düsseldorf, Weimar, Dresden, Leipzig, Köln und Bremen war es genauso unglaublich. Ob mit dem U-Boot durch den Starnberger See, mit dem Einrad über die Köhlbrandbrücke oder mit dem angeblichen Nonnenchor der Frauenkirche im Dresdner Zwinger – es gab keine Tabus. Auf Tournee und im Fernsehen war ebenfalls «alles Atze». Ich ließ nix anbrennen. Ich tat alles, um Ute und meine Essener Welt aus dem Kopf zu kriegen.

Ab und zu meldete ich mich bei Philipp, schickte ihm von unterwegs eine Postkarte oder einen kleinen Gruß aus dem Legoland. Gomera-Gerd kümmerte sich um meine Bude, schickte mir die wichtigste Post nach und ließ alle zwei Wochen die Putzfrau in die Wohnung. Eigentlich war alles in bester Ordnung. Ich hatte mein geliebtes Rock-'n'-Roller-Leben und war niemandem Rechenschaft schuldig.

Und dennoch: Irgendwas fehlte. Ich sehnte mich nach meinem Zuhause. Ich vermisste sogar Flöckis nerviges Gebelle. Den süßlichen Hanfduft im oberen Treppenhaus. Katis enervierendes Geschwafel. Unsere Männerabende auf der Terrasse. Das süße kleine Gesichtchen von Philipp, wenn er mir die Tür aufmachte und mich mit seinen zwölf Kilo purer Liebe ansprang. Und Ute. Ich vermisste Ute. Unsere Gespräche. Ihr Lachen, wenn ich wieder einen unpassenden Witz machte. Oder ihre Wutanfälle, bei denen ihre Augen so schön funkelten. Nicht zu vergessen den unglaublichen «Ute-Duft» im Treppenhaus, der sich erst vor meiner Wohnung verflüchtigte.

Ich wurde immer niedergeschlagener. Einerseits war ich erleichtert, diese Gedanken zulassen zu können, andererseits ärgerte ich mich. Immerhin war sie der Grund dafür, dass ich mich ins Exil begeben hatte. Sie und dieser blöde Apotheken-Kaputtnik.

Eines Tages wachte ich mal wieder völlig verkatert auf und stellte resigniert fest: Mission impossible. Ich musste nach Hause. Kaum hatte ich diesen Gedanken zu Ende gedacht, da klingelte mein Telefon.

«Kriminalpolizei Essen, Hauptkommissar Tiltmann. Spreche ich mit Atze Schröder?»

Mein Gehirn ratterte los. Ach du Scheiße, ich wusste es doch: Steelener Straße, 243 Stundenkilometer in der Siebziger-Zone. Dann war das wohl doch nicht die Weihnachtsbeleuchtung gewesen. Hätte mich auch gewundert, so weit draußen vor der City und dann noch im Juli. Diese Schweine.

Ich möchte nicht wissen, was das jetzt wieder kostet. Ich riss mich zusammen und gab mich jovial.

«Herr Wachtmeister, wie kann ich Ihnen helfen, was liegt gegen Sie vor?»

«Ach, der Schröder, auch immer im Dienst. Jetzt lassen Sie mal die Faxen und beantworten Sie mir ein paar Fragen. Kennen Sie einen Gerd Storkenbeck, wohnhaft in Essen, Kurt-Schumacher-Straße 10?» Immer diese akkuraten Beamten.

«Ja sicher kenn ich den, das ist mein Nachbar. Wieso?»

«Gegen den Herrn Storkenbeck liegt eine Anzeige vor wegen eines Drogenvergehens. Können Sie in der Sache etwas sagen?»

Ich schaltete auf naiv.

«Waaas? Drogen? Der Gerd? Ich weiß von nix! Gerd und Drogen, haha! Da muss aber eine Verwechslung vorliegen, Herr Kommissar! Der nimmt doch keine Drogen außer Maoam!»

«Lassen Sie mal gut sein, Herr Schröder. Wir haben in seinem Kofferraum zwanzig Kilo Marihuana gefunden. Unsere Kollegen vom Zoll haben das Fahrzeug von Herrn Storkenbeck an der niederländischen Grenze aufgebracht und kontrolliert.»

«Und was wollen Sie jetzt von mir, Herr Inspektor?»

Endlich kam Sherlock Holmes zur Sache.

«Der Herr Storkenbeck hat sie als nächsten Angehörigen angegeben. Seinem Wunsch entsprechend informiere ich Sie hiermit. Morgen wird der Haftrichter über seinen weiteren Verbleib in der U-Haft entscheiden und gegebenenfalls eine vorläufige Freilassung auf Kaution festlegen. Wenn Sie einen Anwalt einschalten möchten, beachten Sie bitte den

Zeitpunkt der richterlichen Vorführung. Das ist exakt um 10.32 Uhr im Sitzungssaal 23 des Amtsgerichts Essen.»

Eine Stunde später rollte ich auf der Autobahn Richtung Essen. Was war da nur los? Wieso hatte Gerd zwanzig Kilo Gras im Kofferraum seines Autos, wenn doch schon allein die Plantage in seinem Wohnzimmer den Jahresbedarf der jamaikanischen Olympiamannschaft abdeckte? Das ergab alles überhaupt keinen Sinn. Außerdem benutzte Gerd doch nur einmal im Jahr sein Auto – und das auch nur, um es zur Inspektion in die Werkstatt und zurück zu fahren. Die drängendste Frage aber war: Warum hatte Gerd mich als seinen nächsten Angehörigen angegeben?

Ich fühlte mich beschämt und gleichzeitig gerührt. Da wohnt man seit Jahren unter einem Dach und weiß so wenig voneinander. Klar waren wir gute Nachbarn, und natürlich hatten wir so einiges zusammen erlebt, aber dass ich ihm so viel bedeutete, hätte ich nicht für möglich gehalten. Auf der anderen Seite – vielleicht war ihm auch einfach niemand anders eingefallen. Aber egal, wie die Sache auch gelaufen war, ich würde Gerd nicht hängenlassen. Also rief ich meinen Anwalt Dr. Tom Hagen an und informierte ihn über den Gerichtstermin. Tom versprach, sich zu kümmern, und sagte mir bei der Gelegenheit auch gleich noch, dass sich mein Patenonkel freuen würde, mich mal wieder zu sehen. Ich versprach, Onkel Michael bald zu besuchen, und beendete das Gespräch. Die restlichen Kilometer vergingen im Flug.

War das ein gutes Gefühl, wieder in die gute alte Kurt-Schumacher-Straße einzubiegen! Die Reifen rumpelten über das Kopfsteinpflaster, die alten Bäume trugen zarte

Knospen, und Frau Stachowski, die alte Gifthexe, hing wie gewohnt mit einem Kissen im Fenster von Haus Nummer acht und bedachte mich wohlwollend mit einem bellenden «Da biste ja wieder, du Asi!».

Willkommen zurück im Pott. Das gibt's nirgendwo anders. Da kannst du ganz wichtig neben Halle Berry und Tom Hanks bei «Wetten, dass..?» auf der Couch sitzen, für so eine Malocher-Oma bleibst du einfach für immer ein Rotzlöffel, der nur Blödsinn im Kopf hat.

«Guten Tag, Frau Stachowski, Sie sehen toll aus heute. Haben Sie was machen lassen?»

«Schröder, ich komm gleich raus und hau dir höchstpersönlich einen vorn Tabernakel, du alter Paselacke! Haste mir wenigstens wat mitgebracht?»

Wir geierten beide, und ich rief noch rüber: «Ja sicha! 'ne Tüte Berliner Luft. Leg ich dir morgen mit den Brötchen vor die Tür.»

Dann brachte ich meinen Koffer in die Wohnung und beschloss, erst mal einkaufen zu gehen. Gott sei Dank war in Utes Wohnung alles still. Bestimmt kam sie nicht vor dem späten Nachmittag aus der Schule zurück, und Philipp ging ja schon in die Kita. Meine Bude sah klasse aus: Die Post lag ordentlich auf dem Küchentisch, und alles war tipptopp aufgeräumt. Gerd hatte ganze Arbeit geleistet – ein Grund mehr, ihn jetzt nicht hängenzulassen. Vom Einkauf zurück, packte ich meinen Kühlschrank voll und machte mir erst mal eine dicke Leberwurststulle mit dänischem Gurkensalat. Tausend Fragen gingen mir durch den Kopf: Musste Gerd jetzt für längere Zeit in den Knast? Was war eigentlich ganz genau passiert? Wussten die anderen im Haus Bescheid? Wollte

Gerd überhaupt, dass jemand was darüber erfuhr? Wie ging es eigentlich den anderen Bewohnern? Hoffentlich war nicht noch mehr Schlimmes passiert. Zwangsläufig würde ich ja auch Ute über den Weg laufen. Um ehrlich zu sein, hatte ich auf ihrer Facebook-Seite ständig nach Hinweisen über ihren Beziehungsstatus gesucht. Ich wollte unbedingt wissen, ob sie noch mit dem Arschloch Heiko zusammen war. Aber Ute war einfach nicht der Typ, der Privates im Internet von sich preisgab. Ich war zu stolz gewesen, meine üblichen Quellen anzuzapfen, hatte aber munkeln hören, dass es zwischen den beiden nicht so bombig lief. Na, kein Problem: Zur Not würde ich das Schwein einfach abstechen und mich zu Gerd in die Zelle gesellen. Wir würden sicher viel Spaß haben im Knast. In meiner Phantasie spielte ich schon die Lieblingsszenen aus «Flucht von Alcatraz» durch. In den Hauptrollen: Jürgen Vogel als Gomera-Gerd und Götz George als Atze Schröder, wer sonst? Allein schon wegen der Brille und der dicken Eier. Aber bis dahin konnte ich nichts weiter tun, als abzuwarten. Also beschloss ich, im Bett liegen zu bleiben, zu träumen und zu schlafen, um fit zu sein für die Ereignisse des nächsten Tages.

Pünktlich um 10.30 Uhr stand ich vor dem Sitzungssaal im Amtsgericht, bereit für diesen schicksalhaften Prozess. Am Morgen war ich extra früher aufgestanden, um mir zur Vorbereitung auf die Schlacht noch mal «Erin Brockovich» mit Julia Roberts auf DVD anzusehen. Leider vereitelten Julia Roberts' tolles Dekolleté, ihr ultrakurzer Jeansrock und die hohen Hacken meine guten Absichten: Ich hatte nur noch Augen für Julia. Was für ein Rasseweib! *Der* hätte ich auch recht gegeben.

Aber jetzt stand ich im Essener Amtsgericht. Dem großen Anlass entsprechend hatte ich mein bestes AC/DC-T-Shirt angezogen und war bereit, den Geschworenen die Wahrheit ins Gesicht zu schmettern. Ich wollte für Gerd meinen besten Auftritt hinlegen. Als nach zwanzig Minuten immer noch keine Spur von Gerd und meinem Anwalt zu sehen war, wurde ich langsam nervös. Hatte ich mich im Datum vertan? Ich rief Tom Hagen an, der mir fröhlich mitteilte, dass er Gerd gestern Abend ins Taxi nach Hause gesetzt hatte. Das Ganze wäre ein großer Irrtum gewesen, aber das könne mir Gerd ja selber erklären.

Ein wenig enttäuscht legte ich auf. Adieu, Hollywood, adieu, Richterin Barbara Salesch. Zerknirscht, aber doch erleichtert machte ich mich auf den Weg nach Hause. Mit schweren Fäusten hämmerte ich gegen Gerds Wohnungstür: «Storki! Mach auf, du alter Nasenbär. Die Kolumbianer sitzen mir im Nacken!» Vorsichtig öffnete sich die Tür einen kleinen Spalt, und Gerd maunzte mit zittriger Stimme:

«Atze, bist du es? Bist du alleine?»

«Jetzt mach die Tür auf, du alte Grasmatte! Alles in bester Ordnung, ich hab dich rausgehauen. Glaub ich jedenfalls.»

Erleichtert öffnete er die Tür, und wir fielen uns in die Arme. Ich machte uns einen Kaffee. Gerd drehte uns erst mal eine schöne Tüte. Dabei schüttelte er alle dreißig Sekunden den Kopf und murmelte immer wieder: «Heftig, Alter, so heftig, Alter.» Entnervt schnauzte ich ihn an: «Gut jetzt mit heftig. Schmeiß mal die Durchblutung an und erzähl mir haarklein, was eigentlich genau passiert ist».

Ich traute meinen Augen nicht. Vor mir verwandelte sich

der lebende Joint in den beflissenen Sachbearbeiter Gerhard Storkenbeck. Kein Murmeln, keine Sprechpausen, ganze Sätze mit logischen Zusammenhängen. Er hob an und legte los:

«Ich war am Donnerstag in Amsterdam unterwegs. Im ‹Paradiso› spielte ‹Golden Earring›. Da musste ich hin. Während des Schlagzeugsolos von ‹Radar Love› wollte ich mir eine Pulle Vanille Vla aus dem Auto holen, weil ich einen heftigen Süßigkeitsflash hatte von der ganzen Kifferluft in der Halle. Draußen laberte mich so 'n netter Rasta an, ob ich ihn nach dem Konzert nach Deutschland mitnehmen könnte, bis Oberhausen. ‹Yo, Alter, kein Ding›, hab ich gesagt, und dann holte er schnell noch seine Tasche, um sie in meinen Kofferraum zu legen. Nach dem Konzert sind wir los und haben uns auch ganz gut unterhalten. Auf der Autobahn war die ganze Zeit so ein weißer Passat Kombi hinter uns ... ich hab mir nix dabei gedacht, bis der uns hundert Meter hinter der deutschen Grenze überholt und dann mit der Bullen-Kelle winkt. Die haben gleich den Kofferraum aufgerissen und die Tasche von dem Rasta gefilzt. Der Bulle kippt das ganze Gras aus der Tasche ... und ich denk noch: ‹Ui, jetzt hat der Typ aber echt 'n Problem!› Da sagt der Arsch doch allen Ernstes: ‹Nix meine Tasche›, und versucht zu türmen. Von da an durften wir in dem schönen Passat weiterfahren. Die Bullerei hat nur noch gesagt: ‹Das können Sie alles dem Richter erzählen.› Ich war fix und fertig. Ich hatte doch keinen Resturlaub mehr und musste Montag wieder im Amt sein. Na ja, dann habe ich dich angerufen. In der Zwischenzeit muss entweder der Rasta gesungen oder dein Anwalt die Bullen eingelullt haben. Jedenfalls hieß es heute Morgen dann: ‹Entschuldigung, Sie können gehen, es liegt nichts gegen Sie vor›, und ich durfte nach Hause. Wahnsinn, oder?»

Ich nickte: «Heftig, Alter! Aber gut, dass es sich so aufgelöst hat.»

Gerd sah mich lange an: «Danke, dass du sofort am Start warst. Ich hab doch hier sonst keinen mehr. Meine Eltern sind schon lange tot, und von meinen Verwandten lebt sonst niemand mehr. Du und das Haus – ihr seid meine Familie. Meinen Kumpel vom Amt hätte ich damit nicht behelligen können. Das hätte nur Gelaber und Gerüchte gegeben.»

Ich musste zutiefst gerührt schlucken. «Hab ich doch gern gemacht, Gerd. Du hast dich ja schließlich auch um meine Wohnung gekümmert.»

Eine Weile sagten wir nichts und genossen das schöne Gefühl einer Freundschaft, die auch ohne viele Worte auskommt. Als hätte ich nicht schon genug Überraschungen erlebt, fragte er mich behutsam: «Was läuft da eigentlich mit dir und Ute? Hast du nur wegen dem bescheuerten Heiko hier in den Sack gehauen? Mann, der Typ ist echt krank. Vor drei Wochen hat er vergessen, Philipp vom Kindergarten abzuholen. Der arme Junge stand eine halbe Stunde heulend am Tor, und Ute konnte nicht kommen. Da hab ich ihn zu Fuß abgeholt. Du hättest abends dabei sein müssen, als Ute den Idioten im Hausflur zerlegt hat. Die ist abgegangen wie ein Zäpfchen! Das war wohl der Tropfen, der das Fass zum Überlaufen gebracht hat. Das ganze Haus hat jedes Wort verstanden. Der braucht sich hier nicht mehr blickenzulassen. Hinterher hat sie so geheult, dass Kati mit ’ner Tasse Hühnersuppe rübergegangen ist … und Hajo mit Philipp und Flöcki 'ne Stunde im Garten Fußball gespielt hat. Ich will dir ja nicht reinlabern, aber ich glaube, sie würde sich tierisch freuen, wenn du mal wieder anklingeln würdest.»

Ich nickte dankend und verabschiedete mich. Dann versuchte ich, mir eine gute Rede für Ute auszudenken. Aber irgendwie fiel mir nur Mist ein. Ich war verzweifelt. Am Ende schrieb ich mir ein paar Standardausreden auf und erprobte sie an den mir zur Genüge bekannten weiblichen Standardvorwürfen. Herrschaftszeiten, das gibt es doch gar nicht! Da tritt man vor Tausenden von Leuten auf, sitzt in den größten Fernsehshows der Nation und hat auf der Bühne für alles einen dummen Spruch parat – und was nutzt es einem? Am Abend stand ich toller Hecht mit einer Packung Mon Chéri unterm Arm hypernervös vor Utes Tür und fühlte mich nicht in der Lage, auf den Klingelknopf zu drücken. Also klopfte ich und grölte spontan mit meiner legendären Herbert-Grönemeyer-Stimme:

«Tief im Osten, wo die Sonne verstaubt,
Ist alles am Rosten, viel mehr, als man gla-ha-haupt,
Tief im Ostehehen!»

Weiter kam ich nicht. Die Tür flog auf, und Ute erschien mit Philipp auf dem Arm. Sie schaute mich unentschlossen an: «Wir geben nichts. Außerdem finden wir Mario Barth viel besser. Ist sonst noch was?»

14.

Ghana

Ich wollte so viel sagen. Ich hatte mir alles so schön zurechtgelegt und dachte, wenn ich ein paar Phrasen dresche wie: «Ich hab's nur gut gemeint, geht mich ja auch gar nichts an, mit wem du zusammen bist, ist mir wirklich egal, Hauptsache, wir bleiben Freunde», dann könnte es klappen – aber ich brachte nichts heraus, stand wie angewurzelt im Türrahmen und schaute ihr nur in die Augen. Nach einer gefühlten Ewigkeit brach Ute das Schweigen und sagte: «Doofmann!»

Ich grinste verhalten: «Selber.»

Dann sprang Philipp von Utes Arm und hüpfte wild um uns herum. Übermütig rief er: «Doofmann, Doofmann, ihr seid beide Doofmann», bis wir laut lachen mussten. Ich schnappte mir den kleinen Strahleflummi und drückte ihn. Seine kleinen Ärmchen umschlangen meinen Hals. Er schmatzte mir einen dicken, feuchten Kuss auf die Backe und stellte die typischste aller Kinderfragen: «Hast du mir was mitgebracht?»

Ich gab ihm ein Riesenüberraschungsei und überreichte Ute umständlich die Anstaltspackung Mon Chéri. Fast gleichzeitig sagten wir beide: «Es tut mir leid!»

Aber Ute hielt sich nicht lange mit Gefühlsduseleien auf:

«Du bringst jetzt den Kurzen ins Bett. Waschen, Zähneputzen, Geschichte vorlesen und dann Feierabend. Ich mach uns in der Zwischenzeit ein paar Häppchen.» Was hatte ich diesen Kasernenhofton vermisst!

Eine halbe Stunde später war der Drops gelutscht, und Philipp schlief tief und fest.

Wir machten es uns im Wohnzimmer bequem und aßen biologisch korrektes Dinkel-Amaranth-Brot mit vegetarischem Leberwurstersatz.

«Mmh, Ute, der Vollkornsekt schmeckt so süffig. Pelzig im Schritt, fruchtig im Abgang. 93er Südlage, Château Migraine!» Sie grinste über beide Ohren.

«Oh Mann, bitte sag es nicht weiter, aber du glaubst gar nicht, wie sehr ich deine blöden Sprüche vermisst habe.»

«Hört sich gut an, Ute, aber ... ganz ehrlich, als ich dich das letzte Mal gesehen hab, hatte ich nicht den Eindruck, dass du irgendwas an mir besonders schätzt.»

«Kann schon sein. Ich war einfach total sauer, weil ich in Heiko verknallt war. Natürlich kannte ich alle Geschichten über den Typ, aber ich wollte es einfach nicht wahrhaben. Versteh mich nicht falsch, der konnte echt nett und charmant sein. Ich kann mir das selber nicht erklären. Ich war nicht bei mir. Vielleicht war es aber eben genau das, was ich zu dem Zeitpunkt brauchte.»

Vorsichtig tastete ich mich vor.

«Und was ist jetzt mit Heiko? Seid ihr noch zusammen, oder ...?»

«Nein, es ist vorbei. Am Ende war er genau so wie sein Ruf: ein eitler, selbstgefälliger Fatzke, der jungen Weibern hinterhersteigt. Billig und niveaulos. Ich könnte mich ohrfeigen. Das alles ist mir so peinlich.»

Ich schaute ihr tief in die Augen und überraschte sie mit meinem alten Komplimente-Trick: «Du siehst toll aus, wenn du wütend wirst.»

Damit war das Eis endgültig gebrochen. Ich erzählte von meinen Abenteuern der letzten zwölf Monate – natürlich nur in der FSK-12-Version, die größten Exzesse ließ ich schön beiseite, hätte sie ja eh nicht geglaubt. Aber – Vorsicht ist die Mutter der Porzellankiste ... da nehm ich doch lieber die Tochter. Ich glaube, an diesem Abend waren wir die glücklichsten Menschen der Welt. Ich hätte meinen Porsche verwettet, dass Ute mich genauso vermisst hatte wie ich sie ... Definitiv mehr, als sie zugeben konnte oder wollte. Aber auch in dieser Angelegenheit waren wir uns ja einig. Wir verbrachten noch ein paar wundervolle Stunden mit Geschichten, Wein und Musik. Oder mit dem, was Ute so Musik nennt. Meiner Meinung nach gehören Harfen auf die Artenschutzliste, und der Handel mit ihnen sollte verboten werden.

Gegen zwei Uhr morgens gingen wir zufrieden und endgültig versöhnt auseinander. In den nächsten drei Wochen war alles wieder wie früher. Wir feierten Philipps dritten Geburtstag mit dem ganzen Haus und einer ausgelassenen Meute tobender Kinder. Ich hatte einen Westernplanwagen gemietet, und unter großem Hallo der als Cowboy und Indianer verkleideten Fruchtzwerge ging es wild schießend und johlend durch die Essener Fußgängerzone.

Anfang April verabschiedete ich mich dann, weil ich nach Ghana, Westafrika, reiste. Und das kam so: Ich hatte im

Dezember 2010 bei Günther Jauchs Promi-Special von «Wer wird Millionär?» eine halbe Million Euro abgeräumt und der Hilfsorganisation «Madamfo Ghana» gespendet. Bettina Landgrafe, Gründerin und Chefin dieser Organisation, hatte mit dem Geld ein Kinderkrankenhaus in Ghana an der Grenze zur Elfenbeinküste gebaut. Kennengelernt hatte ich diese großartige Frau über einen gemeinsamen Freund, der für mich nach einem sinnvollen Hilfsprojekt gesucht hatte, bei dem das Spendengeld ankommen würde. Also verabredete ich mich mit Bettina in einem Café in Hagen und war begeistert von dieser gutaussehenden Frau mit den langen blonden Haaren. Genau so hatte ich mir die hilfsbedürftige Afrikanerin auch vorgestellt …

Aber im Ernst: Innerhalb eines Jahres baute Madamfo Ghana ein neues Kinderkrankenhaus, das von den Müttern in der Region sofort stark frequentiert wurde. Wie man im Volksmund sagt: Die Bude war jeden Tag rappelvoll.

Bettina hatte mich zur Einweihung eingeladen und sich angeboten, mir einen Lufthansa-Flug zu buchen. Die Airline fliegt jeden Sonntag um zehn Uhr von Frankfurt nach Accra, der Hauptstadt von Ghana. Der Flug dauert sechseinhalb Stunden, und man landet am späten Nachmittag um 16.30 Uhr.

«Pass auf, meine kleine blonde Basmatidattel, gut gemeint, aber behalt du mal dein Geld. Ich buche selber, und mit der gesparten Kohle baust du einen neuen Staudamm», sagte ich ihr. Und dann buchte ich meinen Flug selber. Ich fand eine supergünstige Verbindung nach Accra – mit Angola Air. Jawoll, Angola Air. Wer jetzt denkt: «Um Himmels willen, ist das denn nicht gefährlich?», dem kann ich nur sagen: «Nee, gar nicht, das ist eher hochgefährlich. Und lebensmüde.»

Die einzige Maschine dieser Möchtegern-Airline ist eine Iljuschin 76 aus russischer Produktion. Die «76» ist nicht nur die Typenbezeichnung, sondern leider auch das Jahr der letzten öffentlichen Rückrufaktion für diesen Mängelbomber.

Nichts für schwache Nerven. Als ich in Frankfurt in den Poppnietencontainer einstieg, bog ich erst mal Richtung Cockpit ab und fragte den Piloten: «Alter, weiß Ikarus, dass du es noch mal probierst? Fliegst du auf H-Kennzeichen, oder hast du eine Tageszulassung?»

Aber ich hatte den Freunden von Angola Air unrecht getan: pünktlicher Start am Sonntagmorgen in Frankfurt, pünktliche Ladung 16.30 Uhr in Accra. Leider erst den Montag darauf. Bei Angola Air bedeutet nonstop: Frankfurt–Antalya–Belek–Oslo–St. Petersburg–Accra.

Aber es gab auch gute Seiten. Zum Beispiel kann man sich bei Angola Air schon in der Maschine an die klimatischen Bedingungen des Reiselandes gewöhnen. In dem russischen Kirmesflieger herrschten 60 Grad Raumtemperatur bei hundert Prozent Luftfeuchtigkeit. Sozusagen als Serviceleistung an Bord, neben der kochend heißen Cola-Dose unterm Sitz. Mann, war das heiß in dem Wellblechjumbo! Im Prinzip war das ein Tropengewächshaus mit Flügeln. Wenn man in die Ecke spuckte, stand da eine Stunde später schon eine Hecke. Und es wurde ordentlich gespuckt.

Dann endlich die Landung in Accra.

Man hört ja immer, dass der Afrikaner als solcher so

unglaublich herzlich sei. Ich hatte es selber noch nicht erlebt, ich war ja noch nie in Afrika gewesen.

Aber es stimmt. Die Afrikaner bestehen fast nur aus Herz. Schon in der Ankunftshalle wird gedrückt, geknutscht, getanzt, gefummelt – auch in den Taschen, aber immer mit unbändiger Freude und guter Laune. So weit die Begrüßung am Flughafen – aber wir mussten ja noch mal eben 350 Kilometer durch den Busch zu unserem Kinderkrankenhaus fahren. 350 Kilometer Luftlinie. Und von ordentlichem Asphalt und edlem Bitumen war hier in Afrika keine Spur. Der Fahrer des verbeulten Opel Senator blieb gelassen, offenbar kannte er eine Menge Abkürzungen. Mann, ist der Typ durch die Wildnis gebrettert! Ich bin sicher, dass er entfernt mit Sebastian Vettel verwandt war, so wie der durch die Kurven flog. Wir waren überwiegend quer unterwegs, selbst auf gerader Strecke, und der Kofferraum bog eher um die Ecke als die Vorderreifen. Als wir fünf Stunden später endlich im Dorf ankamen, klebten mehr Insekten tot auf den Seitenfenstern als auf der Windschutzscheibe. Mir war so schlecht!

Zur Begrüßung wollte ich erst mal ein gepflegtes Kötzerchen in den einzigen Strauch auf dem Dorfplatz verklappen, aber da wurde ich schon von hundert Händen hochgehoben und in zwei Meter Höhe durchs Dorf getragen. Welch eine Lebensfreude! Gutturallaute, glucksendes Gelächter und geheimnisvolle Voodoogesänge! Ich hatte das Gefühl, in einer komplett anderen Welt gelandet zu sein. Es ist eine erstaunliche Erfahrung, wenn man als einziger Weißer allein unter Schwarzen ist. Da kriegt man eine Ahnung davon, was es heißt, wegen seiner Hautfarbe angestarrt zu werden. Ich kam mir vor wie die Slipeinlage von Bruce Darnell: feucht, heiß und von Schwarz umzingelt. Jetzt ist das in Ghana so: Man kann nicht einfach in so einem Dorf rumrennen und den Ziegen den Sand wegfressen. Man muss erst mal dem örtlichen Chief seine Aufwartung machen.

Der Chief war eine imposante, würdevolle Erscheinung. Ich war von der ersten Sekunde an sein Fan. Voller Nächstenliebe teilte er mir mit, er habe gebetet, dass es bei meinem Besuch nicht so heiß würde, und er sei stolz, dass es geklappt hätte. Angesichts der herrschenden 45 Grad im Schatten verkniff ich mir einen Kommentar. Ich fühlte mich wie ein Stück Tortenbrie in der Sauna.

Inzwischen war es dunkel geworden, erfreulicherweise wurde es auch ein winziges bisschen kühler. Englisch ist in Ghana Amtssprache, also hielt der Chief seine Rede in etwas, was so ähnlich klang: Pidgin English.

Viel hab ich nicht verstanden, aber nach einer halben Stunde Stehnickerchen hörte ich plötzlich, wie der Boss sagte: «And now da speach is to our guest Mister Atze Schröder! Let him speak for himself!»

Äääh ... das kam jetzt aber sehr überraschend. Da stand ich also mutterseelenalleine vor zehntausend Menschen. Das ist so gesehen nichts Neues für mich. Aber hier handelte es sich nicht um meine geliebte Dortmunder Westfalenhalle, sondern um eine Art Open Air in Ghana. Mitten im Busch. Rumble in the Jungle. Und es war Nacht. Genau gesagt: sehr dunkle Nacht. Mitten im afrikanischen Busch wachsen keine Straßenlaternen aus dem Bürgersteig, denn es gibt keine Bürgersteige. Es gibt nur sehr dunkle Nacht. Also sah ich nix, nur die leuchtenden Augen der Dorfbewohner, die mir wie zwanzigtausend LED-Lichter entgegenblinkten. Go, Atze, go!

«Hello, my name is Atze, I come in peace. You can tell by the way I use my walk I'm a woman's man, no time to talk! Thank you for the music! You make me feel like dancing. I've been looking for freedom – so don't let me be misunderstood.»

Keine Reaktion. Ich versuchte es ganz schlicht:

«I love Ghana, I love you.»

Bingo! Auf einmal war Leben in der Bude. Alle freuten sich, was zur Folge hatte, dass neben den zwanzigtausend Augen noch zehntausend strahlend weiße Gebisse aufleuchteten. Es sah aus, als ob mir tausend Audi A8 entgegenkämen. Ich ließ nicht locker und machte den Sack zu: «Hey, Baby» von DJ Ötzi sang ich, und bei «Uh, ah!» geriet der ganze Platz völlig außer Rand und Band. Der DJ übernahm, und den Rest der Nacht wurde getanzt. Man feierte mich, und ich musste mit jedem Brüderschaft trinken. Mit Palmenschnaps ist das eine ziemlich undankbare Aufgabe, denn in Deutschland darf man das Zeug nur zum Abbeizen von Häuserfassaden benutzen, allerdings nur mit Schutzanzug. Irgendwann im Morgengrauen lag ich müde, aber glücklich in einer schlichten Lehmhütte und schlief erschöpft ein.

Als Bettina am nächsten Morgen im Dorf ankam, begann die offizielle Einweihungszeremonie für das neue Kinderkrankenhaus. Für uns hieß das: Tausende Hände schütteln und Glückwünsche entgegennehmen. Aus Respekt vor den Traditionen unserer Gastgeber hatten wir sogar ghanaische Gewänder angelegt. Voller Stolz ließen wir uns das Hospital zeigen und erklären. Ich war tief beeindruckt und fühlte mich ein bisschen wie ein wertvoller Teil des großen Ganzen. Ich will hier keine Klischees bedienen, aber wenn man ein paar Tage mit diesen wunderbaren Leuten verbringt, die trotz aller Härten ihre Lebensfreude nicht verlieren, dann kommt einem unweigerlich der Gedanke, dass uns Europäern ein wenig mehr davon auch guttun würde. Sooft es ging, telefonierte ich mit Ute. Es tat mir so gut, mit ihr zu sprechen, weil mir das Leid der Kinder im Krankenhaus doch schwer zusetzte. Dann tat Ute das, was sie wie niemand sonst kann: zuhören. Warm und feinfühlig, wie sie ist, fing sie mich auf. Beim tränenreichen Abschied versprach ich hoch und heilig, bald wiederzukommen. Überflüssig zu sagen, das ich für den Rückflug mit den Freunden von Angola Air drei Flaschen Palmwein im Handgepäck gebunkert hatte. Die Welt gehört schließlich den Mutigen. Oder besser gesagt: Das Glück ist mit den Doofen.

15.

Chikungunyafieber

Das Chikungunyafieber ist eine tropische Infektionskrankheit, die durch Stechmücken übertragen wird. Das Chikungunyavirus löst hohes Fieber aus und sorgt für amtliche Gelenkbeschwerden. Und was stand da noch bei Wikipedia? – In der Sprache der afrikanischen Makonde heißt Chikungunya «der gekrümmt Gehende», weil man vor lauter Schmerz nicht aufrecht gehen kann. Die Krankheit hinterlässt meistens keine bleibenden Schäden und ist normalerweise selten tödlich. NORMALERWEISE SELTEN?

Ich weinte stumm ins Kissen. Ich war doch noch so jung. Eine scheiß afrikanische Mücke sollte mein Ende sein? Wie demütigend. Da schafft man Essen–Hamburg in anderthalb Stunden, überlebt als Einziger mit einem BVB-Trikot in der Nordkurve auf Schalke – und dann dies.

Aber wenn mein Tod auch nur zwei afrikanische Kinderleben gerettet hatte, dann würde ich in Frieden gehen. Tränen der Rührung liefen mir über die glühenden Wangen und verdunsteten, noch ehe sie meine rauen Bartstoppeln erreichten. Ich griff zu Block und Bleistift. Den Porsche sollte Philipp kriegen, meine Rolex, die ich in Ghana bei einem seriösen Händler in den Straßen von Accra mit von ihm persönlich unterschriebenem Echtheitszertifikat erworben hatte, sollte Gomera-Gerds Handgelenk schmücken. Ich rief meinen Manager Töne an, um ihm mitzuteilen, dass das Ende nahte, und um letzte Anweisungen zu geben: «Töne, mein treuer Gefährte, ich möchte nicht, dass du weinst – aber es ist vorbei. Mein maroder Geist verlässt nun bald diesen einstmals unbezwingbaren Körper. Du weißt, was zu tun ist. Ruf beim ZDF an – ich möchte mich mit einer großen Gala von der Nation verabschieden. Carmen Nebel soll in zwanzig Zentimeter hohen Hacken und einem ihrer sexy sitzenden Sakkos moderieren. Ich will auf dem Porsche-Werksgelände in Zuffenhausen beerdigt werden. Ich möchte diesen großen Helden der Arbeit ein bisschen was zurückgeben.»

Töne am anderen der Leitung schwieg andächtig und fragte dann ungerührt: «Hömma, Atze, du bist doch nächste Woche bei ‹Volle Kanne› im Morgenprogramm des ZDF. Die Redaktion lässt fragen, ob du nicht zusammen mit Ingo Mommsen einen AC / DC-Topflappen häkeln könntest.»

Ich brüllte heiser in den Hörer: «Ich fass es nicht. Ich sterbe, und du kommst mir mit Topflappen!?»

«Ja, Atze, ich weiß, aber du stirbst nicht. Ich hab eben mit dem Professor vom Tropeninstitut Hamburg gesprochen. In einer Woche bist du wieder auf dem Damm.»

«Ach was weiß der denn? Ihr habt doch alle keine Ahnung. Das wird euch allen noch mal schrecklich leidtun, aber dann ist es zu spät!»

Wutentbrannt knallte ich den Hörer auf, zog mich an und stürmte die Treppe zu Ute runter. Wie wild hämmerte ich an der Tür. Als die Tür aufging, ließ ich mich mit letzter

Kraft in Utes Arme fallen. «Ich werde sterben», schluchzte ich verzweifelt.

Sie nahm meinen Kopf, streichelte mir die Locken und lächelte sanft: «Nein, mein Prinz, du stirbst nicht. Ich hab den Doktor heute Morgen im Hausflur getroffen. Und rate mal, was er gesagt hat: Nächste Woche bist du wieder ganz der Alte.»

Schlagartig ging es mir ein bisschen besser. Mein Gott, roch diese Frau gut. Ich spürte ein leichtes Pochen am Reißverschluss meiner knallengen Jeans. In der jäh aufkeimenden Scham über meine viel zu vitale körperliche Reaktion löste ich mich aus ihrer Umarmung. Ob sie es wohl gemerkt hatte? Sie tat ahnungslos.

«Hör mal, mein gelockter Tropenforscher, jetzt geh mal schön wieder nach oben ins Bett. Ich komme gleich mit Philipp hoch, bringe dir was zu essen und lese dir was vor.»

Die nächsten Tage schonte ich mich, und schon bald war ich so gut wie auskuriert. Alle hatten mich besucht: Hajo und Gerd waren jeden Abend zum Fußballgucken und Skatspielen am Start. Die ganze Nachbarschaft riss sich darum, mich mit Köstlichkeiten zu versorgen. Unser traditioneller Männerabend wurde samt Heizpilz kurzerhand an mein Krankenlager verlegt, und der edle Gerstensaft floss in Strömen. Selbst die gute Vanessa besuchte mich wieder. Sie hatte sogar von Douglas ein paar Badesalze mitgebracht, um mich ausgiebig und unter vollem Körpereinsatz aufopfernd in der Wanne zu baden. Ganz rührend: Aus meinem ghanaischen Dorf schickte mir der Medizinmann ein geheimnisvolles Pulver, das ich brav schluckte. Am Ende fand ich es fast schade, dass diese tolle Krankheit vorbei war.

Es war so schön, wie gut sich unsere kleine skurrile Hausgemeinschaft in Zeiten der Not bewährte.

Die Früchte dieses Zusammenrückens sollte ich schon bald ernten. Aus heiterem Himmel rief mich Ute eines Nachmittags an und sagte das Unglaubliche: «Kannst du heute bitte Philipp vom Kindergarten abholen?»

Ich konnte es nicht fassen. Dass ich das noch erleben durfte! Bisher durfte ich ja wirklich alles mit dem Kleinen unternehmen, aber «Vom Kindergarten abholen» schien ein unumstößliches Tabu gewesen zu sein. Sogar Gomera-Gerd hatte ihren kleinen Liebling schon mal nach Hause bringen dürfen, nur ich nicht! Wahrscheinlich weil er Beamter war und ich ja nur ein unsteter Künstler-Hallodri. Vorsichtig fragte ich nach.

«Ute, bist du dir auch ganz sicher?»

«Ja. Aber hör gut zu. Ich hab dir alles, was du beachten musst, auf einen Zettel geschrieben und ihn in deinen Briefkasten geworfen. Sei bitte, bitte pünktlich. Wirklich, Atze, ich meine es todernst. Sei pünktlich! Der Kleine weiß Bescheid und wartet auf dich. Pünktlich!»

Bevor ich losfuhr, holte ich den Zettel aus dem Briefkasten. Da stand aber auch wirklich alles drauf: «Rudolf-Diesel-Waldorfkindergarten im Zeisigweg 4, Maikäfergruppe, Philipp Peymann, keine Cowboystiefel tragen, beim Anorakanziehen nicht fluchen, die Gummistiefel auf den Ständer, Schal und Mütze nicht vergessen, Butterbrottasche ist die mit dem Elefanten drauf, NICHT mit dem Porsche abholen und auf keinen Fall mit den Erzieherinnen diskutieren.»

Ich warf den Zettel weg, stieg in meinen Porsche und donnerte mit viel Zwischengas Richtung Öko-Guantánamo. In meiner grenzenlosen Naivität glaubte ich, die anderen Mütter kämen alle mit dem Rad oder zu Fuß, um ihre Brut einzusammeln, aber – weit gefehlt. Was für ein Theater vor dem Waldorfkindergarten! Anthroposophisch korrekte Mütter in dicken SUVs und aufgemotzten Multivans kämpften erbittert um jeden Zentimeter Stellplatz. Weit und breit kein Parkplatz in Sicht – bis auf das kleine Rasenstück direkt vor dem Eingang. Mit elegant vorgetragener Rockford-Wende platzierte ich meinen Boliden zentimetergenau auf diesem unberührten Stück Muttererde. Ich stieg geschmeidig aus und hatte noch die Tür in der Hand, da stapfte schon das erste bunt gefiederte Ozonloch auf mich zu.

«Na toll, Sie sind ja ein schönes Vorbild für die Kinder!»

«Ganz ruhig, Lady Tofu. Erstens ist das hier der neue VIP-Parkplatz, und zweitens machst du doch mit deinen Birkenstock-Tretern Größe 52 mehr Mutterboden platt als 'ne Planierraupe. Außerdem – was bist du denn für ein Vorbild? Free Willy unrasiert?» Mit offenem Mund versank das Muttertier in schwere Depressionen. An dieser Front hatte ich schon mal für Ruhe gesorgt. Leider war ich zu früh gekommen; wir mussten noch zehn Minuten auf die Kinder warten. Es war die Hölle! Da stand ich völlig unvorbereitet mit 38 gewaltbereiten Terrormüttern am Zaun. Drei Stunden hatten die Kinder offensichtlich friedlich miteinander und in Ruhe gespielt – bis die Zaunmeisen-Mamis kamen und das Gekeife losbrach. Eine rosa Steppjacke eröffnete den vielstimmigen Kanon.

«Finja, nicht so hoch schaukeln. Finja – nicht so hoch! Hast du gehört, Finja? Nicht so ho-hoch!»

Jetzt setzte ein stimmgewaltiges Kopftuch ein:

«Yoldas! Yoldas! Nicht den Mirko mitte Schüppe inne Fresse! Da sind wir Geburtstag!»

Die Steppjacke ging in die nächsthöhere Oktave.

«Finja, steh wieder auf. Kugel dir den Arm selber wieder ein. Du kannst das!»

Auftritt einer klirrenden Barbour-Jacke:

«Alexander, musst du? Alexander, musst du? Alexander, musst du? Alexander, musst du? Alexander, wenn du musst – dann geh! Geeeh-heeee! Natürlich musst du, ich sehe es doch! Alexander! Ja, jetzt is' auch egal. Lass es liegen. Lass es ... du sollst es liegenlassen! Grab es unter! Nicht mit den Hä... mit der Schüppe!»

Gott sei Dank wurde das Tor endlich aufgeschlossen. Ich wollte schnell rein, den Kurzen abklatschen und ab nach Hause – aber von wegen. Wir Eltern mussten uns erst mal an den Händen fassen und gemeinsam ein Lied singen.

«Alle Leut', alle Leut' gehn jetzt nach Haus!
Große Leut', kleine Leut'!
Dünne Leut', dicke Leut'!
Alle Leut', alle Leut' gehn jetzt nach Haus!»

Das Ganze war doch eine Falle aus «Verstehen Sie Spaß?». Gleich würden Kurt und Paola Felix um die Ecke eiern. Falls das Theater hier aber doch seriös gemeint sein sollte, würde ich nachher mal ein ernstes Wort mit Ute reden müssen.

Nach dem unfreiwilligen Gejaller mit den «Fischer-Chören» ging ich natürlich sofort in die Maikäfergruppe und brüllte absichtlich laut: «Philipp, alter Fischstäbchenwemser! Alles akkurat im Spagat? Wo ist mein kleiner Playmo-Fucker?»

Wenn Blicke töten könnten! Ungefilterte Feindseligkeit aus hasserfüllten, verbiesterten Augen schlug mir entgegen.

Welch ein Ansporn! Ich legte 'ne Schüppe nach: «Komm mal her, mein kleiner Puddinglude, ich bind dir mal schnell die Schuhe zu!»

«Schuhe zubinden kann unsere Finja schon ganz alleine!», blökte das rosa Steppschaf schnippisch rüber.

«Aber nicht mit dem ausgekugelten Arm, gnädige Frau.»

Seelenruhig machte ich Philipp den Anorak zu. Die letzte Beißhemmung fiel, und das gesamte Mutterrudel machte sich kläffend und geifernd übereinander her.

«Unser Yoldas kann auch schon Schuhe zubinden. Der kann auch schon bis hundert zählen.»

«Das ist doch noch gar nichts. Unser Mirko kann schon auf Englisch bis hundert zählen und liest schon den ‹Kinder-Spiegel›!»

Die Barbour-Jacke versuchte mal wieder, das letzte Wort zu haben: «Unser Alexander hat sich selber das Lesen und Schreiben beigebracht. Wir glauben, der ist hochbegabt.»

Ich schaute sie treuherzig an und ließ mir jedes Wort genüsslich auf der Zunge zergehen: «Natürlich ist der hochbegabt, sonst hätte der doch nicht so intelligent in die Sandkiste geschissen. So, komm, Philipp, gib Gas! Ich hab den Porsche dabei, hier ist der Schlüssel, du fährst. Ab zu McDonald's, die haben ein neues Happy Meal!»

Allgemeine Erstarrung. Gefangen im Raum-Zeit-Kontinuum. Die Temperatur sank unter den Gefrierpunkt. Finjas Mutter kriegte als Erstes wieder Druck auf die Okolyten. Mit verzerrtem Gesicht fing sie an zu dozieren: «Herr Schröder, ich weiß ja nicht, in welchem Verhältnis Sie zu der von uns sehr geschätzten Frau Peymann stehen, aber das eine sag ich Ihnen: Wir sind hier ein Kindergarten und keine Spiel-o-thek! Wir versuchen die Kinder gesund zu ernähren und zu besseren Menschen zu erziehen. Im Einklang mit Körper, Geist und Seele. Unter Anwendung anthroposophischer Gesichtspunkte und esoterischer Metaphysik.»

Mit ruhiger Stimme entgegnete ich: «Hör mal, Rapunzel, kämm dein Haar ... und setz es auf. Ich habe nicht ein Wort von dem verstanden, was du gesagt hast, aber eins ist sicher: Besonders locker bist du nicht.»

Ihre Stimme wurde noch schriller: «Es geht hier nicht um mich, es geht um die Kinder. Dank Pentatonik und Eurythmie können sie sogar ihren Namen tanzen.»

«Ja, gnädige Frau – und dank RTL und Dieter Bohlen können sie ihn auch bald furzen! Schönen Tag noch, die Damen!»

Zehn Sekunden später saß ich mit Philipp im Porsche. Monsieur thronte rechts neben mir auf seinem Kindersitz und schnallte sich an.

«Super, Atze. Fahren wir wirklich zu McDonald's?»

«Waaas? Bist du wahnsinnig? Ist doch viel zu ungesund. Ich will doch keinen Ärger mit deiner Mutter. Nix da, kommt nicht in Frage. Wir fahren schön zu Burger King!»

16.

Club 69 – des Pudels Kern

Eine Woche später schmollte Ute immer noch ein bisschen. Den kleinen Philipp durfte ich nicht mehr vom Kindergarten abholen. Nicht wegen Ute, nein – die verklemmte Leiterin des Waldorf-Gulags höchstpersönlich hatte mir Hausverbot erteilt. Natürlich nicht direkt, sondern über Ute. Philipp hatte mir allerdings erzählt, dass seine Mama und Frau Stalin richtig Streit hatten meinetwegen. «Mama hat dich ganz doll verteidigt», sagte er. Mir gegenüber ließ sie das allerdings *so* nicht durchblicken. Stattdessen warf sie mir vor, ich hätte den Kräutergarten vorm Eingang mit meinen Autoreifen ruiniert und mit meiner unverschämten Kodderschnauze für allgemeinen Unmut gesorgt.

Aber all diese kurzfristigen Irritationen erschütterten Utes und mein ansonsten gutes Verhältnis nicht. Wir etablierten unser altes Kaffeekränzchen nach Utes Unterricht wieder, und in den Osterferien verbrachten wir sogar alle drei eine Woche zusammen auf Norderney. Ich hatte ein gemütliches Friesenhäuschen gemietet. Wir freuten uns an der frischen Nordseeluft. Jeden Tag ging es bei Wind und Wetter raus: Muscheln sammeln, Burgen bauen, Drachen steigen lassen, in tiefen Prielen angeln und mit dem Quad querfeldein durch die Dünen brettern.

Jetzt kündigte sich langsam der Sommer an, und ich drehte mächtig auf. Mein altes Adressbuch war voll mit gutgepflegten Stiefmütterchen, die nach dem harten Winter nach ein paar Sonnenstrahlen gierten und etwas begossen werden wollten. So flog ich emsig von Blüte zu Blüte und widmete mich mit viel Liebe und Hingabe der galanten Bestäubung. Denn nur mit großer Innigkeit und aufopferungsvoller Hingabe erntet der edle Imker den köstlichen Nektar der Leidenschaft. Eines Nachmittags, wir saßen bei einem herrlichen Stück Frankfurter Kranz in meiner Küche, fragte Ute aus heiterem Himmel: «Sag mal, Atze, wie ist das denn bei dir? Verliebst du dich eigentlich nie? Hast du keine feste Freundin?»

«Tja, ich bin doch dauernd unterwegs, das macht keine anständige Frau mit. Außerdem – du weißt doch, wie sensibel ich bin. Soll ich mir denn jedes Mal mein Herz zertrümmern lassen, wenn was auseinanderbricht? Nein, nein. Ich spare mich lieber für die Richtige auf.»

Mitleidig schaute sie mich an und strich mir durch die Locken. «Du armer einsamer Ritter. Ganz alleine reitet er in seinem Porsche in den Sonnenuntergang. Wie rührend!»

Gerade wollte ich voller Selbstmitleid ein Tränchen verdrücken, da setzte sie meiner Rührung ein jähes Ende.

«Schröder, den Mist kannst du deinen blondierten Modetussen erzählen. Wenn ich diese Vanessa von Douglas schon sehe! Wenn die da gewesen ist, müssen wir das Treppenhaus den ganzen Tag lüften, weil es stinkt wie in einer Dorfdisco. Baden die in dem Zeug? Was willst du eigentlich mit solchen Frauen?»

«Tja ... Ute ... äh ... das äh ... ist eben mein gutes Herz. Du weißt doch, wie schlecht ich nein sagen kann. Die Vanessa ist 'ne ganz Liebe. Die kann ganz toll Schnittchen machen. Schön mit Gürkchen und einem Klecks Mayonnaise obendrauf. Ich sag doch auch immer schon: ‹Vanessa, such dir mal einen anständigen Kerl.› Ich bin da auch in der Verpflichtung, weißt du? Ich hab den Eltern am Grab versprochen, mich um das arme Mädchen zu kümmern.»

«Ach, wie süß ist das denn? Wie alt war die Vanessa denn da?»

«Ja, was weiß ich? Vielleicht 28 oder so.»

«Und die anderen Tussis? Sind das auch alles arme, vollbusige Waisenkinder?»

Ihre Stimme ätzte nicht schlecht. Ich musste etwas Ruhe ins Boot bringen.

«Ach nun hör doch mal auf. Das ist doch ein einziges Missverständnis. Ich hab halt ein großes Herz. Wie geht's denn eigentlich deiner Mutter, was macht die gute alte Maria?» Natürlich durchschaute sie mein plumpes Manöver.

«Komm, lass gut sein. Du bist einfach ein charmanter Windhund, der nie erwachsen wird, weil du vor Frauen wie mir Angst hast.»

Ich dachte einen Moment nach und antwortete, überrascht von mir selbst: «Schön und gut, das mag ja alles so sein.» Ich schaute ihr in die Augen: «Aber ... wer hat hier eigentlich Angst vor wem?»

Wir mampften noch eine Weile nachdenklich unseren Kuchen, dann musste Madame los und ihren Philipp abholen. Ich musste in Düsseldorf auftreten. Auf dem Rückweg von der Halle kaute ich immer noch gedankenverloren auf Utes Vorwürfen herum. Leider konnte ich mir auch keine passenden Antworten geben. Während ich über die Landstraße Richtung Essen bretterte, tauchte vor mir die große Neonreklame des Swingerclubs «69» auf. Der Laden existierte schon seit fünfzehn Jahren. Uwe Müller, der Besitzer, von allen nur «Birkel» genannt, verdient sich mit dem kunterbunten Rappelreigen in der alten Klinkerhütte eine goldene Nase. Daher auch sein Spitzname «Birkel», den er schon kurz nach seiner Ausbildung zum Schiffskoch weghatte, als er beschloss, sein Geld im «Nudelgeschäft» zu machen. Als gebürtiger Hamburger pflegt er bei jeder unpassenden Gelegenheit im breitesten Reeperbahnslang zu verkünden: «Jeden Pudel juckt die Nudel!» Anscheinend juckte vielen die Nudel ganz gewaltig, denn der Parkplatz war auch an jenem Abend wieder gerammelt voll.

Ich kenne Birkel noch aus den Anfangstagen des Clubs. Damals hieß der Laden noch «Labskaus» und war ein lupenreiner Rockschuppen. Aber dann war mit harter Rockmusik kein Geld mehr zu verdienen, und Uwe beschloss, den Laden dichtzumachen und das «69» dort einzuquartieren. «Der Lange» – er ist stattliche 1,98 Meter groß – ist ein feiner Kerl. Wir beide haben in den guten, alten «Labskaus»-Zeiten so manche Tasse Bier zusammen gebechert und wüste Rock-'n'-Roll-Partys gefeiert. Ich würde sogar so weit gehen zu behaupten, dass Birkel der anständigste Swingerclub-Betreiber der Welt ist. Er behandelt seine Angestellten respektvoll und fair, bezahlt ordentliche Gehälter und hat stets für jeden ein offenes Ohr. Drogen, Randale und Exzesse duldet er nicht im «69», und wer Ärger macht, muss sehr schnell auf unangenehmste Weise feststellen, dass aus dem freundlichen und gemütlichen Riesen ein wütender Grizzly werden kann. Natürlich gehört er zum festen Stamm unserer traditionellen Männerrunde und ist auch dort immer ein Garant für gute Laune und Spaß.

Mir persönlich hat sich die Welt der «Swinger» nie richtig erschlossen. Vielleicht bin ich aber auch nur ein wenig zu konservativ und verklemmt. Wahrscheinlich. Am Ende sind wir doch alle Spießer.

Der Gedanke wurmte mich, also beschloss ich, meiner Verklemmtheit bei einem Cocktail an der Swinger-Theke auf den Grund zu gehen. Ich spekulierte darauf, mit Birkel ein Tässchen Kaffee zu trinken und ein bisschen zu «snacken», wie er als Hamburger immer sagt. Bei der Gelegenheit fiel mir auf, dass ich ihn noch nie im Club besucht hatte. Meistens trafen wir uns mit der Männerrunde bei Hajo auf der Terrasse, oder wir sahen uns bei Doris im «Auto-Stübchen», einer unserer Lieblingskneipen in Essen. Flugs hatte ich den Porsche auf dem großen Parkplatz des «69» geparkt. Unternehmungslustig strebte ich Richtung Eingang.

Dort erwartete mich die erste Überraschung. Statt Dornröschen in Strapsen saß da Oma Pervers im schwarzen Lederbikini. Heiser knarzte sie mich an: «Na, du kleiner süßer Kopfkissenzerwühler? Neu hier? Brauchst du ’ne kleine Einführung?» Geschickt wich ich ihrem mürben Atem aus. Sämtliche Neugier entwich aus meinen Poren. «Nein danke», antwortete ich. «Ist Birkel da?»

Sie nickte und ließ mich durch. Ich war noch nicht ganz durch den Vorhang, als eine Riesenpranke auf meiner linken Schulter landete und eine monströse Hamburger Stimme in mein Ohr dröhnte: «Moin, Atze, du Penner! Na, juckt die Nudel, Herr Pudel?»

«Birkel, du alte Hirnamöbe, ich wollte gerade gehen.»

Eine Minute später hatten wir beide ein Pils am Hals, und ich ließ mir zum hundertsten Mal Birkels bewegte Lebensgeschichte erzählen. Als Koch auf dem «Traumschiff» war Uwe berühmt für seine Budapester Bratkartoffeln gewesen. «Ich hab sie alle mit meinen Bratkartoffeln versorgt. Von Hilde Knef bis Professor Brinkmann, von den Jacob Sisters bis Gottlieb Wendehals – alle waren sie da. Und alle waren sie verrückt nach meinen Bratkartoffeln. Die Weiber – alle heiß wie Frittenfett. Und ich mittendrin. Da stand der Saft nicht lange ab. Hormonelles Erntedankfest, sozusagen. Mehr Dank als Ernte, verstehste? Hahaha. War halt 'ne andere Zeit, Digger. Ein einziges Gefummel. Jeder mit jedem. War irgendwo was los, dann hieß es nach fünf Minuten: Klamotten runter und Ringelpietz mit Anfassen! Tja, und ich wusste eben immer, wo 'ne Kajüte frei war. Ab 'nem gewissen Zeitpunkt hab ich mehr Kohle mit der Kajütenvermietung gemacht als mit Bratkartoffeln. Tja, dann ist mir die Reederei dahintergekommen, da musste ich in den Sack hauen. Da stand ich also mit langem Gesicht und kurzem Hemd an der Elbe und hab gedacht: ‹Eins ist sicher: Geknattert wird immer. Jeden Pudel juckt die Nudel.› Und das war mein Einstieg ins Nudelgeschäft.»

«Schön und gut, Birkel, aber sag mal, das ganze Geschiebe hier – geht dir das nicht auf den Keks?»

«Och, das siehste nach 'ner Zeit gar nicht mehr. Ich hab mein Hasi, und für die bin ich der einzige Klopfer.»

Just in diesem Moment bog Hasi um die Ecke.

«Hasi, komma 'n büschen rüber und sag dem Onkel aus'm Fernsehen brav guten Tach.»

Hasi tat wie geheißen und kam hinter dem Tresen hervor, wo sie bis jetzt still und anständig gezapft hatte. Sie trug eine Haushaltsschürze – allerdings durchsichtig und mit nichts drunter. Ich bekam zur Begrüßung einen Kuss auf die Wange, dann setzte sie sich neben mich und verwickelte mich in ein Fachgespräch über korrekt gezapftes Pils.

Nach einer knappen Stunde fing ich an zu schwächeln und wollte nach Hause. Ich fühlte mich müde und abgekämpft. Also stand ich auf und verabschiedete mich herzlich. Just in diesem Moment sehe ich hinter Birkel den Vorhang zur Seite gehen. Herein kommt im leichten Lackhöschen mit neckischen Hosenträgern meine liebe Nachbarin: Kati Deutschmann! Fassungslos starrten wir uns beide an. Sie reagierte als Erste: «Ach sieh mal einer an, unser Atze. Was machst du denn hier? Da bin ich aber echt überrascht!»

«Ich wünschte, ich könnte dasselbe behaupten. Ich hab hier nur mit Birkel ein Bier getrunken», sagte ich entschuldigend.

«Natürlich», flötete sie sarkastisch, «und ich bin draußen in eine Pfütze gefallen. Jetzt sind meine Klamotten ganz nass, und ich muss warten, bis sie wieder trocken sind.»

«Ja nee, Kati, is' klar. Und der Typ neben dir ist der Weiße Riese. Ist Hajo hier auch irgendwo am Bügeln?»

«Pass auf, Atze», ihre Stimme wurde merklich kühler, «spar dir deine billigen Witzchen. Hajo weiß von nichts und wird es auch nie erfahren. Die Sache ist ganz einfach: Wenn du möchtest, dass Ute von deinem Besuch hier nichts mitbekommt, dann hältst du in Zukunft schön dein Schandmaul, ist das klar? Wir beide haben uns hier nie gesehen!»

Sie lächelte dreist, griff sich ihren Bademeister und verschwand in Richtung Matratzenlager.

«Woher kennst du denn die Kati?», hustete mich Birkel von der Seite an.

Ich konterte: «Völlig falsch, Birkel, die Frage ist doch – woher kennst du sie?»

Ziemlich ratlos verließ ich Birkels Nudelbude und machte mich auf den Weg nach Hause. Blöde Kati. Dieses kleine Miststück. Warum musste ich Idiot auch in diese miese Fummelscheune gehen? Kati, die alte Lästertante, würde es fertigbringen, allen inklusive Ute ein völlig frei erfundenes Orgiengelage aufzutischen, nur um alle mit reinzureißen. Andererseits konnte es mir auch egal sein. Von mir würde Hajo nichts erfahren. Aber ich konnte es drehen und wenden, wie ich wollte, irgendwie blieb ein schaler Nachgeschmack. Von wegen, jeden Pudel juckt die Nudel. Ich sag nur: Nichts reimt sich auf Uschi.

17.

Der Rotmaul-Pelikan vom Baldeneysee

Die ganze nächste Woche wurde ich von Albträumen heimgesucht, in denen Kati und eine durchsichtige Haushaltsschürze die Hauptrolle spielten. Willenlose Budapester Bratkartoffeln trieben es in einer einfamilienhausgroßen Bratpfanne und ließen sich von Oma Pervers handverquirlte Spiegeleier unterheben. Dazu sangen Birkel und Hasi splitternackt aus einer Opernloge mit dem Rest der entfesselten Swingermeute im Kanon das beliebte Volkslied «Hajo, spann die Nudel an!».

Ich wachte jedes Mal schweißgebadet auf, wenn Birkels Hasi mir mit ihren nasskalten Zapffingern an den Kronjuwelen herumfingerte und mir dabei feucht ins Ohr zwitscherte: «Ein' Rudi Völler! Es gibt nur ein' Rudi Völler!»

Wäre ich doch bloß nicht in diesen blöden Club gegangen. Dieser ganze Swingerkram ist einfach nichts für mich. Außerdem – wenn Ute davon erfährt, bin ich geliefert.

Wirklich? Warum eigentlich? Ich hab doch gar nichts gemacht. Warum ging ich nicht einfach zu ihr hin und sagte: «Ute, jawohl, ich war im ‹69› – aber ich habe nichts gemacht! Ich hab nur mit Birkel ein Bierchen getrunken.» Bums, aus, Drops gelutscht. Aber irgendwie war es mir eben doch peinlich. Ute und Verständnis für einen Besuch im Club «69» ... das passte so gut zusammen wie Musical und AC / DC. Nein, nein. Ich würde lieber die Klappe halten. Außerdem – wenn Kati auch dichthielt, würde Ute ja gar nicht davon erfahren. Und was sie nicht weiß, macht sie nicht heiß! Ich räkelte mich, verließ mein bequemes Bett und kochte mir einen Espresso für Erwachsene.

Draußen wartete ein heißer Julitag, und der Baldeneysee lockte mit kühlen Fluten, einem erfrischenden Eimer Sangria und wohlgeformten Badenixen in knappen Daktari-Tangas. Schnell hüpfte ich unter die Dusche und seifte meinen Körper ein, dieses muskulöse Meisterwerk. Aber wie ich mich auch drehte, ich erreichte zu meiner Verwunderung einige wichtige Stellen am Rücken nicht. Wahrscheinlich hatte ich auf meinem Arm geschlafen, und die Gelenke waren ein wenig steif geworden. Da würde die wärmende Sonne guttun. Mein Gott, ich redete schon mit mir wie mein eigener Zivi: «Die Wärme wird ihm guttun!» Ich sah mich schon alt und hüftsteif im Liegestuhl sitzen ... dick eingemummelt in einer Kamelhaardecke auf Helgas Balkon am Strand von Gran Canaria.

Ich schob diese trüben Gedanken energisch von mir, sprang souverän aus der Dusche, frottierte mich ausgiebig trocken und beobachtete mich kritisch im Spiegel. Nanu, was war das denn? Irgendwie stimmte was nicht mit dem Dingen. Wenn ich sonst im 45-Grad-Winkel stehend die Zehen waagerecht zur dritten Bodenfliese von rechts unten ausrichtete und dann mit dem Kopf im Dreiviertelprofil nach oben in den Spiegel schaute, sahen meine Schultern immer genauso aus wie die von Rambo in dem Film, wo er sie alle mit dem Messer abmurkst. Aber heute war es irgendwie anders. Keine Spur von Rambo. Stattdessen schaute mir der frischrasierte Nacktbär Samson aus der Sesamstraße entgegen und stülpte den Bauchnabel nach außen. Das durfte doch wohl nicht war sein! Haben Spiegel ein Verfallsdatum? Können die schlecht werden? Kann Glas lügen?

Ich ging in den Flur und schaute vorsichtig in den großen Barockspiegel. Schockschwerenot! Dasselbe Bild, nur größer! Wutentbrannt stapfte ich ins Schlafzimmer, schnappte mir meine legendäre rote 76er Speedo-Badehose aus der obersten Schublade und sprang hinein. Ach du Scheiße! Wer hatte die denn in den Trockner gepackt? Ich war kurz davor, in Ohnmacht zu fallen. Hilfe, warum hilft mir denn keiner aus diesem Albtraum? Ganz klar, hier musste eine Verwechslung vorliegen. Zur Sicherheit kontrollierte ich das leicht ausgeblichene Etikett. Verdammt, alles stimmte: Größe M, Modell Mark Spitz, Made in Baden-Württemberg. Mein Puls raste. Von Panik ergriffen zog ich die alte Seca-Waage aus dem Badezimmerschrank. Sorgfältig kontrollierte und justierte ich die Nullstellung. Ich atmete tief aus und betrat mit Herzklopfen das lauernde Wiegeplateau. Federnd drehte der Skalenkreisel seine unbarmherzige Runde und pendelte sich bei absurden und völlig aus der Luft gegriffenen 83 Kilo ein. Ich bebte vor Wut. Obacht, Schröder, nicht durchdrehen! Gefühle behindern die Logik. Ich atmete tief ein und aus, bis sich mein Puls beruhigte und ich wieder alles unter Kontrolle hatte. Jetzt hieß es: kühlen Kopf bewahren. Augenblicklich kehrte der scharfsinnige, nüchterne Analytiker in mir zurück und brachte die Dinge wissenschaftlich präzise auf den Punkt. Ich wog seit fünfzehn Jahren 73 Kilo. Da konntest du jeden hier fragen. Warum zeigte also diese dämliche Waage zu viele Kilos an? Ich starrte den seelenlosen Feind auf dem Boden wie hypnotisiert an. Und dann hatte ich den Fehler! Na bitte, die Waage stand ja auch *auf* der Badematte ... und außerdem trug ich noch die Badehose! Ich Dummerchen! Der Teufel ist ein Eichhörnchen und steckt im Detail.

Erleichtert klappte ich die Badematte zur Seite, entledigte mich der Badehose und stapfte kopfschüttelnd über meine eigene Dusseligkeit erneut auf die Waage. Na also: 84,5 Kilo. Oh Gott, schnell die Matte wieder drunter. 83,5! Es war zum Verrücktwerden. Diese Waage wusste doch selber nicht, was sie wollte. Doch halt! Meine Haare waren ja auch noch ganz nass. Das macht natürlich 'ne Menge aus. Ich föhnte wie ein Besessener Volumen und Spannkraft aus meinem tonnenschweren Haupthaar. Vor dem nächsten Wiegen ging ich schnell noch auf die Toilette. Dabei fiel mein Blick auf die viel zu langen Fußnägel. Damit ist nicht zu spaßen. Okay, der Einwand ist berechtigt: Was wiegt schon so ein Nagel? Aber bei zehn harten Männer-Horntafeln kommen schnell mal ein paar Kilo zusammen. Also runter mit den Dingern. So! Endlich war ich bereit für das exakte Erreichen der 73-Kilo-Marke. Scheinbar unbeteiligt betrat ich die Waage und stützte mich dabei vorsichtig mit einer Hand am Waschbecken ab. Na endlich: 76,2! Abzüglich drei Prozent Toleranz ... macht 73,9 Kilo. Sag ich doch: 73 seit fünfzehn Jahren. Trotzdem spürte ich ein leichtes Unbehagen über die unglückliche Verteilung meiner Muskeln. Anscheinend waren meine Beine in den letzten Monaten ein wenig nach hinten gerückt, anders war diese kleine Kugel in der Körpermitte nicht zu erklären.

Na gut, vielleicht hab ich doch ein bisschen zugelegt – aber Männer, die in meinem Alter noch mit einem Sixpack rumlaufen, haben doch nur ein Problem mit dem Älterwerden und machen sich lächerlich. Außerdem hat Professor Doktor Mang vor drei Jahren bei RTL «Exclusiv» gesagt, dass er ein paar Pfündchen zu viel gar nicht schlecht findet. Na bitte, da haben wir es doch.

Vielleicht lag es auch an dem ungünstigen Schnitt meiner alten 76er Speedo. Das konnte ich nicht akzeptieren: Ich lass mir doch nicht von so einer verchlorten Plastikbadehose meinen respektablen Astralkörper madig machen. Also ab zu «Karstadt Sport», um eine neue, topmodische Badehose zu kaufen.

Ich bog mit meinem Boliden in die Tiefgarage von «Karstadt» Essen und dachte bei mir: Was sind manche Menschen doch ewig gestrig. Hängen an alten Klamotten, hören nur alte Musik und trauern den alten Zeiten nach. Retro, wo du hinsiehst. Stillstand. Gefangen in der Vergangenheit und der Erinnerung an die ach so gute alte Zeit. «Dallas», «deutscher Schlager der 70er», «Rolling Stones», «Rudi Carrell» – was 'ne Scheiße. Es war nicht alles schlecht damals, aber vieles. Ja, sicher saßen bei «Am laufenden Band» 26 Millionen vor der Flimmerkiste! Aber es gab ja auch nichts anderes. In der DDR wurden sie auch alle mit 90 Prozent wiedergewählt. Aber was soll's? Jedem Tierchen sein Retro-Pläsierchen. Ich jedenfalls bin ein Mann, der nach vorne schaut und sich unerschrocken dem geistigen, kulturellen und technischen Fortschritt verschrieben hat.

Als ich im vierten Stock auf der Rolltreppe stand, ließ ich meinen wissenden Blick umherschweifen. Das Weiße meines rechten Auges streifte eine dubiose Gestalt auf der Rolltreppe gegenüber. Dieser unsympathische, leicht schmerbäuchige Endvierziger starrte mich unter seinem Old-School-Minipli unverschämt feist an. Der alberne Prollo sah mit seiner getönten Brille aus, als wäre er gerade einem 70er-Jahre-Softporno entsprungen.

Rums!

Unerwartet schnell war die Rolltreppe zu Ende, und ich schlug der Länge nach auf den harten Linoleumboden der Sportabteilung. Zwei Jugendliche eilten herbei und stellten mich fürsorglich auf die zittrigen Füße. Ich blökte sie an: «Finger weg, ihr Idioten, ich kann sehr gut alleine stehen!»

Von hinten meldete sich eine ältere Verkäuferin im astreinen Ruhrgebietsduktus: «Ja, dat hamwa gesehen, wie *er* alleine stehen kann. Erst begafft der die ganze Zeit sein eigenes Spiegelbild, und dann baselt der Bratbär über seine eigenen Mauken, weil die Rolltreppe fertich is'. Entschuldige dich mal lieber, du Tonto!»

Die Situation war an Peinlichkeit nicht zu überbieten. Ich entschloss mich spontan zur Flucht nach vorne: «Man wird doch mal einen Spaß machen dürfen.»

Inzwischen hatten mich die beiden Jugendlichen erkannt. Sie konnten ihr Glück kaum fassen und wollten sofort Autogramme. Gönnerhaft erfüllte ich ihre Wünsche und versprach ihnen, ihre Mütter mal anzurufen. Danach begab ich mich humpelnd und etwas hüftsteif in die Bademodenabteilung. Eine ausnehmend hübsche Fachverkäuferin nahm mich in Empfang.

«Guten Tag, Herr Schröder, ich sag es ihnen gleich: Ich bin ein ganz großer Fan und finde es richtig toll, dass sie sich in ihrem Alter noch für Sport interessieren.»

Ich zog den Bauch noch etwas mehr ein und antwortete mit meinem berühmten Ladykillerlächeln:

«Für mich ist das nichts Besonderes. Ich war halt immer ein sportlicher Typ. Wo sie grad so nett hier stehen: Ich suche eine rote Speedo-Badehose, Modell ‹Mark Spitz› in Größe M, Farbe ist egal, Hauptsache Rot.»

Ein großes Fragezeichen blinkte auf ihrer hübschen Stirn auf.

«Äh, wie bitte? Modell Spitz? Von Speedo? Entschuldigung, das sagt mir jetzt gar nichts. Da müsste ich mal kurz im Computer nachschauen. Einen Augenblick, bitte. Ich bin gleich wieder bei Ihnen.»

«Machen Sie ruhig, Frau Topmodel. Ich hab den ganzen Nachmittag Zeit.»

Während Arielle die Meerjungfrau ihren Computer durchforstete, nutzte ich die Zeit, um mal die aktuellen Bademoden auf den diversen Ständern unter die Lupe zu nehmen. Bei den Bikinis in der Damenabteilung war alles noch so knapp wie früher. Teilweise fehlte bei den Höschen auf einer Seite sogar das Stoffdreieck. Sehr praktisch. In der Männerabteilung bot sich dagegen ein ganz anderes Bild: Kopftücher in trendigen Leuchtfarben, die als Badekappen angeboten wurden. Neopren-Shirts, in denen der legendäre Meeresbiologe Jean-Jacques Cousteau nicht mal einem Clownfisch guten Tag gesagt hätte. Am allerschlimmsten aber waren die sogenannten Badeshorts, die mich an lange Unterhosen aus den blumigen Vorhangresten des alten Ohnsorg-Theaters erinnerten. Welcher subtilen Gehirnwäsche mussten die jungen Männer unterzogen worden sein, um freiwillig an den mondänen Stränden und Freibädern Europas darin herumzulungern? Albern. Warum nicht gleich eine Burka?

Frau Topmodel meldete sich vom Computer zurück.

«Herr Schröder, bei Speedo hab ich jetzt die aktuelle Kollektion gefunden. Wie hieß Ihr Modell noch mal? Michael Phelps?»

Gütig lächelte ich sie an.

«Nein, Mark Spitz. Der beste Schwimmer aller Zeiten. Sieben Goldmedaillen in allen Lagen. Brust, Kraul, Rücken ... Mark Spitz – kennt doch jedes Kind!»

«Wann soll denn das gewesen sein? 2000 in Sydney? Dann kann ich den nicht kennen. Da war ich ja erst zehn.»

«Ja, äh, da haben Sie mich wahrscheinlich falsch verstanden. Äh ... äh ... ich meine natürlich auch diesen ... äh ... Michael Fells, den sie da eben erwähnten.»

Sie strahlte: «Michael Phelps, achtfacher Goldmedaillengewinner, der beste Schwimmer aller Zeiten. Aber – der hat doch gar keine eigene Kollektion? Wie sieht die Hose denn aus?»

Dummerweise zog ich meine alte rote Speedo aus der Jackentasche und präsentierte sie stolz der völlig entgeisterten Verkäuferin.

«Oh mein Gott!», prustete sie los. «Ach, so was meinen Sie. So eine haben wir neulich als Spaßgeschenk für meinen Freund gekauft.»

«Ja, wo denn, gnädige Frau? Da bin ich aber mal gespannt.»

«Gleich hier um die Ecke, im Orion-Erotikshop.»

Blitzschnell versuchte ich die Situation zu retten: «Hahaha, Sie sind mir ja schön auf den Leim gegangen. Ähem. Jetzt mal ganz im Ernst: Sie sehen ja selber – ich brauche dringend eine moderne Badehose. Was könnten Sie mir denn da empfehlen?»

Fünf Minuten später fuhr ich mit hochmodischen Shorts aus der «Ohnsorg-Burka»-Kollektion vorsichtig die Treppe runter. In der Tiefgarage schmiss ich die Hose samt Tüte in den nächsten Mülleimer und behielt nur die Telefonnummer von Jeanette, der Verkäuferin. Sie war wirklich sehr beeindruckt, als sie mir beim Anprobieren in die Hose half. Allerdings war mir bei der Aktion fast schlecht geworden, weil ich beim Baucheinziehen dermaßen die Luft angehalten hatte, dass mein Hirn minutenlang nicht ausreichend mit Sauerstoff versorgt wurde. In dieser Form und Verfassung konnte ich mich unmöglich im Orion-Erotikshop blickenlassen, um eine richtige Badehose zu erstehen.

Völlig außer Atem saß ich im Recaro-Schalensitz meines Sportwagens. Die bittere Erkenntnis überwältigte mich: Ich bin zu dick! Ich muss abnehmen! Ab morgen mache ich Diät!

Eine tonnenschwere Last fiel von meinen Schultern. Ich konnte die Joggingschuhe an meinen Füßen schon fast riechen. «New York Marathon»-Gewinner, diese Trophäe würde sich unheimlich gut neben dem Fernsehpreis und der «Goldenen Kamera» auf meinem Gewürzbord in der Küche machen. Während ich mich im Geiste schon auf der Brooklyn Bridge an Robert De Niro vorbeiziehen sah, hörte ich in meinem Autoradio «Westernhagen» grölen: «Dicke schwitzen wie die Schweine, stopfen Fressen in sich rein!»

Verärgert schaltete ich das Radio aus und rollte gemächlich nach Hause. Wen konnte ich um Rat fragen? Als alter Fuchs und Stratege wusste ich: Die besten Tipps für Wellness, gutes Styling und heiße Flirts findet man selbstverständlich in der einschlägigen Fachliteratur. *Petra*, *Cosmopolitan*, *Glamour*, *Für Sie* – und natürlich im altehrwürdigen Flaggschiff der Frauenmagazine, der *Brigitte*.

Ja, wer die wunderbare Spezies Frau und die geheimnisvolle Welt, in der sie lebt, wirklich durchschauen will, der darf nicht vor der Lektüre dieser Magazine zurückschrecken. Starrsinn, männliche Eitelkeit und Ignoranz sind die schlimmsten Vergehen auf dem Pfad zum Verständnis des weiblichen Geschlechts. Ein richtiger Mann muss die Intelligenz, die Individualität und Intuition einer Frau nicht nur akzeptieren, sondern auch noch fördern und unterstützen. Wir Männer müssen Frauen auf Augenhöhe begegnen, sonst werden wir sie nie begreifen. Nur so kann eine starke Löwin auch mal wie ein Siamkätzchen auf dem Sofa an der Heizung liegen und wohlig vor sich hin schnurren. Ab und zu muss man sie natürlich auch mal richtig durchbumsen, sonst kriegen sie Kopfschmerzen.

Ich stand also im Edeka vor dem Zeitschriftenregal und musterte die verschiedenen Publikationen. Es war die *Brigitte*, die meine Aufmerksamkeit erregte: «Zehn Kilo in vierzehn Tagen! So klappt es wirklich!» Großartig! Genau das, was ich gesucht hatte. Allerdings würde ich das Ganze in einer Woche durchziehen, ich war ja schließlich keine Frau. Ich würde erbarmungslos und unnachgiebig gegen mich selbst vorgehen. Kalter Entzug, inklusive «Cold Turkey». Ich würde Ute bitten, mich ans Bett zu fesseln und mir einmal täglich eine Schale lauwarmes Zitronenwasser einzuträufeln. Ja, Zitronenwasser. Gegen Skorbut. Ich wollte ja nicht auch noch meine Zähne verlieren.

Zufrieden mit mir und der Welt, schmiss ich die Zeitung in den Einkaufswagen. Wenn ich schon mal da war, konnte ich praktischerweise auch gleich einkaufen. Ernährungsumstellung hieß das Zauberwort. Adieu, ihr geliebten Leberwurstbrote! Vive la révolution! Ich sage nur: Salat, Salat, Salat! Ja, natürlich! Hat man schon mal 'ne fette Ziege gesehen? Na also. Wie im Rausch füllte ich den Wagen. Es zählten nur Qualität und feinste Zutaten: handgepflückter Feldsalat von «Bioland», Radieschen aus Freilandhaltung und ein paar leckere deutsche Cremechampignons. Voilà! Geht doch!

Vor unserer Haustür traf ich Ute. Ihr Blick fiel sofort auf meinen Einkaufskorb. Sie fragte belustigt: «Hast du jetzt ein Meerschweinchen, oder ist deine neueste Eroberung Vegetarierin?»

«Tja, Ute, ob *du* meine nächste Eroberung wirst, kann ich natürlich noch nicht sagen, aber ich hatte vor, uns beiden heute Abend mal was Leckeres zu kochen ... und da hab ich mir gedacht: Die Ute hat recht, es muss nicht immer Fleisch sein. Um halb neun wird gegessen, bring das Babyphon einfach mit.»

Madame war begeistert von meiner Charmeoffensive und sagte spontan zu. In den nächsten Stunden war ich mit den Vorbereitungen für unser Dinner beschäftigt. Kerzen, Tischdecke, schöne Musik, schwere Kristallgläser und aus alter Gewohnheit: frische Bettwäsche! Man weiß ja nie. Der Salat war schnell zusammengerührt. Punkt halb neun stand

Ute vor der Tür. In ihrem zauberhaften Sommerkleid sah sie umwerfend aus. Dezent geschminkt, die Haare offen und ohne überflüssigen Spangen-Schnickschnack, dazu wunderschöne Riemchensandalen mit Absatz. Normalerweise war sie ja eher so 'n Jeans-und-Bluse-Typ. Ab und zu trug sie auch mal ein braves Strickkleid mit Wollleggings, aber so rasant und fraulich kannte ich sie gar nicht. Toll! Überhaupt, wieso war mir eigentlich noch nie aufgefallen, dass meine Nachbarin eine so tolle Figur hat? Ich war hingerissen und sparte nicht mit Komplimenten. Umso schmerzhafter wurde mir meine eigene Unförmigkeit bewusst.

Ob es der Sommer war, der herrliche Wein oder sogar der leckere Salat – es lag eine magische Stimmung in der Luft. Wir lachten, wir neckten und berührten uns immer wieder wie zufällig. Es kam, wie es kommen musste: Ich nahm all meinen Mut zusammen, blickte ihr tief in die Augen und stellte die entscheidende Frage: «Sag mal, Ute, ganz ehrlich ... findest du mich dick?»

Liebevoll legte sie mir den Arm um die Schultern und antwortete etwas zu ehrlich: «Ich mag jedes Pfund an dir. Außerdem, dieses Bäuchlein steht dir doch ganz gut. Ich kenne dich ja auch gar nicht anders.»

Na toll. Was mich betraf, war die Stimmung jetzt komplett im Eimer. In meinem ganzen Leben war ich noch nicht so gedemütigt worden! So kann man doch nicht mit einem guten Freund umspringen! Natürlich hatte ich das Wort «Ehrlichkeit» benutzt, aber das sagt man doch nur so. Bäuchlein, verdammt noch mal – welches Bäuchlein? Ich befand mich gerade mitten in einer komplizierten Ernährungsumstellung, da konnte man ja wohl ein wenig

Unterstützung erwarten. Was für eine Unverschämtheit! Tief enttäuscht ließ ich noch eine Höflichkeitsviertelstunde verstreichen, gähnte herzhaft und bugsierte sie Richtung Wohnungstür.

Auf der Schwelle drehte sie sich noch mal um, schlang die Arme um meinen Hals und flüsterte neckisch: «Bist du etwa beleidigt wegen des Bäuchleins? Musst du gar nicht!»

Dann fing sie an, mich hemmungslos zu knutschen.

Ihre fordernde Lust traf mich völlig unvorbereitet. Ihre Lippen, ihr Körper, alles fühlte sich so unfassbar gut an. Ich nahm die Herausforderung an und erwiderte leidenschaftlich. Ich weiß nicht, wie lange dieser sinnliche Ausbruch gedauert hat, aber plötzlich ließ sie von mir ab, hauchte mir ein zärtliches «Gute Nacht, mein Dickerchen» ins Ohr und verschwand im Dunkel des Treppenhauses.

Mit der heißgelaufenen Panzerfaust in der Hose stand ich noch eine Weile konsterniert vor meiner Tür, dann beschloss ich, im Bett weiterzugrübeln. Was war aus mir geworden? So etwas wäre mir früher nicht passiert. Ich schnappte mir mein Weinglas und trank die traurige Pfütze aus. War der Lack ab, das Beste an mir runter? Wehmütig erinnerte ich mich, wie ich Anfang zwanzig in meinem VW Scirocco ABT Cabrio am Baldeneysee vorfuhr. Statt eines T-Shirts trug ich nur Tiroler Nussöl auf den Muckis. Mein zweiter Vorname war «Gefahr». Ich war eine junge, drahtige Kampfmaschine. Wo ich auftauchte, brach die Hölle los. Wenn ich in meiner roten Speedo auf dem Zehner stand, sagte selbst der Bademeister zu seinen Männern: «Jungs, guckt mal, da oben, da isser – der seltene Rotmaul-Pelikan, noch dazu ein Rüde.»

Aber all das war einmal. Jetzt lag ich wie ein gestrandeter

Pottwal auf meinem Bett. Ute hatte es selber gesagt: «Gute Nacht, Dickerchen.» Dickerchen! Pah! Ich glaub, es hackt.

Und außerdem – anscheinend war ich immer noch attraktiv genug, dass sie nicht an sich halten konnte und mich halb zu Tode knutschte. Ich verstand die Welt nicht mehr. Und diese Frau schon gar nicht. Der Kuss war wirklich sensationell gewesen. Aber warum hatte sie mich überhaupt so geküsst? War sie verliebt, oder war es ein freundschaftlicher Ausrutscher, dem Wein und der Sommerhitze geschuldet? Was wäre eigentlich passiert, wenn sie nicht gegangen wäre? Warum war sie überhaupt gegangen? Wieso hatte ausgerechnet ich das nicht verhindert? Ich ließ doch sonst nichts anbrennen. Ehe ich mich weiter meiner diffusen Gefühlslage widmen konnte, machte sich mit lautem Knurren mein Magen bemerkbar. Herrschaftszeiten – hatte ich einen Schmacht! Wie soll denn ein ausgewachsener Mann bitte schön von so ein bisschen Hasenfutter satt werden? Noch im Dunkel wählte ich blind die vertraute Nummer: «Ciao, Antonio! Ja, ich weiß, dass es halb zwölf ist. Bringt ihr mir bitte noch 'ne große Pizza Salami? Ja sicher, 'ne große. Nein, keinen Salat dazu, lieber doppelt Käse. Zehn Minuten? Alles klar, ich mach dann auf.»

Eine halbe Stunde später lag ich mit fettverschmierten Fingern, völlig überfressen, aber satt und müde in den Federn. Während ich langsam in den Schlaf fiel, kam mir noch eine wichtige Erleuchtung: Abnehmen – gut und schön, aber doch bitte nicht mit der Brechstange, sondern mit Sinn und Verstand. Morgen fang ich an.

18.

Wann ist ein Mann ein Mann?

Der Radiowecker kannte kein Erbarmen: «Wann ist ein Mann ein Mann?», knödelte mein Freund Herbert aus dem viel zu kleinen 4-Zoll-Lautsprecher meines alten «Grundig» Sleepomatic SL 45. Gute Frage, Herr Grönemeyer. Dass ausgerechnet dieser manchmal leicht moppelige Ruhrpottbarde von Männern singt, ist allein schon der Witz an dieser willkürlichen Zusammenfassung heiterer Feststellungen. Ich finde das Lied klasse, mittlerweile ist es ein Schlagerklassiker. Einer seiner besseren Texte. Hartmut Engler von «Pur» wäre von den Kritikern für dieses Werk gelyncht worden, aber der hat ja auch nicht mit fettigen Haaren im «Boot» mitgeschwitzt. Es gibt halt feine Unterschiede.

Die ganze Bude roch erbärmlich nach Pizza, und die Bettdecke verzierte ein munteres Potpourri aus Olivenöl und Salamifett. Angewidert von meiner nächtlichen Fressattacke, schwang ich mich in meinen sechs Jahre alten «Shamp»-Jogginganzug, der diese Wohnung noch nie verlassen hatte. Schon gar nicht zum Joggen. Doch mit dem ewigen Schlendrian war jetzt Schluss. Ich würde meinen inneren Schweinehund, diesen Bastard, endgültig killen. Das Ziel war klar definiert: Ich würde meinen maroden Körper in eine stahlharte Todesmaschine modellieren und danach im Triumphzug Prinzessin Ute erobern, um sie dann nach allen Regeln der Kunst zu verführen. Sie würde auf allen vieren durch die Essener Fußgängerzone krabbeln, um der Welt glückselig mitzuteilen, dass ihr der Messias der Wollust im Körper von Adonis Schröder erschienen sei. Ich machte mir eine große Tasse Nescafé mit viel Milch und zwei rohen Eiern. Dann legte ich «Rocky 1» in den DVD-Player, spulte bis zur berühmten Treppenszene vor und rannte im Geiste mit Sly Stallone diese elendig lange Treppe hoch, während ich mich rasierte. Aber wo sollte ich tiefgekühlte Schweinehälften zum Trainieren herkriegen? Wäre es vielleicht besser, für ein halbes Jahr in Philadelphia zu logieren, um die Originaltreppe zu benutzen? Ach, scheißegal. Es gab Dringenderes zu regeln. Ich rief in meiner Agentur an, um mit Töne, meinem verständnisvollen Freund und Manager, zu sprechen: «Töne, pass auf, ich brauche heute noch einen Boxerbademantel aus Satin. Hinten soll in dezenten Neonfarben und gut leserlich ‹The Westfalian Stallion› aufgestickt sein. Außerdem brauch ich einen Fight. Buch mal die Porsche-Arena und fordere Henry Maske heraus, den Gentleman-Boxer ... Töne? Töööne! Hallo? Bist du noch dran?»

Der Sack hatte einfach aufgelegt. Hat ja auch ’ne Menge um die Ohren. Was soll’s? Eile mit Weile. Erst mal trainieren.

Augenblicklich spürte ich, wie ein Ruck durch meinen Körper ging. Ich bildete mir ein, dass ich ein wenig aufrechter stand als sonst. Wo, verdammt noch mal, gab es hier in der Ecke ein Fitnesscenter, das meinen Ansprüchen an erstklassige Geräte, absolute Sauberkeit und qualifiziert geschultes Personal entsprach? Ich googelte kurz «bestes Fitnessstudio Essen», und die Sache war klar: Ab ins McProfi-Fit – *das* Studio für gehobene Ansprüche.

Zehn Minuten später stand ich an der sandsteingekachelten Rezeption dieses Luxusclubs. Sanfte Pastelltöne schufen schon im Empfangsbereich eine wohlige Atmosphäre. «Ah, das ist schön, Herr Schröder, dass Sie mal bei uns vorbeischauen. Der Martin wird sich gleich um Sie kümmern. Nehmen Sie doch noch einen Moment Platz. Darf ich Ihnen einen Fruchtcocktail anbieten, oder hätten Sie Lust auf einen Müslikraftriegel?»

Ich kochte vor Wut. Wo waren die verdammten Schweinehälften? Stattdessen stakste diese huschige Rezeptionistin um mich herum wie ein aufgescheuchter Flamingo. Es roch nicht nach ehrlichem Männerschweiß, sondern wie bei Douglas. Müslikraftriegel! Was denn noch? Nach dem Sport geht ein echter Mann an die Theke und bestellt ein Pils mit Frikadelle und Senf! Ehe ich mich noch weiter aufregen konnte, stand ein schmaler, gutgelaunter Typ vor mir und streckte mir die Hand entgegen: «Hallo, ich bin der Martin. Ich freue mich, dich zu sehen. Ich zeige dir mal unser Studio und entwerfe dann mit dir einen auf dich abgestimmten Trainingsplan.»

Der hatte Nerven! Das konnte ja heiter werden. Aber egal. Ich war bereit, das ganze homoerotische Ambiente zu verdrängen, wenn mich dieser aalglatte Krankengymnast schnell zu den Eisenfressern bringen würde. Aber – von Folterkammer keine Spur. Stattdessen: Aerobicflächen, Zumba-Workout, Spinning-Räder, Cardio-Geräte, Chill and Boost, Slowpumping, Relaxing Zones und der unvermeidliche Spa- und Wellnessbereich.

Mehr kriegte ich von dieser Lutscherbude nicht mit, denn ich saß schon wieder in meinem Porsche. Das war nicht «Rocky», sondern «Sex in the City». Hilfe. Ich rief meinen alten Kumpel Ralf Möller in L. A. an: «Sag mal, Ralle, wo hast du damals immer trainiert, wenn du in Essen warst?»

Die Antwort kam wie aus der Pistole geschossen: «Bernie's Muskelschmiede, Bahnhofstraße 8, bestell schöne Grüße.»

Obwohl ich gebürtiger Essener bin, war der Hintereingang von Hausnummer 8 wirklich schwer zu finden. Es ging eine schmuddelige Treppe runter, und von da ab musste man nur noch dem Geruch folgen. Eine rostige Feuertür öffnete den Zugang zum Tempel der unerbittlichen Körperertüchtigung. Ein verbeulter, unrasierter Kopf auf einem behaarten Stiernacken ranzte mich feindselig an: «Wat willst du denn hier, du Penner?» Herrlich! Hier war ich genau richtig. Ich spürte schon, wie meine Muskeln kontrahierten und die alte Körperspannung zurückkehrte. In der Aloe-vera-Turnhalle von McProfi-Fit hatte ich mich gefühlt wie in einem gut beleuchteten Darkroom. Hier dagegen schien ich unter einfachen, aber dafür echten Fitnessjüngern gelandet zu sein.

Ein inbrünstiges Stöhnen drang an mein Ohr. Na bitte. Hier wurde noch richtig Eisen gepumpt. Hier konnte man noch Menschen im Schweiße ihres Angesichts trainieren hören. Begeistert drehte ich mich zu dem Kampfstier um, der nun auf einem Hocker hinter der Theke saß und auf einen flimmernden Bildschirm an der Wand starrte. Auf dem Fernseher spielten sich unglaubliche Szenen ab: Rocco Siffredi, der legendäre italienische Pornostar, dübelte zehn willenlose Hausfrauen in vertrauten Posen durch die Küche. So viel zum Thema «Italian Stallion». Armer Rocky. Ich fragte den behaarten Brocken hinter dem Tresen in bewusst einfachen Worten: «Was kostet das hier?»

Angestrengt dachte er nach. «250 Euro fürs Jahr. Im Voraus. Bar.»

Ich gab ihm 200 und sagte: «Hier. Gib mir 120 wieder, der Rest ist für dich.»

Von da an war ich mir selbst überlassen. Ich betrat den Trainingsraum und stellte mit Genugtuung fest, dass die Welt hier noch in Ordnung war. Es roch wie in einem persischen Pumakäfig. In der Mitte des spärlich beleuchteten Raumes stand ein klappriger Boxring, mit dessen Seilen 1930 bereits die «Andrea Doria» im Hamburger Hafen vertäut gewesen war. In der Ecke baumelte ein bananenförmig geformter Ledersandsack, in den schon legendäre Essener Unterweltgrößen wie Dieter «die Natter» Kuballa, der Rote Hugo und natürlich Sozen-Kalle ihre gute Laune reingeprügelt hatten. Sozen-Kalle war Sozialdemokrat und selbsternannter Gauner der Armen im Ruhrgebiet, daher der Name. Kalle nahm es von den Reichen, aber vergaß am Ende leider immer, den Armen zu geben. Kalle soll mal in seiner Hamburger Zeit Max Schmeling im Streit um einen Parkplatz vorm «Wienerwald» mit einem linken Haken k. o. geschlagen haben. Nicht die schlechteste Referenz für diese ehrliche Kampfstätte.

In einer anderen Ecke stand so etwas wie eine Hantelbank. Drum herum lagen antiquierte und verrostete Gewichte verstreut. Die größten hätte selbst der Arbeitselefant des Maharadschas von Göteborg nicht heben können.

Mehr war nicht. Mehr brauchte es auch nicht. Denn dieser Raum atmete Geschichte. Wie viele unzählige Boxduelle waren hier wohl illegal ausgefightet worden? Mann gegen Mann. Faust auf Faust, hart, ganz hart. Ich sah förmlich, wie beim Wettmeister die Hunderter eingezahlt wurden ... der Alkohol in Strömen floss ... verruchte Boxluder sich in hohen Hacken und Nylon-Nahtstrümpfen an schweißnasse Kampfkörper schmiegten. Hier zählte nur das Gesetz des stärksten Silberrückens. Endlich war ich angekommen.

Randvoll mit Adrenalin, tänzelte ich leichtfüßig auf den Sandsack zu. Im Prinzip hatte er keine Chance. Als Erstes verpasste ich ihm eine schnelle Links-rechts-Kombination. Dann machte ich ihn mit zwanzig punktgenauen Jabs auf immer die gleiche Stelle mürbe. Ich shuffelte wie eine Mischung aus Muhammad Ali, James Brown und Fred Astaire vor ihm her. Ich sammelte mich, fokussierte meine ganze brachiale Gewalt in die linke Faust. Dann verpasste ich ihm den finalen Knockout mitten in seine ledrige Fresse.

Im Rausch der Siegesemotionen tippte mir plötzlich jemand auf die Schulter. Ich drehte mich um und sah in die hasserfüllte Fratze vom stiernackigen Kassenwart: «Du hast mich reingelegt mit der Kohle.»

Ich musterte die tumbe Nuss mit Verachtung.

«Oh Mann, du bist ja echt ein Blitzmerker.»

«Was hast du gesagt, du Pinscher?»

Er sprach tatsächlich genauso blöd, wie er aussah.

«Heul doch, du Genie. Was willste denn jetzt machen? Deine Mami anrufen?»

«Ey Alter, ich schaff dich ab, du Penner.» Jetzt guckte der

Heiopei blöd und böse. Ich blieb völlig cool. Kälter als eiskalt warnte ich ihn ein letztes Mal.

«Dann versuch's doch mal, du Lappen.»

Blitzschnell fing ich an zu tänzeln. Flieg wie ein Schmetterling, stich wie eine Biene. Da war sie, meine ersehnte Schweinehälfte. Ich war wie im Rausch. Dieser arme Tropf wusste doch gar nicht, mit wem er sich hier angelegt hatte! Ich war einfach zu schnell und zu hart für Dumpfbacke, und das würde er gnadenlos zu spüren bekommen. Bang!

Als ich wieder aufwachte, lag ich neben meinem Porsche auf dem Bürgersteig und blickte in das besorgte Gesicht einer älteren Frau: «Geht es Ihnen gut? Soll ich einen Arzt rufen?»

Ich rappelte mich auf: «Nee, nee, alles gut. Ich hab mich nur beim Sport verausgabt.»

Im Auto sortierte ich meine Knochen. Die Brieftasche war leer. Meine afrikanische Rolex hatte wohl den Besitzer gewechselt, die Alpina-Brille war total verbogen, und mein linkes Auge war blau und zugeschwollen. Im Schritttempo rollte ich nach Hause. Mein Gott! Ich war schockiert über so viel Gewalt und Brutalität. Aber was soll man auch von Leuten erwarten, deren einziger Sinn im Leben darin besteht, ihren Körper zu trainieren und Muskel- statt Gehirnmasse aufzubauen! In dem ganzen Laden hatte ich nicht ein einziges Buch gesehen. Das kommt dabei raus, wenn eine Gesellschaft nur noch das Körperliche in den Vordergrund stellt. Klitschko statt Goethe. BMI statt IQ. Laktat statt Diktat. Mens sana in campari soda, ja nee, is' klar. Aber nicht mit mir.

Mein Gott, mir tat alles weh, als ich versuchte, aus diesem

entsetzlich tiefen Sportwagen zu steigen. Mühsam schloss ich die schwere Haustür auf und schleppte mich ins schützende Dunkel des alten Treppenhauses. Plötzlich ging Utes Tür auf, das Licht ging an, und ich schaute in das entsetzte Gesicht meiner lieben Freundin: «Um Himmels willen, Atze! Wie siehst du denn aus? Was ist passiert?»

Ich stöhnte: «Es waren vier oder fünf. Genau weiß ich es nicht mehr. Ich wollte nur joggen gehen, da hab ich gesehen, wie so ein paar Grobiane ein kleines Kätzchen im Bach ersäufen wollten. Erst dachte ich mir: Komm, lauf weiter, das geht dich nichts an. Du willst ja nur joggen. Aber du kennst mich. Ich kann nicht tatenlos zusehen, wenn Tiere gequält werden. Da geht was kaputt in mir. Da hab ich mir die Brüder gepackt, und ich kann dir versichern: Die Schweine quälen keine Kätzchen mehr. Was von denen noch übrig ist, picken gerade die Vögel auf.»

Außer sich vor Sorge rief sie: «Du blutest ja. Du Armer! Du kommst jetzt sofort zu mir ins Wohnzimmer, damit ich in Ruhe deine Wunden versorgen kann.»

«Ute, bitte nicht. Ich will nicht, dass der Junge mich so sieht. Es ist doch nur ein Kratzer.»

«Mach dir keine Gedanken, der ist gar nicht da. Es ist Freitag, da schläft der doch immer bei meiner Mutter.»

Resolut packte sie mich am Arm und verfrachtete mich auf ihr Sofa.

«Ach Atze, ich hatte schon den ganzen Nachmittag so ein ungutes Gefühl, weil ich dich nicht erreicht habe und dein Auto nicht vor der Tür stand. Jetzt verarzte ich dich erst mal, und dann mache ich uns was Schönes zu essen. Keine Widerrede mehr.»

Sie ging ins Badezimmer und holte Jod, Tücher und Eis, um mein geschwollenes Auge zu kühlen. Vorsichtig, ja beinahe zärtlich tupfte sie mein malades Auge ab. Ich beschloss, eine Schüppe draufzulegen, und stöhnte noch intensiver. Nicht ohne Erfolg.

19.

Kann denn Liebe Sünde sein?

Vorsichtig tupfte sie mit der Watte das Blut von meinem Auge. Ich zuckte zusammen. Zum einen weil mein Auge wirklich weh tat, zum anderen weil Ute über meinem Schoß kniete und ihre wohlgeformten Brüste unter ihrem dünnen weißen T-Shirt vor meiner Nase baumelten. Das sah nicht nur verdammt gut aus, das roch zu allem Überfluss auch noch wie die zarteste Versuchung, seit es Schokolade gibt. Verdrängung und Ablenkung taten jetzt not. Ich versuchte krampfhaft, den Blick nach oben zu richten, doch da sah ich nur, wie zwei vorwitzige hellbraune Strähnen in ihren langen schmalen Nacken fielen. Das sah leider auch sehr sinnlich aus, und meine Synapsen fingen an zu rotieren. Ein weiteres Problem bahnte sich an: Mein ganzes Blut machte sich auf den Weg Richtung Pilgerstab. In einem Anflug von mittelschwerer Panik schloss ich die Augen und zwang mich, an Tante Mias knüppeldicke Krampfadern zu denken, vor denen ich mich als kleiner Junge immer so gefürchtet hatte. Gleichzeitig versuchte ich unbemerkt, ihren süßen Hintern mehr in Richtung Hüftknochen zu verlagern, damit sie meine drohende Erektion nicht gleich zu spüren bekam.

«Halt doch mal still! Zappel nicht so rum. So werde ich ja nie fertig!»

Mit Nachdruck rückte sie ihren anbetungswürdigen Arsch wieder direkt über das tosende Auge des Hurrikans. Ich starb tausend qualvolle Tode. Mein vermatschtes Auge war mir mittlerweile scheißegal. Das Großhirn kämpfte einen aussichtslosen Kampf gegen sämtliche aufsteigenden Säfte. Wenn nicht gleich ein Wunder geschah, würde ich in den nächsten Sekunden gnadenlos auffliegen. Es war zwecklos. Meine rechte Hand meuterte als Erstes und schob sich keck unter ihr T-Shirt Richtung Nippel. Ermutigt durch diesen zivilen Ungehorsam, flutschte auch die linke Pranke fordernd in ihre hintere Jeanstasche. Ich erschrak selbst über diesen wahnwitzigen Vorstoß und rechnete mit drastischen Sanktionen. Ute reagierte prompt: Sie ließ den Tupfer fallen und fing an, mich heftig zu küssen. Damit hatte ich nun wirklich nicht gerechnet, aber ich wehrte mich verständlicherweise nicht.

Wir fielen fordernd übereinander her. Alle Dämme brachen. Eine Monsterwelle der Lust erfasste uns wie zwei willenlose Schiffbrüchige und warf uns in einen Ozean der Leidenschaft: Hände, Lippen, Arme, Haut, heftiges Keuchen. Völlig gedankenfrei versanken wir ineinander und erlebten eine Innigkeit, in der es nur noch unsere beiden verschmolzenen Körper gab. Der Rest der Welt war nicht eingeladen und verschwand schemenhaft im feuchten Nebel der lustvollen Hingabe.

Zwei unendlich lange Stunden später lagen wir immer noch fiebrig und eng umschlungen auf Sivkwist. Schwedischer Kunstfaserteppich, neunundsechzig Euro.

Völlig verwirrt und ungläubig fragte ich vorwurfsvoll: «Ute, wie konntest du das nur zulassen?»

Sie kicherte fröhlich.

«Weiß ich auch nicht. Ich war machtlos. Es fühlte sich einfach zu gut an.»

Dann stand sie auf, zog sich ihr Shirt über und machte uns in der Küche was zu essen. Begeistert schaute ich ihr durch die offene Tür zu. Ich konnte es nicht glauben! Hier saß ich alter Schwerenöter also im Wohnzimmer einer – zugegebenermaßen sehr attraktiven – Waldorfpädagogin und war auf Wolke 7!

Es dauerte nicht lange, und der Teufel meines Unterbewusstseins, ein gewisser Herr Schweinehund, klingelte höchstpersönlich an meine Glückspforte: «Sach mal, Herr Schröder, was gibt das denn hier? Sind wir hier bei Rosamunde Pilcher? Fahren wir ab morgen Volvo Kombi? Ferien auf dem Biohof?»

Ich brüllte innerlich zurück: «Verpiss dich, du Wichser. Lass die Frau in Ruhe. Das machst du mir nicht kaputt.»

Herr Schweinehund blieb ungerührt: «Oh, die große Lovestory. Rührend, mir kommen die Tränen! Bist du jetzt völlig irre? Mann, wo ist der harte Cowboy, der freie Adler, der unbezwungene Berglöwe? Mach dich doch nicht lächerlich. Du eierst ja jetzt schon rum wie ein kastrierter Schmusekater. Wie erbärmlich!»

Ute kam mit ein paar Broten aus der Küche zurück. Sanft setzte sie sich zu mir auf das Sofa und küsste neckisch meinen Hals.

«Na, mein kleiner Schmusekater? Jetzt tut's doch schon nicht mehr ganz so weh, oder?»

Ach du Scheiße. Ihre Worte trafen mich wie ein Faustschlag in den Magen. Ich zuckte zusammen und rückte ein wenig von ihr ab. Meine Gedanken überschlugen sich. Ich musste hier weg, aber schnell! Das war nicht meine Welt. Ich wollte kein Schmusekater sein und nach einer scharfen Nummer ein laktosefreies Käseschnittchen mit Ei-Ersatz serviert bekommen. Hier gehörte ich nicht hin, bei aller Liebe! Und überhaupt – bei aller Liebe? War das überhaupt Liebe, oder waren wir einfach nur ein bisschen geil gewesen? Von wegen Liebe, nix als Triebe. Ich könnte mich ohrfeigen. Verdammt noch mal, wieso hatte ich nicht die Finger von ihr gelassen? Warum habe ich sie nicht einfach von meinem Schoß geschoben? Ich hätte doch Vanessa anrufen können. Hat doch bis jetzt auch immer gut geklappt, und zwar auch ohne Abitur. Aber nein, ich musste ja unbedingt eine alleinerziehende Waldorftante für die Galerie flachlegen.

«Sag mal, stör ich dich gerade bei irgendetwas? Ist was nicht richtig? Tut es dir leid?»

Sie schien den Braten zu riechen. Ich sah ihren irritierten Blick und fühlte mich auf einmal nur noch schlecht.

«Was? Nein, wie kommst du denn darauf? Nee, das war doch mal 'ne richtig gute Idee von dir!» Ich zwinkerte ihr bemüht ironisch zu. «Aber sei mir nicht böse – mir tut alles weh. Ich glaub, ich leg mich mal besser oben hin und ruh mich erst mal richtig aus.»

«Ja, ist schon klar, ne, verstehe ich auch. Äh, was ... was meinst du denn ... sollen wir morgen mal ...?» Ihre Stimme klang ganz unsicher und fragend.

Wie ferngesteuert hörte ich mich sagen: «Du, morgen ist ganz schlecht, ich bin total im Vollstress. Ich meld mich mal zwischendurch.»

Hastig zog ich mir die Jogginghose an, klemmte mir Pulli

und Socken unter den Arm und drückte sie unbeholfen. Ich vermied bewusst jeglichen Augenkontakt und verschwand ins Treppenhaus. Schwer fiel die Tür ins Schloss. Ich lehnte mich an die Flurwand und schämte mich. Dann schlich ich wie ein geprügelter Hund in meine Wohnung. Die afrikanische Vase mit der Voodoofratze musste als Erstes dran glauben. Voller Wut trat ich das unschuldige Teil in tausend Scherben. Ich machte Musik an, «Ride On» von AC/DC. Bon Scott gab alles und nölte seine totale Einsamkeit durch die Boxen: I'm just another empty head … tja, Bon, da war guter Rat teuer. Was hätte er an meiner Stelle getan? Wahrscheinlich 'ne weitere Pulle Whisky ge-ext und die Braut noch mal durchgeorgelt.

Keine wirkliche Option. Genau das hat ihn wahrscheinlich am Ende Kopf und Kragen gekostet. Ich schmiss mich aufs Bett und drehte die Musik wieder ab. Auch keine gute Idee, denn nun hörte ich lautstark Rio Reiser aus Utes Wohnung jammern: «Es ist vorbei, bye-bye, Junimond, es ist vorbei, bye-bye.»

Mit diesem musikalischen Genickschlag entschwand ich ins Reich der Träume. Ich schlief traumlos wie ein Toter.

Als ich aufwachte, schoss mir eine Idee durch den dicken Kopf. Die Sache schien plötzlich ganz klar. Hastig zog ich mich an, putzte die Zähne und stürmte zu Ute nach unten. Was für ein Zufall! Sie kam gerade vom Einkaufen zurück und blickte mich erstaunt an. Ich packte die Gelegenheit gleich beim Schopfe. «Ute, sollen wir uns nicht mal bei einer guten Tasse Bohnenkaffee über gestern Abend unterhalten?»

Sie nickte zögernd und schloss die Tür auf.

«Da bin ich aber gespannt, was du mir nach deinem überstürzten Abgang zu sagen hast.»

Eine Viertelstunde später saßen wir mit einer dampfenden Tasse Kaffee am Küchentisch. Sie lächelte schmallippig.

«Dann lass mal hören, wie du das alles so siehst.»

«Ute, die Sache ist doch ganz einfach: Ich war geil, du warst geil ...»

Patsch, schon hatte ich eine Ohrfeige hängen! Immerhin hatte sie auf meine gesunde Gesichtshälfte geschlagen. Trotzdem: Man schlägt keine verwundeten Männer! Schon mal was von der Genfer Konvention gehört?

Utes Stimme klang eisig: «Pass auf, Schröder, du hast exakt eine halbe Stunde Zeit. Dann kommt meine Mutter mit Philipp wieder. Ich rate dir, mir keine deiner üblichen Kätzchenrettergeschichten aufzutischen. Also noch mal: Was hast du mir zu sagen?»

In meinem Hirn war plötzlich nur noch Leere. Mir ging der Stift, weil ich einfach nicht wusste, was ich sagen sollte.

«Okay, dann sag ich es dir. Pass auf: Ich war geil, du warst geil – und ich bereue nichts. Aber wage es nie, *nie* wieder, so respektlos mit mir umzugehen. Verstanden?»

Ich nickte verlegen.

«Sich einfach feige vom Acker zu machen, das habe ich nicht verdient, Herr Schröder. Wir sind jetzt so lange befreundet, wir sollten weiterhin gut miteinander umgehen. Trotz oder vielleicht auch gerade wegen gestern. Ich weiß, dass deine Welt und meine Welt nicht gerade kompatibel sind, aber wir sollten nicht auf unsere Freundschaft verzichten. Es sei denn, du bestehst darauf. Aber eins solltest du wissen – falls du es nicht längst weißt: Der Kleine liebt dich abgöttisch, und mein Gott, sogar meine Mutter findet dich nett. Und was mich angeht, finde ich das Basismodell ebenfalls ganz passabel. Klar, man muss sich deine geschmacklichen Verirrungen wegdenken. Diese schrecklichen Stiefel, die albernen T-Shirts und dieses kindische Auto, aber sonst ...»

Endlich lächelte sie wieder. Ich war erleichtert. Mir fiel ein Stein vom Herzen.

«Ich hätte es nicht besser sagen können. Bitte entschuldige mein mieses Verhalten, das hätte ich echt nicht machen dürfen. Du hast ja völlig recht. Sorry, sorry, sorry. Pass auf, ich habe alle Termine abgesagt. So, wie ich aussehe, kann ich mich sowieso nirgendwo blickenlassen. Ich flieg für ein paar Wochen nach Gran Canaria, neben Helga ist ein Apartment frei, das kann ich für vier Wochen mieten. Wenn ich wiederkomme, bin ich wie neu.»

Wir umarmten uns zögerlich, und ich spürte, dass Ute trotz meiner Entschuldigung immer noch sehr verletzt war.

«Jetzt mach, dass du wegkommst. Meine Mutter kommt gleich mit dem Kleinen, und die sollen dich um Himmels willen nicht so sehen.»

Ich trottete erleichtert in meine Wohnung und machte die Flüge nach Gran Canaria klar. Ich regelte noch ein paar wichtige Angelegenheiten mit meinem Management, dann packte ich nur das Nötigste in meinen alten Alukoffer und machte mich auf den Weg zum Bahnhof. Den Flug verpennte ich komplett. Meine alte Freundin Helga holte mich gutgelaunt wie immer am Flughafen Las Palmas ab.

Nach ein paar Tagen auf der Rentnerinsel merkte ich zum ersten Mal, wie dringend ich einen längeren Erholungsurlaub nötig hatte. Die letzten Jahre hatten ihren Tribut gefordert. Ich war Mitte vierzig, und ich musste endlich aufhören, so zu tun, als wäre ich der ewig junge Galopper, der testosterongeschwängert von einem Rennen zum nächsten hetzt. Vielleicht hatte Ute ja recht. War der Porsche nicht wirklich langsam kindisch? Hatten meine Kumpels und ich uns nicht damals immer über die graumelierten Sugardaddys in ihren dicken Autos lustig gemacht? Verächtlich von Schwanzverlängerung gesprochen? Tja, da hatte ich den Salat. Ich hatte mich und meine Erscheinung immer als klassischen Rock 'n' Roll betrachtet. Jetzt war ich mir nicht mehr ganz so sicher. War ich nicht längst in der «Rocky Horror Picture Show» gelandet? Oder war das gar schon «Atze, das Musical»?

In den nächsten Tagen verbrachte ich tagsüber viel Zeit alleine und kam innerlich zur Ruhe. Abends führte ich mit Helga herrliche Rotweingespräche, bei denen wir über Gott und die Welt philosophierten. Ich kam immer mehr zu der Überzeugung, dass sich alles von alleine regeln würde. Ich würde den Porsche so lange fahren, wie es mir Spaß machte, und meine Klamotten so lange tragen, wie ich mich darin wohl fühlte. Und was meine Gefühle für Ute anging – klar, die waren sehr stark. Aber ob ich bereit war, mich auf eine feste Beziehung einzulassen, das konnte ich immer noch nicht eindeutig mit ja beantworten. War das Liebe zwischen uns? Davon hatte sie in der Küche nämlich auch nicht gesprochen. Was hieß überhaupt Liebe? Wie hatte schon Walter Röhrl, die Rallyelegende und der beste Porschefahrer der Welt, gesagt: «Man kann doch ein Auto nicht wie einen Menschen behandeln. Ein Auto braucht Liebe!» Und hatte nicht Mario Adorf im Film «Rossini» gesagt: «Ich kann ein Kind lieben, ich kann einen Hund lieben, aber ich kann doch keine Frau lieben. Frauen sind doch keine Menschen.»

Tolle Sprüche, aber ganz ehrlich: Walter Röhrl ist ein befangener Autofahrer, und bei Mario Adorf stand es so im Drehbuch. Mit der Wirklichkeit hat doch so ein Mist überhaupt nichts zu tun. Nein, nein und nochmals nein! Ich kam zu einer ganz anderen Erkenntnis.

Am Ende des Tages wollen wir alle nur auf den Arm. Deswegen hatten die Beatles auch recht, als sie sangen: «All you need is love».

Aber sie hatten nicht gesagt, dass man nur eine lieben kann. Ich liebte jede auf meine Art und Weise: Vanessa, die Geschickte. Jasmin, die Zarte. Romana, die Exotische. Franzi, dieses wilde Tier. Doris – keine machte bessere Kohlrouladen. Mit welcher sollte ich Schluss machen? Mit allen?

«Niemals werde ich bereuen, was ich tat, und was aus Liebe geschah, das müsst ihr mir schon verzeihen, dafür ist sie ja da», sang schon Zarah Leander. Nach allem, was ich selber erlebt habe, stimme ich ihr uneingeschränkt zu und frage: «Kann denn Liebe Sünde sein?»

Ich war schlicht und ergreifend überfordert. Ich beschloss, die Dinge einfach weiterlaufen zu lassen, und hoffte, dass sich schon alles von alleine regeln würde. Kommt Zeit, kommt Rat.

20.

Schneeflöckchen, Weißröckchen

Ehe ich mich's versah, ging es stramm auf Weihnachten zu. Ute und ich verstanden uns wieder prima, wir hatten die alte Lässigkeit im Umgang wiedergefunden. Zu Nikolaus hatte ich mir etwas ganz Besonderes für sie ausgedacht: Ich schenkte ihr einen Gutschein für ein Wellness-Wochenende im «Savoy Hotel Köln». Das «Savoy» ist ein legendäres Künstlerhotel, und an der Bar dieses charmanten Hauses trifft man zu jeder Zeit bekannte Vertreter des fahrenden Volkes: Schauspieler, Musiker, Schriftsteller. Sag einen – war da! Mit wem hatte ich an der gemütlichen Hotelbar nicht schon alles unvergessliche Momente des Glücks erlebt! Von Olli Dittrich, dem großen Charakterdarsteller und Vogelstimmenimitator, bis hin zur bezaubernden Ulrike Folkerts, die an der Theke Kostproben aus ihrer herrlich verschrobenen Detektivserie «Bella Block» darbot. Es gibt immer ein großes Hallo, wenn es sich die beiden hochattraktiven Chefinnen der Künstlerherberge mal wieder nicht nehmen lassen, eine exklusive Runde «Berliner Weiße mit Schuss» zu spendieren.

Auch der Wellnessbereich in den beiden Untergeschossen ist eine Klasse für sich. Man fühlt sich dort wie in einer luxuriösen japanischen Tempelanlage. Tolle Massagen, Beauty-Kuren und ein edles Ambiente, das seinesgleichen sucht. Ja, das würde meiner Ute guttun. Ein Wochenende nur für sie zum Genießen! Jede alleinerziehende Mutter wird das verstehen. Ich habe wirklich den größten Respekt vor Frauen, die berufstätig sind und sich in der Erziehung ihrer Brut alleine durchschlagen müssen. Das kostet viel Kraft und Energie.

Wie immer in der Adventszeit lief Ute auf der letzten Rille. Das machte mein Geschenk noch attraktiver. Außerdem hatte ich einen Joker in der Hinterhand: Ich hatte mir vorgenommen, höchstpersönlich auf meinen kleinen Freund Philipp aufzupassen. Er sollte bei mir übernachten, dafür war er jetzt alt genug. Wurde Zeit, dass der Junge mal aus dem Frauenhaushalt rauskam, sonst würde er noch irgendwann anfangen, «Filly»-Pferdchen zu sammeln oder sich beim Ballett anzumelden.

Stolz stand ich also am Nikolausabend in Utes Küche und präsentierte ihr meinen selbstgemalten Gutschein. Sie war erst außer sich vor Freude. Aber sofort verdüsterte sich ihr Gesichtsausdruck, weil ihr einfiel, dass sie ja nicht wusste, wer auf den Kleinen aufpassen sollte. Darauf hatte ich gewartet: «Uuute, das ist ja gerade der Clou. Der Bengel pennt bei mir! Wir machen mal ein richtig schönes Männerwochenende ohne Mama!»

«Ja, gut gemeint, Atze, aber Philipp muss am Sonntagmorgen zum Adventssingen auf den Weihnachtsmarkt.»

«Ja und? Ist doch kein Problem. Alles easy. Das regel alles ich. Da brauchst du dich gar nicht drum zu kümmern.»

Ute blieb skeptisch, aber mein Angebot war einfach zu

verlockend. Philipp war ja auch kein Baby mehr. Der Junge war mit seinen viereinhalb Jahren wirklich ein Pfundskerl und total unkompliziert. Ob Oma Maria, Kati, Hajo – ja selbst bei Gomera-Gerd fühlte der Junge sich pudelwohl und brachte in allen nur das Beste zum Vorschein.

«Ute, ich kenn das Kind jetzt von Geburt an und bin nach seiner Oma und dir ja wohl ganz klar die Nummer drei in seinem Herzen. Jetzt bleib mal locker und lass auch mal los.»

Damit war die Sache gebongt. Am nächsten Wochenende sollte die Sache steigen. Philipp freute sich wie ein Schneekönig und schlief vor Aufregung kaum noch. Er zählte die Tage und fragte Ute hundertmal, wann sie denn endlich fahren würde. Auch ich war ein bisschen aufgeregt und bereitete akribisch den Staatsbesuch meines kleinen Freundes vor. Ich ließ es mir nicht nehmen, in der Schreinerei Siebert ein Porsche-911-Kinderbett bauen zu lassen. Ausnahmsweise nutzte ich mal meinen Promistatus aus und bestellte bei der Sony-Zentrale in Berlin die neue PlayStation 6.

Bei der Metzgerei Ummelmann orderte ich zwanzig Frikadellen und zwölf panierte Schnitzel. Der Junge sollte sich endlich mal wieder richtig satt essen. Bei Ute kriegte der doch nur Tofu-Nogger und zugluftgedünstete Gemüsemedaillons.

Kaum saß Mama Ute im Zug nach Köln, stand mein kleiner Freund breitbeinig in seinem Sponge-Bob-Schlafanzug bei mir in der Küche und verkündete: «Atze, ich hab Hunger!»

«Kein Problem, ich hab ein schönes Jägerschnitzel für dich.»

«Iiih, Jäger. So was kann man doch nicht essen!»

«Richtig, mein Junge. Deshalb kommt der ja auch in die Mikrowelle, da machen wir den warm.»

«Mikrowelle darf ich nicht essen, sagt Mama.»

Mein kleiner Freund war etwas verunsichert, also erklärte ich ihm geduldig die Sachlage: «Eben, deshalb essen wir ja auch nur das Schnitzel.»

«Schnitzel darf ich auch nicht. Mama sagt, wir sind Veganer. Wir essen nichts vom Tier, auch nicht Milch und Eier.» Na, das konnte ja heiter werden.

«Keine Milch und keine Eier? Wie willst du denn dann ein Schnitzel panieren? Aber egal, ich hab auch was Vegetarisches da: lombardisches Haselnuss-Pesto. Besser bekannt als Nutella. Hier hast du das Glas und 'nen Löffel.»

Das war ganz nach dem Geschmack meines kleinen Ehrengasts. Begeistert futterte er drauflos.

Herrlich, wie der Kurze mit Nutella-verschmiertem Gesicht vor der PlayStation saß und zockte wie ein Alter. Ich konnte mich gar nicht sattsehen. Irgendwann gegen neun wurde er von alleine müde. «Atze, ich kann nicht mehr. Ich geh ins Bett.»

«Kein Problem, Philipp. Kannst ruhig gehen, wir haben hier keinen Gruppenzwang.»

Brav trottete Monsieur ins Badezimmer, wischte dreimal mit der Zahnbürste durch den Mund, kloppte mit viel Hingabe einen Köttel olympischen Ausmaßes in die Keramik und haute sich nach dem Händewaschen wohlig in sein neues Bett. Beim Beten gab es noch kleine Irritationen, weil ich seiner Ansicht nach die Hände nicht richtig gefaltet hatte und angeblich im «Vaterunser» nirgendwo von AC/DC die Rede sei.

Danach schlief er selig ein, flüsterte mir aber vorher noch verschwörerisch zu: «Atze, komm mal her. Ich muss dir noch ein Geheimnis ins Ohr sagen: Ich hab dich ganz, ganz doll lieb.» Ehe ich mich's versah, landete ein dicker, feuchter Schmatzer auf meiner Wange. Beim Verlassen des Gästezimmers wischte ich mir verstohlen eine Träne aus dem Auge. Was war das doch für ein feines Kerlchen!

Von da an schaute ich alle fünf Minuten ins Zimmer und kontrollierte, ob alles in Ordnung war. Dann schnappte ich mir meine Isomatte und legte mich neben Philipps Bett. Erschöpft stellte ich mir den Wecker für das Adventssingen und schlief zufrieden ein.

Am nächsten Morgen klingelte der Wecker pünktlich. Was uns nicht störte, denn wir waren schon seit drei Stunden wach und hörten gemeinsam eine Yakari-Kassette, lasen Philipps Lieblingsbuch «Zehn kleine Gummienten» und spielten «Ich rieche was, was du nicht siehst». Zum Frühstück gab es Leberwurststullen, dänischen Gurkensalat, Schoko-Croissants und jede Menge warmen Kakao, den wir mit einem dicken Strohhalm geräuschvoll aus großen Bechertassen schlürften. Danach rülpsten wir um die Wette. Philipp hatte Spaß wie ein Schnitzel. Nach einer ordentlichen Waschaktion schauten wir uns noch seine Lieblingssendung «Löwenzahn» an und räumten gemeinsam die Bude auf. Dann zogen wir uns warme Jacken an und fuhren zum Adventssingen auf den Essener Weihnachtsmarkt. Dort sollte Philipp mit dem Kinderchor der Musikschule ein Medley der schönsten Weihnachtslieder auf der großen Bühne vor dem Karstadt singen. Machen wir uns nix vor:

Ich war aufgeregter als mein kleiner Kumpel. Ich konnte mich nicht erinnern, wann ich das letzte Mal auf einem Weihnachtsmarkt gewesen war. Mit einem Kind ist so ein Weihnachtsmarkt tausendmal schöner. Plötzlich ergaben die Karussells und kandierten Früchte wieder Sinn. Und diese Gerüche! Herrlich. Allein wegen der Gerüche lohnt sich ein Besuch: Es riecht nach Zimt, Bratapfel, Glühwein, Bier, Wurst und Erbrochenem. Wunderbar.

Auf der großen Bühne standen dann dicht gedrängt neunzig Kinder inklusive meines Philipp. Alle wuselten durcheinander. Vor der Bühne drängten sich 180 Eltern – dasselbe Chaos wie auf der Bühne. Und kaum war der erste Ton erklungen, rissen alle ihre Fotohandys aus der Tasche, und 180 Arme reckten sich unisono in den sonnigen Winterhimmel. Als dann endlich der Chor auf der Bühne anfing zu singen, klang es, als würden in der Nachbarschaft Katzen totgetreten. Es war schauerlich. Aber je schlimmer es wurde, desto mehr Leben kam in die Eltern dieser Supertalente. Neben mir brüllte ein Asi mit Handy überm Kopf direkt los: «Jason, lauter! Jason! Jaaason, lauter. Lauter, ich hör nix. Ich hör nix! Jaaason!»

Ich konnte es nicht glauben.

«Mann, hast du es gut. Dein Jaust jallert uns ja noch den Heiland aus der Krippe. Der soll lieber aufhören!», sagte ich zu ihm.

Zwecklos. Der Idiot brüllte weiter. Wahrscheinlich hatte er mich noch nicht mal gehört, geschweige denn bemerkt.

Auf der anderen Seite echauffierte sich völlig enthemmt eine fettleibige Schweinemett-Tinkerbell. Zarte 135 Kilo in schmucken «Takko»-Leggins.

«Shania, Shania, schön nach die Mama gucken. Nimm den Finger aus der Nase ... aus der eigenen! Shania! Shaaania! Nache Mama gucken!»

Es kam noch besser. Direkt vor mir fing ein gefühlsseliger Russe an zu dröhnen: «Valeria, Valeria, singst du sa schän für die Papa. Schnäääflokchen, kommst du gääädschneit! Sa schän!»

Unglaublich. Nach zehn Minuten war der Spuk vorbei, und wir konnten die Kinder neben der Bühne abholen. Rüde schubste mich der Asi zur Seite und brüllte seinem armen Kind direkt ins Gesicht: «Jason, du Versager! Du musst lauter singen! So kommste nie zum Bohlen!»

Der Russe hatte Tränen der Rührung im Gesicht.

«Valeria, hast du sa schän gesungen. Schnäääflokchen, kommst du gääächneit! Schnäääflöckchen, Röckchen kommst gääächneit! Sa schän. Valeria, warst du Beste von allen bei Schnäääflöckchen, kommst du gääächn...»

Seine lautstark vorgetragenen Lobeshymnen nervten so ziemlich alle Umstehenden. Die Dicke blaffte ihn säuerlich von der Seite an: «Hören Se mal, dat ist falsch, was Sie der Kurzen da erzählen. Wir sind hier in Deutschland. Dat heißt hier: Schneeflöckchen, Weißröckchen, wann kommst du geschneit. Nicht ‹kommst du geschneit›, sondern ‹wann kommst du geschneit›. Genau wie es unsre Shania gesungen hat.»

Der Russe guckte die Matrone fragend an und meinte nur achselzuckend:

«Sag ich doch. Schnäääflöckchen, kommst du gääächneit.»

Das war zu viel für Miss Piggy. Wie von der Tarantel

gestochen schwallerte sie auf den Iwan ein und wiederholte unablässig ihre absurde Forderung, er solle den Text endlich richtig aufsagen. Das konnte nicht gutgehen. Irgendwann verliert selbst der leidgeprüfteste Russe seine Geduld.

«Dicke Frau, was weißt du von Schnäääflöckchen? Guck dich an, singst du besser von Gläääätscherspalte.»

Das bedeutete Krieg. Die Dicke schlug wie wild auf den Russen ein, der seinerseits versuchte, sich den prügelnden Schwartenbagger vom Leibe zu halten. Mehrere Eltern mischten sich ein, bekamen sich auch in die Köppe und bölkten lautstark durcheinander. Was für ein Theater! Tumulte, Vorwürfe, Gebrüll und Niedertracht direkt vor der festlich geschmückten großen Krippe mit dem Tannenbaum.

Ich brachte Philipp erst einmal in Sicherheit und ließ ihn zwanzig Runden Autoscooter fahren. Dann verputzten wir jeder eine Crêpe mit dick Nutella drauf, bevor ich den glücklichen Strahlemann schließlich nach Hause brachte. Ute war mittlerweile frisch erholt aus Köln wiedergekommen und total begeistert, wie problemlos alles geklappt hatte.

Ich trank eine schnelle Tasse Kaffee mit ihr in der Küche, dann machte ich mich wieder auf den Weg. Ich wollte noch zur Party von meinem alten Kumpel Birkel, dem Geschäftsführer des «69».

Da ich aber etwas früh dran war und mir zugegebenermaßen das Fell juckte, dachte ich bei mir: «Schröder, fahr doch noch mal auf den Weihnachtsmarkt. Es sind ja nicht nur Familien unterwegs. Das ein oder andere Stöckelwild steht bestimmt ganz alleine und verloren an der Glühweintränke.

Da gehört es sich für den mächtigen 16-Ender, mal an der Krippe nach dem Rechten zu sehen.»

Nach all dem Adventsgejodel wurde es höchste Zeit für etwas FSK 18.

Schon an der Currywurstbude fiel mir eine grazile Heidschnucke auf, die mit ihrem geborenen Verlierer an einer Bockwurst zuzelte. Ich stellte mich einen Tisch weiter und bestellte eine «Curry extra scharf». Die beiden beobachteten mich und tuschelten. Gleich würde der Typ rüberkommen und nach einem Autogramm fragen, so läuft es meistens ab. Aber weit gefehlt: Beide kamen an meinen Tisch, und Miss Bockwurst kam ohne Umschweife zur Sache:

«Na, hast du Bock auf ’nen Dreier?»

Hilfe! Das fehlte mir gerade noch – zuzugucken, wie der Heini seine schrundige Dackelflöte aus der schlabbrigen Unterhose beförderte. Ich blieb ganz ruhig und ließ das Traumpaar mit einem lässigen «Nein danke, ich fahr lieber Porsche» stehen. Bloß weg hier! Ich folgte dem geselligen Lärm und verzog mich schnell in die «Marktschänke». Gute Idee, denn mitten im Gedränge stand eine Vollgranate an der Theke. Ich war entzückt. So etwas sah man nicht alle Tage. Eine echte Augenweide, eine Cremeschnitte, so süß wie Milch und Honig, die Haut, so zart wie Samt und Seide. Aber Vorsicht, Männer! So einen Diamanten kannst du nicht einfach stumpf anbaggern. Da ist Stil gefragt, Stil und Finesse. Savoir-vivre, eine goldrichtige Melange aus Philosophie, Lebenserfahrung und Herzblut. Die richtigen Worte wollen wohlüberlegt sein, um eine Königin zu erobern. Wer nur seinem schlichten Instinkt folgt, kommt nicht ans Ziel. Wie sagte schon Voltaire so treffend: Die Ehrgeizigen und die Wollüstigen haben selten Zeit zu denken. Oh Frankreich, l'amour, toujours, à Paris, dans la nuit ... au sacre cœur! Natürlich, das war die Lösung! Mit Französisch würde ich mein knuspriges Baguette am schnellsten in den Ofen befördern.

Ich flüsterte ihr mit heiserem Raunen von hinten ins linke Ohr: «Bonjour, mon amour. Mon petit dejeuner. Moi, le président du défloration, je t'adore! Baise moi ... ce soir!»

Erschrocken drehte sie sich um.

«Was soll der Mist? Was willst du?»

Na bitte. Klappt doch. Siegesgewiss setzte ich zum finalen Todesstoß an: «Zu dir oder zu mir?»

Sie grinste über beide Ohren und zeigte mir den Ring an ihrem Finger.

«Tut mir leid, du edler Lockenritter, aber mir geht's wie der Ado-Gardine. Goldkante, seit sechs Jahren betreutes Wohnen, verheiratet.»

Das durfte doch nicht wahr sein! Okay, manchmal muss man deutlich werden.

«Mich stört es nicht, Chérie!»

Sie lächelte wie eine Sphinx. Da ging vielleicht doch noch was.

«Aber mich. Ich glaub noch an Werte wie Ehe, Treue und gegenseitiges Vertrauen.»

Ich seufzte resigniert.

«Du hast Langeweile vergessen.»

Rums, da war die Tür zu. Das war wohl ein Wort zu viel. Für alle Fälle gab ich ihr meine Karte und schob hastig ein versöhnliches «Falls du doch mal Lust bekommst» hinterher. Ich trank noch in Ruhe meinen Kakao aus und machte mich auf den Weg. Als ich gerade auf der A2 Richtung Oberhausen fuhr, klingelte mein Handy: «Lady Goldkante hier. Wo bist du denn geblieben? Erst einen auf Grandseigneur de Camembert machen, und dann haust du plötzlich beleidigt ab. Also, falls du gerne halten möchtest, was du mir versprochen hast, dann komm zum Mozartweg 7a. Hier wird gleich die Zauberflöte in drei Akten aufgeführt ... mit dir in der Hauptrolle.»

Zehn Minuten später hatte ich Birkel auf nächsten Sonntag vertröstet und parkte meinen dampfenden Boliden im Mozartweg. Spießercity, Endstation Reihenhaussiedlung. Aber immerhin ganz nett gemacht. Ich griff ins Handschuhfach: Bingo. Seit «Shades of Grey» hatte ich immer ein kleines Erste-Hilfe-Lustpaket im Wagen – ein paar Wäscheklammern, Kabelbinder und eine edle Flasche Stolzenfels Sekt, halbtrocken. Jetzt konnte es von mir aus losgehen. Wie ein schwarzer Panther sprang ich mühelos die zwei Treppenstufen hoch. Die Haustür war nur angelehnt. Ich glitt ins Halbdunkle. Gedämpfte Musik. «Sadeness», Enigmas musikalische Referenz an den Marquis de Sade. Mir kräuselten sich die Nackenhaare. Eine Teelichterstraße führte mit getrockneten Nelken- und Rosenblättern bis ins Schlafzimmer. Ich jubilierte innerlich. Das alles roch ja nach einem gepflegten Exorzismus. Na warte, du Luder. Ein diabolisches Grinsen huschte über mein Gesicht, und ich dachte: Schröder, du Satanas Erotica. Wieder alles richtig gemacht!

Als ich ins Schlafzimmer kam, lag sie nur mit einem Hauch von schwarzem Seidentuch bedeckt auf dem Bett, schön und verführerisch wie Aphrodite, die Schaumgeborene, bereit, mit mir den Lustpfad bis zum Hades hinunterzuschreiten. Kaum lag ich in meiner ganzen Pracht neben ihr und fing auf ihren ausdrücklichen Wunsch an zu fummeln, hörte ich eine leise Stimme: «Mama, Mama!» Ich schaute sie verwundert an.

«Hast du mich gerade Mama genannt?»

«Nein, das ist nur das Babyphon. Der Kleine schläft nebenan.»

Ich zuckte nervös zusammen.

«Waaas? Ein Kind, nebenan? Ja, äh, musst du da nicht hin?»

Sie antwortete nicht und wanderte mit dem Mund Richtung tropischer Regenwald. Ich erschauerte. Endlich ein würdiger Gegner! Ich wollte gerade inbrünstig aufstöhnen, da tönte es lauter aus dem Babyphon:

«Mama, Mama! Maaamaaa!»

Ich war irritiert und schaltete automatisch auf halbhart.

«Willst du nicht lieber hingehen? Ich kann so nicht, das macht mich nervös.»

«Jetzt stell dich nicht so an, da passiert nix. Mein Mann liegt doch daneben. Wenn der gleich singt, schläft die Kleine sofort wieder.» Ihr Kopf verschwand wieder unter der Bettdecke. Ich zog sie wieder hoch.

«Hömma, dein Mann liegt auch nebenan? Das ist doch krank! Und was ist, wenn der uns hört?»

«Der hört uns nicht. Jetzt stell dich nicht so an, wir sind doch hier nicht im Streichelzoo! Gib Gas, ich will Spaß!»

Wenn sie nicht so scharf gewesen wäre, dann ... ich versuchte mich zu konzentrieren. Aber irgendwie hatte sich meine Lust in Luft aufgelöst. Die ganze Nummer hier war doch völlig absurd und infam! Da rief es wieder aus dem Babyphon: «Mama, Mama!» Nach drei Sekunden ertönte eine tiefe Männerstimme aus dem Gerät und fing schief an zu singen: «Schnäääflöckchen, Weißröckchen, kommst du gääschneit.»

Ich verließ fluchtartig das Haus.

21.

Der weiße Hai

Am nächsten Morgen wachte ich zu Hause in meinem Bett auf und duschte mir den Ekel aus den Knochen. Ich fühlte mich so benutzt, so schmutzig! Was war das nur für eine Welt! Ich bin nun wirklich kein Kind von Traurigkeit, aber sich einen wildfremden Mann ins Bett zu holen, während Kind und Mann nebenan schlafen? Wo kommen wir denn da hin? Wo bleibt da die Moral? Das ist rein fachlich gesehen nicht in Ordnung. Da steig ich aus. Ich fühlte mich niedergeschlagen und alt. Jedenfalls zu alt für solche Spielchen. Sollte ich nicht mal langsam mit der Hasenjagd aufhören und bedeutende Kunst des 20. Jahrhunderts sammeln? Oder einen hochseriösen Tierfilm über das Paarungsverhalten des Tasmanischen Teufels drehen, der bei irgendeinem Independent-Filmfestival in Cannes alle kulturell wichtigen Nebenpreise abräumt? Einen 911 mit Tiptronic fahren? Ich fragte mich ganz im Ernst: Wie lange wollte ich noch da draußen auf rauer See meine verschwenderischen Beutezüge abfeiern? Sollte ich mir nicht mal einen schönen Hafen suchen und mit einer schönen und klugen Frau wie Ute an meiner Seite das Leben genießen? Ich war in der zweiten Halbzeit meines Lebens – Gott sei Dank war ich noch aufgestellt und bei bester Gesundheit auf dem Platz. Aber wie lange würde der Leitwolf sich noch behaupten können, bevor er sich einsam und alleine zurückziehen musste? Konnte der alte Wolf das Jagen lassen? Und was war, wenn Ute mich gar nicht haben wollte? Ich konnte doch nicht nach all dem, was gelaufen war, zu ihr gehen und sagen: «Ich liebe ab jetzt nur noch dich und nehme mir ganz fest vor, dass das eventuell auch so bleibt!» Nein, nein. So brauchte ich einer Klassefrau wie Ute nicht zu kommen. Warum war ich Idiot nach unserer Liebesnacht bloß abgehauen? Meine Haut kribbelte wie verrückt, wenn ich an diese Stunden der Liebe dachte ... an ihren Geruch, ihre Lippen, unsere Leidenschaft. Aber das war eben nur die eine Seite der Medaille. Verantwortung, bedingungsloses Vertrauen und Liebe für eine Partnerin und ein Kind standen drohend und übermächtig einschüchternd auf der anderen.

Was sollte ich tun, was lassen? Quo vadis, Schröder? Ich fühlte mich wie der alte Tengelmann und das Meer. Noch stark genug, um den großen Schwertfisch mit der Angel aus dem Wasser zu ziehen, aber zu müde, um jeden verdammten Tag rauszufahren, um es wieder und wieder zu tun.

Ich versuchte die trüben Gedanken zu verdrängen und plante erst einmal ein paar Dinge, die ich zwischen Weihnachten und Anfang Januar tun wollte. Ich verordnete mir ein individuelles Kulturprogramm ohne libidinöse Aufregungen. Ein paar Kumpel besuchen und vor allem: wann immer es ging, mit Ute und Philipp etwas unternehmen. An Weihnachten waren die beiden bei Oma Maria in Bremen gewesen, deswegen kam ich erst eine Woche später dazu, mein Weihnachtsgeschenk einzulösen: ein Tag am

Meer! Beziehungsweise ein Wochenende im «Center Parc Hochsauerland» in Medebach. Ich war begeistert von meiner Geschenkidee und sah uns alle schon quietschfidel die große Wildwasserrutsche runtersausen. Oder mich und Ute ganz allein mit einer Flasche Schampus im Mitternachtsdampfbad ... ein Küsschen hier, ein Küsschen da ... ja, das würde mir wohl gefallen. Ute hoffentlich auch. Vielleicht war das eine gute Möglichkeit, Wunden der Vergangenheit gemeinsam zu verarzten und zu pflegen. Ich wurde regelrecht euphorisch bei dem Gedanken daran, dass ich mit dieser Aktion leichtsinnig verspieltes Territorium charmant zurückerobern könnte.

Ich rasierte mich schnell, schnappte mir das Tablett mit dem Kuchen, den ich morgens beim Bäcker gekauft hatte, und wollte gerade runter zu Utes Wohnung, als Madame schon klopfend vor meiner Tür stand. «Ja, Mensch, Ute, was für ein schöner Zufall. Ich wollte gerade zu euch runterkommen. Ich hab doch noch euer Weihnachtsgeschenk hier liegen. Da kommst du nie drauf, was das sein könnte – pass auf, das haut dich von den Socken.» Ich strahlte siegesgewiss. Sie feixte zurück und streichelte mir über den Bauch. Ich war schwer begeistert.

«Ja, guten Tag, du Weihnachtsmann. Hast du die tollen Tage gut überstanden? Warst du auch weg oder nur bei deiner Mutter? Immerhin bist du nicht dicker geworden. Der Jogger sitzt ja wie angegossen. Ich geb dir einen guten Tipp für deine Karriere, mein Mausebär: Wichtig ist, dass dich keiner so rumlaufen sieht.»

Gutgelaunt gingen wir in die Küche. Ich machte uns zwei amtliche Caffè Latte und schnitt den Kuchen an.

«Na, Frau Waldorf, du bist aber gut drauf – oder juckt dir bloß der Bioland-BH?»

«Das hättest du wohl gern, du Lustmolch. Aber du hast recht, ich bin wirklich gut drauf. Das waren schöne Tage bei meiner Mutter. Philipp war jeden Morgen mit ihr unterwegs, und ich durfte immer ausschlafen.» Sie sah wirklich sehr erholt aus. Mehr als das … sie sah sogar richtig gut aus. Frisch aus dem Ei gepellt, zum Anbeißen lecker.

«Jahaaa, liebste Ute – und damit das mit der Entspannung auch schön so weitergeht, spendier ich uns dreien eine Extraportion Spaß und gute Laune im Center Parc Hochsauerland. Hammer, oder? Da bist du baff, wa'?» Triumphierend hielt ich ihr die Reservierung samt Prospekt unter die Nase: «Am nächsten Wochenende geht's schon los!»

Ihre Reaktion traf mich völlig unvorbereitet. Man musste kein Türsteher sein, um ihren Gesichtsausdruck richtig zu deuten. Echte Begeisterung sieht anders aus. Ihre Stimme klang gedrückt: «Mmmh, ja, äh … danke. Aber, äh … du … äh … eigentlich sind wir nächstes Wochenende gar nicht da. Deshalb wollte ich dich ja fragen, ob du nicht am Freitag den Heizungsonkel zum Ablesen reinlassen kannst.»

Ich konnte gar nicht glauben, was ich da hörte. Erstaunt fragte ich nach: «Ja wie, nicht da? Hä? Wo seid ihr denn?»

«Ja weg, Atze. Wir sind nicht da.»

«Ja, wie weg? Dann verschieb das doch. Ich hab das doch jetzt fest gebucht.»

Nicht gerade das stärkste Argument, das musste ich zugeben. Und richtig, Madame haute es mir auch gleich um die Ohren:

«Na, dann stornierst du das eben wieder. Ich kann unsere Angelegenheit nicht verschieben. Tut mir leid.»

Eigentlich spüre ich meistens, wenn Ute nicht mehr diskutieren will. Dann kann sie ziemlich kühl und emotionslos werden. Normalerweise hilft es dann, sie mit irgendeinem Spruch wieder zum Lachen zu bringen – aber leider fiel mir in der Situation keiner ein. Stattdessen machte ich einen auf beleidigte Spendierhose und fing an nachzutreten.

«Ja wie, was, tut mir leid? Stornieren? Das geht doch nicht so einfach. Außerdem – frag doch mal Philipp, was er lieber möchte: mit mir im Center Parc die große Wasserrutsche runterkacheln oder mit Mutti auf ein anthroposophisches Tanzteeseminar nach Bad Driburg gehen?»

Ich hatte es noch nicht ganz ausgesprochen, da wusste ich schon, dass das ein großer Fehler war. Schade, dass man Sätze nicht einfach zurückspulen kann. Plötzlich wehte ein eisiger Wind durch meine Küche.

«Was ist denn das für eine Unverschämtheit? Sag mal, tickst du noch ganz richtig? Was weißt du denn überhaupt, wo wir hinwollen? Zum letzten Mal, Atze – hör endlich auf mit deinen unflätigen Bemerkungen über meinen Beruf und meine Lebenseinstellung. Vielleicht respektierst du meinen Job mal so wie ich deinen. Und außerdem – ich wollte es dir eigentlich nicht sagen, aber Center Parcs sind so ziemlich das Letzte, wo ich meine Freizeit verbringen möchte.»

«Waaas? Was soll das denn jetzt? Komm mal runter, Frau Peymann! Center Parcs sind doch wohl absolut super. Die sind nämlich auch total Bio.»

Ich nahm die Broschüre und las wütend vor: «Ein Aufenthalt bei Center Parcs entfaltet sich im Zeichen der vier

Elemente. Jedes davon lässt sich auf vielfältige Art erleben: Entdecken Sie Erde, Feuer, Wasser und Luft!» Siegesgewiss warf ich den Prospekt auf die Kuchenplatte und schnaubte: «Na bitte. Mehr Bio geht ja wohl nicht.»

Mühsam beherrscht und betont ruhig sah Ute mich an: «Sag mal, machst du das eigentlich extra? Macht dir das Spaß, oder bist du wirklich so dumm, dass du den Unterschied zwischen dem, was du da Bio nennst, und Anthroposophie nicht kennst? Kannst du immer nur alles runterputzen und lächerlich machen? Sich ernsthaft mit etwas zu beschäftigen, dafür reicht es wohl bei dir nicht. Aber Hauptsache, es reicht für ein dummes Witzchen.»

Sie war stinksauer. Und ich laberte wirklich ziemlich viel Blech. Vor allem hörte ich nicht auf damit: «Ja sicha, Ute, alles klar. Ich bin ja nur der böse Witzeonkel, genau. Aber tut mir leid, ich lauf eben keiner Ideologie hinterher. Ich bin da eher wie Pippi Langstrumpf. Ich mach mir die Welt, wie sie mir gefällt.» Kopfschüttelnd hörte sie mir zu.

«Na bitte, da sagst du es doch selber. Du bist und bleibst ein großes Kind. Unfähig, erwachsen zu werden.»

«Nein, Ute, gerade weil ich erwachsen *bin*, halte ich mich nicht an irgendwelche beknackten Kindergartenregeln. Ich bin ein Freigeist. Alles, was ich mache, geht auf meinen eigenen Deckel. Ich schulde niemandem etwas, und ich hab für alles bar bezahlt.»

Ute lachte bitter und stand ruckartig auf. Ihre Augen schimmerten verdächtig. Aber ihre Stimme war schneidend und kalt: «Oh ja, da reitet er wieder. Weißt du was, ich kann das echt nicht mehr hören. Der einsame Cowboy, der sich nicht umdreht. Ich darf dich vielleicht kurz dran erinnern, dass du nach unserem Abend gegangen bist. Du machst hier auf große Freiheit, aber ich hab ein Kind und Verantwortung. Weißt du was, fahr alleine in deinen Bio Parc und such dir jemand anderes zum Spielen.»

Auf einmal war ich zutiefst bestürzt. Eine Woge der Niedergeschlagenheit raubte mir mit einem Schlag meine komplette Kampfeslust.

«Ute, ich hab es doch nur gut gemeint. Ich hatte mich einfach auf die Zeit mit euch gefreut. Stattdessen sitzen wir hier und schlagen uns die Köppe ein. Das will ich doch gar nicht, dazu seid ihr beide mir doch viel zu wichtig. Komm schon. Es tut mir leid. Bitte, Ute – kannst du mir nicht den Gefallen tun und deine andere Verabredung absagen?»

Auch ihr war der Schreck über unseren Streit anzusehen. Müde wandte sie sich ab und murmelte: «Nein, kann ich nicht. Thorsten hat nur dieses Wochenende Zeit. Wir sehen uns dann.»

Sie schob den Stuhl an den Küchentisch und ging zur Tür. Ich verstand gar nichts mehr. «Wer zur Hölle ist – Thorsten?»

Sie drehte sich noch einmal um und schaute mir ernst ins Gesicht: «Philipps Vater.»

Dann ging sie, und die Tür fiel kalt ins Schloss. Thorsten! Natürlich, Thorsten. Da war er wieder. Ich hatte es damals im Wartezimmer befürchtet, und nun war es passiert. Der weiße Hai war aufgetaucht, und er hatte mich eiskalt erwischt. Ich stand auf, nahm die halbvolle Flasche Wodka aus dem Kühlschrank und setzte sie direkt an den Hals. Schweren Schrittes schleppte ich mich ins Wohnzimmer und haute mich aufs Sofa. Und trank. Kühl floss der Alkohol meine Kehle hinunter. Ich hörte erst auf zu schlucken, als der letzte Tropfen aus der Flasche kullerte …

Vier von den Schweinen schlachtete ich vor seinem Hauptquartier. Dem ersten brach ich lautlos das Genick. Bevor zwei und drei ihre Pistolen hochreißen konnten, verursachte meine .45er Magnum mit ihrem verfickten Gehirnbrei eine Riesensauerei auf der Tür. Nummer vier erwischte ich mit einem mühelosen Dropkick am Kehlkopf. Er taumelte und hielt sich mit weit aufgerissenen Augen den Hals. Ich fingerte in meiner Hosentasche, warf ihm mein letztes Wick Blau zu und sah ihm verächtlich beim Sterben zu. Was für ein Lappen! Ich spuckte ihm in seine widerwärtige Fratze und stieß seinen leblosen Körper mit der Stahlspitze meiner handgenähten Diavolo-Boots zur Seite. Ich klingelte zweimal – nichts passierte. Entschlossen knöpfte ich mir die alarmgesicherte Eingangstür vor, nahm meine goldene Rossmann-Paybackkarte, hebelte sie hinter den Schlossknauf, und knack, warf ich die kaputte Karte weg und trat brutal gegen die Tür. Das Sicherheitsschloss barst in tausend Einzelteile, und ich war drin. Vorsichtig checkte ich die Lage. Die Ratten hatten sich anscheinend im Obergeschoß verschanzt. Giftiger als die giftigste Kobra glitt ich die Stufen empor. Geschmeidig rollte ich mich über die Schulter ab und sicherte die ersten drei Türen. Hinter der letzten saßen Ute und Philipp geknebelt und an die Heizung gefesselt. Ich war zutiefst angewidert: So was gab es früher nicht, dass man sich an Frauen und Kindern vergriff. Aber das hier war nicht mehr die gute alte Zeit, in der Frankie Lugano und die Bottelli-Brüder noch das Sagen hatten. Ich hatte diesen Krieg nicht gewollt, aber nun war ich nur noch eine präzise Vernichtungsmaschine in einer roten, ausgeblichenen 76er Speedo-Badehose. Mit dem alten Jagdmesser zwischen den Zähnen robbte ich zur Heizung und schnitt meine Liebsten los. Ute weinte, schlang ihre Arme um mich und küsste mich liebevoll: «Er ist in der Küche, er will dich umbringen.»

Ich legte ihr den Finger auf die Lippen und bedeutete ihr, still zu sein. Mit der anderen Hand tätschelte ich Philipp den Kopf. Zwischen uns reichte ein Blick. «Bring deine Mama nach draußen, hier sind die Schlüssel von meinem Porsche. Wenn ich in fünf Minuten nicht bei euch bin, verschwindet ihr einfach. Und nicht über 6000 Touren drehen, wenn der Motor noch kalt ist!»

Der Kleine nickte und verschwand mit Ute im Treppenhaus. Ich warf meine Waffen durchs Fenster in den Garten und beschloss, den Bastard mit bloßen Händen zu töten, wie ich es Oma Maria versprochen hatte. Eine Kugel war noch viel zu gnädig für diesen miesen Motherfucker.

Ich erwischte ihn in seinem Arbeitszimmer. Cool blieb ich im Türrahmen stehen und zischte völlig emotionslos: «Thorsten, du mieses, kleines, dummes Stück Scheiße, bist du nun zufrieden? War es das wert? Du konntest dich ja einfach nicht damit abfinden, nur sein Erzeuger zu sein. Du musstest ja plötzlich den Papa spielen. Aber der Kleine liebt nun mal mich, und sie tut es auch. Sie ist mein Baby, verstehst du?»

Er verstand nicht.

Er war nämlich schon tot. Als ich seinen Arbeitssessel drehte, fiel sein Oberkörper schlaff auf den Teppich. Er hatte vor Angst seine eigene Zunge verschluckt. Ich stieg über ihn, griff in die obere, offene Schreibtischschublade und schnappte mir den Vaterschaftstest. Ich lachte heiser, dann klickte mein Zippo auf und setzte das wertlose Dokument in Brand. Gierig fraßen sich die Flammen durch das Papier. Ich ließ es fallen und ging, ohne mich noch einmal umzudrehen.

Vor dem brennenden Haus stand Dave McBarron vom FBI. Guter alter Dave – nur noch eine Woche bis zur Pensionierung. Wie immer kaute er auf einem Zigarillo. Mit rauchiger Stimme sagte er: «Gute Arbeit, Ace. Ich hab den Penner nie gemocht.»

Ich legte ihm die Hand auf die Schulter. Lange blickten wir uns in die Augen. Wir wussten, dass wir uns nie wiedersehen würden. Dann nickte ich stumm und ging.

Als ich wach wurde, war mir sehr heiß, und mein Mund war seltsam trocken. Mein Kopf dröhnte, und auf der rechten Wange hatte ich die Abdrücke von drei Heizkörperrippen. Mühsam versuchte ich zu rekonstruieren, wo ich mich befand – und vor allen Dingen, wie ich hierhergekommen war. Neben mir auf dem Bett schnarchte ein altbekanntes Gesicht: Birkel, der Essener Swingerclubbesitzer, mein alter Kumpel. Was machte denn der Lange hier? Und was war überhaupt passiert? War ich in einem Bumszimmer seines Clubs «69» gelandet? Ich faltete die Hände und sprach das Gebet, das Philipp mir beigebracht hatte.

Dann rappelte ich mich mühsam auf und weckte Birkel:

«Ey, du Schnarchnase, was habt ihr mit mir gemacht? Mich für eure Knatterspielchen missbraucht?»

«Wieso wir?»

Er hustete seine kampferprobte Raucherlunge leer.

«Du hast Nerven! Wenn ich nicht gestern auf dich aufgepasst hätte, wärst du schon im Himmel und könntest Petrus zu mir sagen.» Er hustete gleich noch einmal geräuschvoll. Ich hielt mir den dicken Kopf und raufte mir die Locken.

«Ja, aber Birkel, wo sind wir denn dann, zum Teufel ... und was ist denn jetzt verdammt noch mal eigentlich passiert?»

22.

Die große Hafenrundfahrt

Birkel sammelte sich, rieb sich mit seinen Riesenpranken den Schlaf aus den Augen und zündete sich in aller Ruhe eine Zigarette ohne Filter an. Müde schaute er mich an und kratzte sich die Bartstoppeln: «Ja, was ist passiert? Das kann ich dir wohl sagen, du Wahnsinniger. Seit Mittwochmittag warst du auf Zechtour durch Essen. Doris vom ‹Autostübchen› und Hermann vom ‹Kaiser-Eck› haben mich angerufen und vorgewarnt, dass du stinkbesoffen auf dem Weg zu mir bist. Vorher warst du aber noch bei Zlatan im ‹Balkangrill› und hast lautstark rumgepöbelt, dass du eine Knarre brauchst. Dabei hast du ihm sein schönes Drei-Meter-Aquarium umgeworfen, weil du hackenvoll mit einer Flasche Jägermeister über seinen Yorkshireterrier ‹Pivo› gestolpert bist. Dann bist du ins ‹69› getaumelt und hast erst einmal breitbeinig in den Eingang gereihert, weil dich die alte Moni nicht reinlassen wollte. Daraufhin hast du mich mit einer leeren Milchtüte bedroht und dauernd davon gefaselt, dass du unbedingt nach Hamburg musst. Ich hab mir dich dann unter den Arm geklemmt und wollte dich nach Hause bringen. Aber als ich kurz an der Apotheke anhielt, um dir Kopfschmerztabletten zu besorgen, hast du mir meine eigene Taschenlampe über den Schädel gekloppt und versucht, mit meiner Karre abzuhauen. Gott sei Dank warst du schon so voll, dass du den Zündschlüssel nicht mehr umdrehen konntest.»

Oh Mann, oh Mann. Ich war entsetzt. Erst jetzt sah ich die fette Beule auf Birkels Stirn. Mein Gott, war das peinlich. Ausgerechnet Birkel. Der Typ war 1,98 Meter groß, Hände wie ein Braunkohlebagger. Unvergessen, wie er vor zwei Jahren die albanische Rugby-Nationalmannschaft, die sich in seinem Laden nicht benehmen konnte, im Alleingang aufgemischt hat. Und ausgerechnet diesem Brocken hatte ich eine Taschenlampe über den Kopf gezogen! Dass ich überhaupt noch lebte, verdankte ich nur seinem guten Herz und unserer alten Freundschaft. Stark verkatert und immer noch etwas ungläubig, setzte ich mich neben ihm aufs Bett:

«Ist ja alles schön und gut, Birkel ... und das tut mir echt leid, aber wo sind wir?»

«Ja, warte ab. Kommt noch. Nachdem ich dich wieder auf den Beifahrersitz geschnallt hatte, hast du mir dein Herz ausgeschüttet und mir die ganze Geschichte erzählt. Dass du so 'ne Ute liebst und so weiter. Dass ihr Exmacker sie dir wegnehmen will und dass du nach Hamburg musst, um ihn abzumurksen. Da hab ich mir gedacht, bevor noch ein Unglück passiert, fahr ich mal lieber selbst mit dir nach Hamburg und pass auf dich auf. Außerdem ist das hier ja auch mein altes Revier, und ich kann dir vielleicht helfen. Tja, und jetzt sind wir im Hotel Monopol auf der Reeperbahn.»

«Ach du Scheiße, Birkel, es tut mir alles so leid! Wie kann ich das wiedergutmachen? Mann, du bist ein wahrer Kumpel. Was ist denn eigentlich mit der Beule an deinem Kopf? Tut das weh? Sollen wir nicht lieber mal zum Arzt?»

Der Lange schüttelte den Kopf, stapfte ins Badezimmer und drehte die Dusche auf.

Ich saß immer noch auf dem Bett und zermarterte mein vom Alkohol gebeuteltes Gehirn. So langsam tauchten einige Erinnerungen der letzten vierundzwanzig Stunden auf. Wir waren also in einem Hamburger Hotel, so viel war klar. Mir fiel auch wieder ein, dass ich noch mit Utes Mutter Maria in Bremen telefoniert hatte. Krampfhaft versuchte ich mich an das Gespräch zu erinnern. Hamburg. Hamburg ... Arzt ... Thorsten. Richtig, das war es! Der Typ war Arzt, Arzt in Hamburg. Jetzt erinnerte ich mich auch, dass Ute mir das mal erzählt hatte, als ich sie nach Philipps leiblichem Vater fragte.

«Birkel, ich hab's. Es ist ganz einfach. Wir müssen einen Arzt in Hamburg suchen, der Thorsten heißt.»

Er trocknete sich ab und schüttelte den Kopf.

«Ja nee, Schröder, is' klar. Dann ist es ja wirklich ganz einfach. Das sind ja höchstens hundert. Du hast doch 'ne Meise.»

«Quatsch nicht, Birkel, du guckst zu wenig Filme, weil du immer nur deine Bumserei im Kopp hast. Gib mir das Telefonbuch von Hamburg, und in fünf Minuten haben wir den Penner.»

«Telefonbuch? Vielleicht solltest du mal ein paar neue Filme gucken, Herr Schröder. Darf's vielleicht auch ein iPhone mit Internetzugang sein? Mann, wir leben im 21. Jahrhundert!»

Fünf Minuten später mussten wir uns zwischen drei

Adressen entscheiden. Als Erstes fuhren wir mit Birkels Hummer zum Zahnarzt Dr. med. dent. Thorsten Neumann in Blankenese. Wir müssen ein Bild für die Götter geboten haben: Zwei abgerissene Typen entern eine topmoderne Zahnarztpraxis an der piekfeinen Elbchaussee, der eine so groß wie der Kölner Dom und mit 'ner blauroten Beule wie ein Nashorn, der andere ein bekannter deutscher Komiker, versoffen und verkatert wie der letzte St.-Pauli-Lude. Die drei Arzthelferinnen hinter dem weißen Designertresen sahen aus wie die zukünftigen Gewinnerinnen von «Germany's Next Topmodel». Erstaunlich freundlich fragte die blondeste der drei Blondinen: «Guten Tag, Herr Schröder. Haben Sie unter der Alsterbrücke geschlafen, oder drehen Sie gerade für ‹Notruf Hafenkante›?»

Ich setzte meine schönste Leidensmiene auf, blinzelte mit einem Auge auf ihr Namensschild, das neckisch auf ihrer hinreißend geformten rechten Brust wogte, hielt mir die Wange und nuschelte: «Ach, Frau Tenhagen ... Ihr Anblick lindert meine Schmerzen ein wenig, aber ich glaube, es wäre nicht schlecht, wenn der Herr Doktor mich mal zwischendurch drannehmen könnte.»

«Na, Herr Schröder, dann kommen Sie mal direkt mit in den Behandlungsraum Nummer drei. Herr Doktor Neumann kommt gleich zu Ihnen.»

Drei Minuten später fuhrwerkte ein graumelierter Zahnarzt-Schönling gutgelaunt in meinem maroden Esszimmer herum: «Oh, oh, oh, Herr Schröder. Das wurde aber höchste Zeit. Die 7 rechts oben ist so verfallen, die wäre morgen sowieso von alleine rausgelaufen. Aber das haben wir in einer Stunde erledigt.»

Ehe ich mich's versah, jagte er mir mehrfach eine dicke Spritze ins Zahnfleisch und erzählte mir dabei begeistert ganze Teile aus meinem letzten Bühnenprogramm wieder. Eine echte Frohnatur! Ich litt derweil tausend Qualen. Auch weil es weh tat. Nachdem er gespritzt, gebohrt, gefüllt und versiegelt hatte, kam ich endlich zu Wort.

«Kennen Sie eine Ute aus Essen?»

Meine Stimme klang, als hätte ich eine riesige Kartoffel im Mund.

«Ja sicher, das ist meine Tante in Kettwig. Ist aber schon zwanzig Jahre tot. Wieso fragen Sie?»

«Keine Ahnung, Herr Doktor. Das muss die Betäubung sein.» Mit falschem Lachen haute ich ihm auf die Schulter, verabschiedete mich und zahlte bei der entzückenden Frau Tenhagen eine sündhaft hohe Summe für die medizinische Folterstunde. Nachdem ich Birkel von den Illustrierten im Wartezimmer losgeeist hatte, fuhren wir ohne Umwege zum nächsten Thorsten auf unserer Liste: Urologe in Wilhelmsburg.

In den 70ern musste die Praxis mal modern gewesen sein. Jetzt war sie nur noch ein Albtraum in Braun-Grün. Die ältere Arzthelferin hinter dem Nussbaumtresen hielt mir wortlos einen verkratzten Plastikbecher hin und sagte: «Mittelstrahl, halbvoll reicht. Auf dem Teewagen abstellen. Wartezimmer ist rechts.»

Zweieinhalb Stunden saß ich in einer Art Sterbezimmer, und nichts ging vorwärts. Mit mir sank das Durchschnittsalter in dem Raum auf geschätzte 82. Am späten Nachmittag, ich hatte mich gefühlt zum zweiten Mal rasiert, wurde ich von Dr. Thorsten Brönkemeier endlich in seinem Behandlungsmuseum empfangen. Schon beim Anblick des rüstigen Sechzigjährigen kamen mir leichte Zweifel, ob er wohl der richtige Thorsten war. Ich konnte ihn mir so gar nicht auf Ute vorstellen. Aber – der Typ war Urologe. Spezialist. Der kannte doch alle Tricks. Wahrscheinlich schmierte er sich schon morgens das Viagra fingerdick aufs Knäckebrot. Da stand ich also mit runtergelassener Hose vor ihm und musste schleunigst ein Problem erfinden. «Äh, äh ... Herr Doktor, äh ... wie soll ich Ihnen ... es brennt immer so da unten, wenn ich an Helene Fischer denke.»

Das hätte ich besser nicht gesagt. Sogleich sah ich seine Urologengriffel in einem morschen Gummihandschuh verschwinden. Er befahl mir in rüdem Tonfall: «Bücken!»

Ich tat wie mir geheißen. Kopfüber durch meine Beine nach hinten schauend, fragte ich ihn: «Kennen Sie eine Ute aus Essen?»

Die Antwort erfolgte nicht verbal. Ohne den Hauch eines Gleitmittels rührte der proktologische Folterknecht rabiat in meinem Klärwerk herum. Prompt stellten sich auch Schmerzen ein. Todesmutig versuchte ich mir erneut Gehör zu verschaffen: «Herr Brönkemeier, können wir bitte mal eine Pause machen? Ich muss mal husten!»

Zwecklos. Stoisch zog der Grobian seine Hafenrundfahrt durch, und zwar inklusive Speicherstadt. Kurz vor meiner Ohnmacht tauchte seine Hand aus meinem Untergeschoss wieder auf. Gott sei Dank im Ganzen. «Kerngesund. Beste Urinwerte. Traum-Prostata», verkündete er.

Durch den abklingenden Schmerz ermutigt, brüllte ich ihm in sein Hörgerät: «Kennen Sie eine Ute aus Essen?»

Völlig verständnislos blickte mein Peiniger mich an.

«Nein, natürlich nicht. Auf Wiedersehen, der Nächste bitte.»

Wie auf rohen Eiern stakste ich zitternd an Birkels Arm ins Auto zurück.

Auf unserer Liste stand nun noch Professor Dr. Dr. Thorsten Thomsen, Internist im Universitätskrankenhaus Eppendorf.

Als wir auf dem Ärzteparkplatz des Krankenhauses aus Birkels Wagen stiegen, atmete ich tief durch. Besorgt schaute der Lange mich an: «Bist du dir sicher, dass du dir das auch noch geben willst?»

«Kein Thema, Langer. Diesmal hab ich nur 'ne verspannte Schulter. Der verschreibt mir nur so 'ne Beckenbauer-Salbe, und dann sind wir wieder raus.»

Birkel murmelte nüchtern: «Oh Mann, muss Liebe schön sein.» Überraschenderweise lief alles wie geplant, und als wir nach einer halben Stunde mit Rezept in der Hand wieder im Auto saßen, wussten wir, dass auch dieser Thorsten nicht an meiner Ute rumgeschraubt hatte. Es wurde jetzt echt Zeit, dass ich mich mal bei Birkel bedankte. «Hör mal, Langer, du bist echt ein guter Freund. Ohne dich hätte ich das alles nicht durchgestanden. Hast du eigentlich schon mal Sushi gegessen?»

«Ja sicher, aber nicht mein Ding. Beide Male kalt und nicht durch.»

Ich haute ihm auf die Schulter und wischte alle Zweifel beiseite:

«Ja Alter, dann machen wir das jetzt mal richtig. Wir fahren zum Hafen und gehen ins ‹Henssler & Henssler›, Deutschlands bestes Sushi-Restaurant.»

Steffen Henssler ist ein Kollege, der nicht nur ein Spitzenkoch ist, sondern überhaupt ein guter Typ. Steffen hat als junger Koch mal 40 000 Mark im Lotto gewonnen. Von der Kohle bezahlte er seine Ausbildung zum Sushi-Meister in Kalifornien. Jetzt tischte er in seinem Restaurant die allerfeinsten Leckereien auf. Seine köstlichen Sushi-Kreationen bringen jeden fast um den Verstand.

Eine Viertelstunde später saßen wir mit Steffen an der Theke und schaufelten uns mit Genuss die kleinen kulinarischen Meisterwerke rein. Birkel, der außer Fischstäbchen keinen anderen Fisch akzeptiert, wurde mit feinstem Rindersashimi und zarten Hähnchenspießen gefüttert. Insgesamt verputzte er dreiundzwanzig Spieße, eineinhalb Kilo Rinderfilet und spülte das Ganze mit achtzehn großen Pilschen runter. Nach der dritten Platte «Spicy Red Tuna Rolls» ging bei mir gar nichts mehr, weil ich immer noch die Phantomschmerzen von Dr. Brönkemeiers rechter Hand in mir spürte. So lecker hatten wir schon lange nicht mehr gegessen! Vor lauter Dankbarkeit lud Birkel Steffen und mich in seine alte Stammkneipe ein, «Mary's Treff».

Nur wenige Minuten später betraten wir den Schankraum dieser urigen Kneipe in der Nähe vom Hans-Albers-Platz durch einen selbstgestrickten «Marlboro»-Vorhang. Sollte es Mary wirklich mal gegeben haben, so ist sie sicherlich an einer Rauchvergiftung gestorben. Diese Räucherhöhle ist die einzige Gaststätte in Deutschland, wo die Nichtraucher vor die Tür gehen. Ich hab ja schon viel Elend gesehen, aber das hier war etwas ganz Besonderes. Hinter dem Tresen saß kein Geringerer als Günther Jauch dick und bräsig in seinem alten Armlehnenhocker. Natürlich nicht unser RTL-Jauch, sondern sein Namensvetter, der Wirt dieses Etablissements. Als er Birkel sah, kam Leben in die Schwarte. Er begrüßte uns freudig mit einer Runde Fanta-Korn. Es sollte nicht die letzte bleiben. Ich kann mich an die Details der folgenden Nacht nicht mehr erinnern. Aber am nächsten Morgen wachten Steffen, Birkel und ich in unserem Zimmer im Hotel Monopol auf ... alle mit dem Gesicht an der Heizung.

23.

Weil ich dich liebe

Steffen wurde als Erster wach und hielt sich den bleischweren Schädel. «Sagt mal, Jungs, ist das bei euch immer so?»

Birkel antwortete mit brüchiger Stimme und deutete auf mich: «Bei ihm schon, ich bin eigentlich ein ganz Braver.»

Ich konterte noch im Halbschlaf: «Ja sicher bist du ein ganz Braver, sonst hättest du ja auch einen Swingerclub und würdest dein Geld mit den Sauereien anderer Leute verdienen.»

Ich ahnte, was jetzt kommen würde – und richtig. Er grinste breit, zuckte nur mit den Schultern und sagte: «Ich sag euch, wie es ist: Jeden Pudel juckt die Nudel!»

Wir lachten alle. Wie oft hatten wir gestern in «Mary's Treff» diesen Spruch gehört! Steffen reckte sich, stand auf und verabschiedete sich herzlich von uns. Keine halbe Stunde später saßen der Lange und ich frisch geduscht und gebügelt im Frühstücksraum vom «Monopol».

Ernüchterung machte sich breit. Wir hatten alles gegeben und noch immer keine Spur von dem Erzeuger von Philipp gefunden. Nach seinem zwölften hartgekochten Ei nahm Birkel einen tiefen Schluck aus der Orangensaftkaraffe, stieß geräuschvoll auf und fragte mich unvermittelt: «Sag mal,

Atze, eins frag ich mich schon die ganze Zeit – was machst du eigentlich mit dem Typen, wenn du ihn gefunden hast?»

Die Frage erwischte mich komplett unvorbereitet.

«Was ich mit dem mache? Was ich mit dem mache? Das kann ich dir sagen, was ich mit dem mache! Dem hau ich was auf die Schnauze. Das mache ich mit dem.»

«Ja, und dann?»

«Ja wie, und dann?»

Das sollte doch erst mal reichen. Aber der Lange ließ nicht locker: «Ja, was dann? Was hat der dir denn überhaupt getan?»

«Was der mir getan hat? Pass auf, Langer – das kann ich dir genau sagen ... äh ... der hat ... Mann, ich lass mir doch von so einem Schnösel nicht die Perle ausspannen.»

Birkel schmunzelte und stocherte genüsslich nach.

«Äh ... deine Perle? Hab ich da irgendwas nicht mitgekriegt? Ist diese Ute jetzt deine feste Freundin, oder was? Wissen das die anderen auch? Ich mein, Vanessa und Co.?»

So langsam nervte mich der Lange.

«Mensch, Uwe, was stellst du denn hier für Fragen? Bist du auf meiner Seite oder nicht? Es ist aus mit Vanessa und allen anderen, denn ich liebe diese Frau! Verstehst du mich? Ich liebe Ute! Liebe, Uwe, Liebe!»

Ein breites Grinsen huschte über Birkels Gesicht.

«Aha. Soso. Weiß sie das denn auch?»

Ich wand mich wie ein Zitteraal.

«Ja ... öh, nee ... ich mein ... äh, im ... äh ... im Prinzip schon. Ist doch reine Formsache, Mann! Darum geht's doch auch jetzt gar nicht. Du mixt aber auch alles durcheinander. Auf jeden Fall macht der Arsch mir das nicht kaputt.»

Birkel blieb unerschütterlich und ließ nicht locker: «Ich mixe gar nix durcheinander, ich versteh es nur nicht. Was macht der Thorsten denn eigentlich kaputt? Hat der was mit der Ute, oder wie?»

«Ey Uwe, du gehst mir langsam auf die Nüsse. Woher soll ich das denn wissen? Auf jeden Fall lass ich mir das nicht bieten. Basta.»

Birkels Laune schwankte zwischen Mitleid mit einem Wahnsinnigen und Ärger über so viel Dämlichkeit. «Alter, ganz im Ernst – du hast doch nicht mehr alle Tassen im Schrank! Du laberst Müll, mein Junge! Du liebst eine Frau, der du das gar nicht gesagt hast, und bist eifersüchtig auf ein Verhältnis, das es anscheinend gar nicht gibt. Wie bekloppt ist das denn? Ich frag dich jetzt zum letzten Mal – Atze, was geht hier eigentlich ab?»

Ich fühlte mich plötzlich wie ein Luftballon, aus dem die Luft entwich. Niedergeschlagen versuchte ich, meine Gedanken zu sortieren. Dann atmete ich tief durch und legte Birkel die Karten auf den Tisch. Die ganze Wahrheit. Dass ich überhaupt nicht wusste, warum Ute mit Philipp zu diesem Thorsten gefahren war. Wahrscheinlich ging es nur um irgendwelche Unterschriften für das Einwohnermeldeamt, den Kindergarten oder weiß der Kuckuck was. Ich hatte mich völlig in meine Unfähigkeit verrannt, meine wahren Gefühle auszudrücken. Stattdessen markierte ich hier den wilden Mann. Ich fühlte mich jämmerlich und wollte nur noch nach Hause. «Komm, Uwe, lass gut sein. Tut mir leid, dass ich dich da mit reingezogen habe. Komm, bring mich zum Bahnhof, ich äh ...»

Geräuschvoll zog ich die Nase hoch. Der Lange verdrehte

die Augen und erhob flehend die Hände: «Mann, Schröder, du gehst mir echt auf den Sack. Musst du eigentlich aus allem ein Drama machen? *‹Bring mich zum Bahnhof! Lasst mich sterben! Begrabt mein Hirn an der Biegung des Flusses!›* Ey, komm runter. Es ist doch gut, dass wir mal über alles gesprochen haben. So. Und jetzt gehen wir beide erst mal runter zu den Landungsbrücken, ein richtig schönes Schaschlik essen. Dann sieht die Welt gleich ganz anders aus. Von dem Kinderfrühstück hier wird doch kein Mensch satt.»

Ich ließ alles mit mir geschehen und trottete brav hinter Birkel her, runter zu den Landungsbrücken.

Wir saßen an einem Fenstertisch in der «Goldenen Möwe». Der Lange ließ sich ein Schaschlik nach dem nächsten servieren. Die Januarsonne zeigte sich von ihrer schönsten Seite und tauchte den Hamburger Hafen in ein freundliches Licht. Touristen standen an den Piers und bestiegen die Barkassen und Boote für eine launige Hafenrundfahrt an einem traumhaften Wintertag. Ich nahm meine Umgebung wie durch einen Vorhang war. Als hätte ich eine Grippe, nur ohne Grippe.

Dann und wann störten mich Birkels geräuschvolles Schmatzen und das eifrige Geklapper der Kellner. Aber mir war alles egal. Ich hatte keinen Hunger, ich hatte keinen Durst, kein Ziel und keine Meinung. Ich starrte auf die Touristenscharen, die fröhlich und ausgelassen auf die Schiffe sprangen und sich auf eine kleine Bootstour freuten. Eine Hafenrundfahrt durch den Hamburger Hafen muss tatsächlich jeder einmal gemacht haben. Es gibt nicht nur viel zu sehen, sondern auch jede Menge zu lachen. Jeder

der Kapitäne ist in der Lage, aus der Rundfahrt eine lustige Comedy-Veranstaltung zu machen. Kleine Witzchen, flapsige Sprüche und hanebüchenes Seemannsgarn werden unerschrocken durch die scheppernden Bordlautsprecher gesabbelt: «Wenn Sie kotzen müssen, bitte in kleinen Stückchen, sonst verschlucken sich die Fische. Backbord neben uns sehen Sie das Drogenschulschiff Escobar ...» – und so weiter und so fort. Der ganze Klamauk eben.

Wieder legte eine Barkasse ab, und eine andere machte am Pier fest, um die nächste Ladung Fahrgäste an Bord zu nehmen. Mein Blick blieb an einem Schnösel im teuren Kaschmirmantel hängen, der bemüht darauf achtete, dass ihm das kleine Kind mit dem Schokoladeneis nicht den Mantel verschmierte. Der Kleine sah sogar ein bisschen aus wie Philipp. Ach du Scheiße! Das *war* Philipp. Wie von der Tarantel gestochen sprang ich auf und brüllte Birkel an: «Langer! Da isser! Da isser! Los, komm!»

Er guckte mich an, als hätte ich jetzt endgültig den Verstand verloren. Ich riss den Tisch um und versuchte Birkel nach draußen zu ziehen – ein völlig aussichtsloses Unterfangen.

«Atze, mal langsam, mach keinen Fehler. Ich muss erst austrinken und bezahlen.»

«Verstehst du mich denn nicht. Da isser! Philipp! Da isser! Die gehen gerade an Bord. Los, hinterher, die machen ja schon die Leinen los!»

Endlich kam Leben in den trägen Riesen. Er wischte sich schnell den Mund ab, warf einen Fuffziger auf die Theke und lief mit mir zum Anleger. Die Barkasse war schon dabei abzulegen. In letzter Sekunde konnten wir noch an Bord springen. Im hinteren Teil des Kahns fanden wir zwei Plätze bei der Getränkeausgabe.

Ich duckte mich vorsichtshalber hinter Birkels breitem Rücken und schaute nach Philipp und seinem Erzeuger aus. Da! Vorne in der dritten Reihe saßen sie: Thorsten, Philipp – und Ute. Fast hätte ich sie nicht erkannt. Eingemummelt in ihre dicke Daunenjacke, war sie mit Mütze und Schal kaum zu erkennen. Das war also dieser tolle Thorsten, für den sie ein Spitzenwochenende im «Center Parc» Medebach sausenließ! Klar, mit so einem siffigen Kneipenkutter durchs Brackwasser einer gigantischen Industrieanlage mit rostenden Seecontainern zu schippern ist ja auch tausendmal interessanter! Statt auf einer 1-a-beheizten Superwasserrutsche vor Vergnügen zu jauchzen, musste das arme Kind bei Minustemperaturen die miesen Kalauer eines runtergekommenen Hafenkapitäns ertragen! Na bravo. Das war ja schon fast ein Fall für das Jugendamt. So wie es aussah, hatten die drei auch keinen Spaß. Hätte ich ihnen auch vorher sagen können. Ich kochte vor Wut. Birkel neben mir war dagegen hochzufrieden und lachte über jeden Witz von dem miesen Clown am Ruder.

«Hömma, Atze, der Käpt'n haut ja auch echt gute Dinger raus. Die kannste dir mal für dein Programm merken. Echt geil. Ja, und die drei da vorne haben doch auch ganz gut Spaß, oder? Sieht nicht so aus, als wenn die irgendwas vermissten.»

Ich hätte ihn umbringen können. Gerade als ich angemessen antworten wollte, sah ich, dass der ach so schicke Thorsten aufstand und in Richtung Getränkeausgabe stolzierte. Mediziner. Ja nee, is' klar. Muss hier natürlich einen auf dicke Hose machen und mit der Kohle herumaasen, die er vorher armen Omas aus den Krampfadern gezogen hat.

Hinter Birkels Rücken hörte ich, wie der feine Pinkel bestellte: «Zwei Glühwein und eine Fanta bitte.»

Ja, sicher. War ja klar. Gestelzter konnte man sich ja wohl nicht ausdrücken. Und dann eine Fanta, also bitte! Für ein Kind!!! Geht's noch? Das hätte ich mal wagen sollen, meinen kleinen Philipp mit so einer ungesunden Zuckerplörre zu vergiften. Aber wenn der Herr Doktor das verordnet, dann ist das natürlich ganz was anderes.

Ob es Reflex war oder pure Absicht, weiß ich nicht mehr genau. Auf jeden Fall hielt ich meinen rechten Fuß ganz bewusst zwischen seine Beine, als er mit dem Tablett an uns vorbei wieder Richtung Bug marschierte. Klirr, klöng, rums ...! Die Hälfte des heißen Glühweins landete auf meiner Hose. Ich schrie vor Schmerz laut auf, packte mir den gestrauchelten Quacksalber am Schlafittchen und verpasste ihm eine saftige Ohrfeige: «Pass doch auf, du Idiot.»

Bevor Thorsten zurückschlagen konnte, sprang Birkel zwischen uns und hielt uns mit seinen mächtigen Armen auf Distanz. Ein kleiner Tumult brach aus. Auf einmal drehte sich alles auf der Barkasse nur noch um unsere kleine Rangelei.

Doktor Thorsten verlor jegliche Contenance und brüllte mich wütend an: «Sind Sie völlig verrückt geworden? Ich zeig Sie an, Sie Asi! Körperverletzung, das wird teuer!»

Wir versuchten beide, uns laut keuchend aus Birkels Schraubstockgriff loszustrampeln, doch gegen dessen Urgewalt hatten wir keine Chance.

Mitten in diesem ganzen Chaos hörte ich plötzlich Philipp schreien: «Mama, da vorne ist Atze! Aaatze!»

Er sprang auf und lief auf mich zu. Ute starrte ihm ungläubig hinterher. Ihr Gesicht war ein einziges Fragezeichen. Fassungslos und verwirrt folgte sie dem Jungen und ging auf uns Streithähne zu.

Philipp sprang mir freudestrahlend um den Hals, worauf Birkel mich losließ. Den Fantakäufer und Glühweinverschütter hielt er unbarmherzig weiter in Schach. Thorstens Proteste verstand man nur mühsam, da ihm offensichtlich die Luft zum Sprechen fehlte. Eisenhart, aber optisch einwandfrei hatte Birkel sein Opfer neben sich auf die Sitzbank gedrückt. Die beiden sahen aus, als ob sie Kumpel wären und ihren Ausflug genössen. Philipp war außer sich vor Freude. «Das ist ja toll, dass du auch da bist! Mama und ich sitzen da vorne. Setzt du dich gleich zu uns?»

Dann stand auch Ute vor mir: «Was machst du denn hier?»

«Tja, Ute, gute Frage. Aber wenn ich dich hier so mit diesem Lackaffen» – ich deutete auf Thorsten – «sitzen sehe, dann frage ich mich nur noch ... was machst du eigentlich hier?»

Verärgert schaute sie mich an. «Ach, daher weht der Wind. Monsieur Schröder ist eifersüchtig. Mein Gott, wie lächerlich.»

«Lächerlich? Lächerlich? Ich sag dir mal, was lächerlich ist. Lächerlich ist, dass du mit diesem Eierkopp hier in Hamburg auf kleine Familie machst, anstatt mit einem alten Freund wie mir in den Center Parc ins Sauerland zu fahren.»

Mit großem Interesse verfolgte das komplette Boot unsere Unterhaltung. Selbst Thorsten versuchte sich einzumischen: «Wir mmmpf.»

Weiter kam er nicht, weil Birkel ihn in den Schwitzkasten nahm und ihm dabei grob den Kopf tätschelte. Ute kam schnell in Fahrt: «Sag mal, Atze, ist das wirklich dein Ernst? Das ist wirklich das Peinlichste, was ich jemals gehört habe. Was geht dich das überhaupt an, was wir hier machen?»

Ich suchte krampfhaft nach ein paar Spatzen, die mein Lied sangen: «Das geht mich eine ganze Menge an. Selbst deine Mutter ...»

Sie schnitt mir wütend das Wort ab: «Ja, stimmt. Meine Mutter hat mir gestern erzählt, was du dir für ein Ding geleistet hast. Stinkbesoffen nachts um drei meine alte Mutter anzurufen und sie über meine Privatangelegenheiten auszuquetschen, das ist doch wohl das Allerletzte. Wie billig! Du solltest dich was schämen. Das ganze Affentheater hier abzuziehen, nur weil ich mich mit Thorsten treffe, um ein paar Formalitäten wegen Philipps Ausbildungsfonds zu klären! Was kommt als Nächstes, Atze? Ich hab die Schnauze gestrichen voll von deinen Eskapaden. Mir reicht's jetzt. Du sagst mir jetzt auf der Stelle, was das ganze Theater hier zu bedeuten hat, sonst ist es aus mit unserer Freundschaft!»

Mittlerweile hielt selbst der Käpt'n die Fresse und starrte gebannt mit dem Rest der Meute auf unser Drama. Vor allem starrten sie mich an. Jetzt musste mir dringend etwas Gutes einfallen.

«Ja, Ute, was hat das alles wohl zu bedeuten? Das will ich dir gern sagen! Warum mach ich das wohl alles? Warum? Was glaubst du, warum?»

Herausfordernd sah sie mich an: «Ja, warum? Sag es mir Atze, warum?»

«Warum? Weil ... weil ... ich ... weil ich ... weil ich ...»

Ich spürte, wie tief in mir eine Urgewalt brodelte und sich erbarmungslos wie ein Vulkanausbruch in Bewegung setzte. Mein Herz raste, und ich zitterte am ganzen Körper. Hilflos ruderte ich mit meinen Armen in der Luft herum und versuchte, das drohende Gefühlserdbeben unter Kontrolle zu bringen. Alles um mich und Ute herum nahm ich nur noch verschwommen wahr, und ich fühlte mich wie gefangen in einer Zeitlupenmaschine. Dann brach es aus mir heraus:

«WEIL ICH DICH LIEBE, VERDAMMT NOCH MAL! ICH LIEBE DICH! REICHT DIR DAS ALS BEGRÜNDUNG?! ICH! LIEBE! DICH!»

Ich ließ die Arme fallen, schaute ihr tief in die Augen und murmelte: «Ute, ich liebe dich.»

Für einen Moment herrschte Totenstille, dann brandete tosender Beifall auf. Selbst der Käpt'n meldete sich über Lautsprecher und tutete wie wild mit dem Horn. «Du darfst die Braut jetzt küssen!», schallte es über den Lautsprecher.

Das ließ ich mir nicht zweimal sagen. Ehe ich mich's versah, schlang Ute ihre Arme um mich, und wir küssten uns leidenschaftlich.

«Ich liebe dich auch, du bekloppter Idiot», flüsterte sie in mein Ohr und wischte sich die Tränen von der Wange. «Ich liebe dich auch.»

Stunden später lagen wir glücklich nebeneinander im Hotelbett. Philipp schlief selig im Nebenzimmer. Birkel und Thorsten waren mittlerweile ein Herz und eine Seele und tranken Arm in Arm kontrolliert die Hotelbar leer. Liebevoll legte Ute ihren Kopf auf meine Brust. Vorsichtig fragte ich: «Meinst du, das wird was mit uns?»

Sie lachte kurz, hob den Kopf und sah mir lange in die Augen: «Keine Ahnung, aber wir können es ja mal probieren.»

Nachspiel

Fünf Monate später hatte sich eine Menge getan in der Kurt-Schumacher-Straße 10. Die Umbauarbeiten in unseren Wohnungen waren so gut wie abgeschlossen, und Philipp benutzte die Wendeltreppe nach oben in Utes und mein neues Schlafzimmer öfter, als es Oma Maria lieb war. Maria war in Utes Wohnung gezogen, und Philipp hatte sein altes Zimmer dort unten behalten. Mit ihr als Tagesmutter sollte die kommende Schulzeit nächstes Jahr entspannt ablaufen, ohne dass Ute weniger Stunden arbeiten musste.

Nächtelang hatte ich auf sie eingeredet: «Warum tust du dir diesen ganzen Schulstress an? Bleib doch schön zu Hause. Du kannst doch nach dem Spülen in Ruhe einkaufen und dir danach bei Vanessa die Nägel machen lassen. Das kann die. Da ist sie top. Schön French Style mit 'nem schicken Brilli drauf. Warum soll man nicht zeigen, wenn es einem gutgeht?»

Statt einer Antwort schlug sie mir jedes Mal punktgenau auf dieselbe Stelle am Oberarm. Zwecklos. Madame liebte ihren Beruf.

Ostern verbrachten wir mit Birkel und seiner Hasi in deren großer Finca auf Ibiza, abseits des ganzen Partytrubels im wunderschönen Norden der Insel. Dort verliebte sich Ute ganz entgegen ihrer anthroposophischen Vorliebe für Holzautos in Birkels geräumigen Mercedes-Kombi. Seitdem lag sie mir ständig in den Ohren, ich solle doch meinen Porsche an die Sonne hängen, damit wir endlich ein geräumiges Familienauto hätten. Ich sagte: «Ja nee, is' klar. Was kommt als Nächstes? Ein Meerschweinchen? Ein Hund? Ein Pferdeanhänger?»

Aber wenn Frau Waldorf sich mal was in den Kopf gesetzt hat, ist sie wie vernagelt. Zu allem Überfluss musste ich auch noch zugeben, dass die Fahrt im Porsche vom Flughafen Düsseldorf nach Hause mit den drei großen Koffern auf der Rückbank eine echte Tortur gewesen war. Natürlich nur für mich, denn Philipp saß ja schön bequem vorne in seinem Kindersitz, und Ute fuhr. Sie fuhr so selbstverständlich wie eine weibliche Ausgabe von Sebastian Vettel, mit allen Finessen: rasante Beschleunigung, erstaunliche Kurvenlage und immer schön Lichthupe! Das hätte ich mal machen sollen, dann wäre wieder drei Wochen Theater in der Hütte gewesen!

Da Utes alter Twingo vor dem Urlaub sowieso nicht mehr durch den TÜV gekommen war, standen wir eines schönen Nachmittags im Showroom der Mercedes-Niederlassung Örtelkemper in Essen. Eine attraktive Frau Schmitt begrüßte uns freundlich. Fachmännisch trug ich mein Anliegen vor: «Wir – vor allem aber meine entzückende Lebensgefährtin hier – suchen ein Auto.» Das Wort Kombi wollte mir einfach nicht über die Lippen kommen. Freundlich lachte sie: «Das trifft sich gut, wir verkaufen sogar welche. Ich muss nur noch ein kurzes Telefonat führen, aber dann bin ich gleich ganz für Sie da. Schauen Sie sich doch bitte schon mal ein bisschen um.»

Wir schlenderten zwischen den diversen Modellen herum. Kaum hatte Frau Schmitt die Tür zu ihrem Büro geschlossen, tauchte wie aus dem Nichts ein öliger Endfuffziger im lässigen Karosakko auf. Mit weit ausgebreiteten Armen und einem falschen Lächeln dröhnte er auf uns zu: «Da isser! Da isser ja! Atze! Atze Schröder! Der King of Kamedy und seine reizende Gattin.»

Ehe Ute ihren Kopf wegdrehen konnte, hatte er sie an sich gerissen und ihr seine Nase links und rechts stoppelig auf die Wange gedrückt. Mir haute er jovial auf die Schulter. Ungerührt fuhr er mit seiner schmierigen Charmeoffensive fort: «Gestatten, Rolf Breuer. Einfach zu merken, weil – lieber zu Breuer, sonst wird's zu teuer! Hahaha! Spaß beiseite. Herr Schröder, ich steig mal gleich mit der Rot-Kreuz-Frage ein: Wie kann ich helfen?»

Fasziniert von so viel Elend, warf ich spontan den ersten Köder aus: «Vielen Dank, Herr Breuer, aber Ihre Kollegin Frau Schmitt kümmert sich schon um uns.»

«Ja, das seh ich, wie die sich kümmert! Herr Schröder, nix für ungut, aber jetzt mal unter uns Blutsbrüdern ...»

Verschwörerisch zog er mich von Ute weg, die immer noch wie paralysiert auf sein Takko-Sakko starrte. «Also, Herr Schröder, ganz im Vertrauen: Nix gegen Frau Schmitt, die ist fachlich gut – aber lesbisch!»

Er zwinkerte mir wissend zu. «Was sucht er denn?»

Ich war begeistert von diesem Schmierlappen und ignorierte Utes flehentliche Blicke. Ich liebe es, wenn sich solche Typen um Kopf und Kragen labern.

«Meine Freundin hätte gerne eine von euren großen Familienkutschen. Am besten so eine umweltfreundliche.»

«Herr Schröder, alles klar, ich hab verstanden!»

Rums, haute er mir seinen Ellenbogen in die Seite und zwinkerte wie ein Wilder auf mich ein: «Die Steigerung von Lebensgefahr ist immer noch Lebensgefährtin. Hahaha! Kennze eine, kennze alle! Die Namen sind austauschbar. Atze! Hahaha. Spaß beiseite, Herr Schröder, ich hab hier genau Ihr Auto.»

Er hakte sich bei Ute und mir unter und zog uns durch den Verkaufsraum, bis wir vor einem schneeweißen SLS-63-AMG-Sportwagen standen. Begeistert riss er die Flügeltüren auf und zeigte auf die bordellrote Lederausstattung: «Hammer, wa? Wird hart, wenn man's streichelt.»

Und zack! – hatte ich den nächsten Ellenbogen zwischen den Rippen. Was für ein Vollspacken! Ich versuchte sanft, ihn vom Kurs abzubringen:

«Herr Breuer, tolles Auto, aber das ist doch keine Familienkutsche.»

«Weiß ich doch, Atze – dafür geht der aber lang über 300! Ich sach mal so: Was ist besser als viel Hubraum? Noch mehr Hubraum! Hahaha. Hat auch 'nen schönen Nebeneffekt. Wenn du hier voll aufs Gas trittst, dann zieht's Frau Gattin schön die Falten aus'm Gesicht! Sparst du die Kohle fürs Botox. Hahaha!»

Ich konnte echt nicht genug kriegen von diesem hirnlosen Sülzkopp. Von Ute war mittlerweile weit und breit keine Spur mehr zu sehen. Gerade als mein persönlicher Alleinunterhalter zum nächsten todsicheren Kalauer anhob, kam sie mit Frau Schmitt Arm in Arm um die Ecke. Mit liebevollem Blick fragte ich sie schmunzelnd: «Schatzi, hast du dein Traumauto gefunden?»

Glücklich und zufrieden nickte sie: «Frau Schmitt hatte genau das richtige für mich. E-Klasse Kombi mit integriertem Kindersitz für Philipp. Du musst nur noch unterschreiben.»

Ich verabschiedete mich von meinem Herrn Breuer, der sprachlos und mit offenem Mund an der Flügeltür lehnte. Dann unterschrieb ich den Kaufvertrag, sammelte Philipp ein, und wir marschierten zufrieden ins Eiscafé «Venezia».

«Wann verkaufst du denn den Porsche?», fragte Ute scheinbar beiläufig mit Blick auf die Eiskarte. Ich lächelte breit. «Gar nicht, meine kleine Moosrose. Das ist mein Lebensstil. Der gehört zu mir wie die Locken und die Stiefel. Das wird sich nie ändern.»

Belustigt schaute sie mich über unseren Freundschaftsbecher an und warf mir einen Kuss zu: «Das wollen wir doch mal sehen ...»

Zugabe

Nach jeder gelungenen Aufführung geht der Vorhang noch mal hoch, weil der Künstler eine Zugabe geben muss.

Immer wieder hörte man in den typischen, für gewöhnlich gut unterrichteten Kreisen so Gerüchte: «War da bei ‹Wetten, dass..?› nicht was mit der Halle Berry?» ... «So, wie die dich angeguckt hat ...» ... «Komm, gib's doch zu!»

Hier nun meine Version der Geschichte. Viel Spaß!

Euer Atze

König der Berge

Es war Anfang Oktober, und die Insel machte mich langsam meschugge. Im Grunde gibt es auf Gran Canaria ja auch nicht viel anderes als sonnenverbrannte Rentner mit Serrano-Schinken-Haut und holländische Swingerclubs, die mit ihren Käsemauken durch die FKK-Dünen staksen, um sich gegenseitig einen unterzuheben. Also ließ ich den Strand links liegen und suchte meine Ruhe in den Bergen. Genau der richtige Ort, um sich zu erholen und in der Einsamkeit der großzügig vorhandenen Wanderwege die gestresste Seele baumeln zu lassen. Helga packte mir ein paar Brote in meinen Rucksack, und dann zog ich einfach los und marschierte durch die wunderbare Natur.

Ich hatte mich zu einer zünftigen Brettl-Jause niedergelassen und bedeckte einen alten, knorrigen Baumstumpf mit meinem weißen Lieblingstaschentuch, in das Helga mir zu meiner großen Freude meine Initialen und ein Porsche-Wappen gestickt hatte. Um mich herum nur meditative Stille und Einsamkeit. Ein glasklarer Gebirgsbach plätscherte auf seinem Weg ins Tal vor sich hin. Behutsam nahm ich den Proviant aus dem Rucksack und öffnete neugierig die Tupperdose. Mit dem kleinen Spaten meines Victorinox-Explorer-XL-Survivor-Messers hob ich eine

Grube aus und verscharrte sorgfältig Helgas fetttriefende Chorizo-Stullen.

Dann suchte ich den Rucksack verzweifelt nach essbaren Alternativen ab. In einer Seitentasche fand ich ein altes Raider. Raider! So hieß doch Twix vor zwanzig Jahren! Ich versuchte den antiquierten Schokoriegel aufzureißen, dabei zerbröselte er. Hastig kramte ich in den vorderen Rucksackfächern und stieß auf eine schmal gerollte Zigarette. Vorsichtig roch ich daran. Kein Zweifel – das war allerfeinstes Thai-Gras, eine der besten Marihuana-Sorten überhaupt. Wenn das kein Zeichen war! Wie heißt es doch so schön? Der Mensch lebt nicht vom Brot allein. Ich roch noch mal an dem Zeug. Irgendwie kam mir das vor wie ein Déjà-vu ... wie kam der Sticky in den Rucksack? Ich konnte mir nicht vorstellen, dass Helga außer ihren Mentholzigaretten noch andere bewusstseinserweiternde Substanzen zu sich nahm. Außer Eierlikör vielleicht.

Dann fiel mir plötzlich wieder alles ein: Den Sticky hatte ich bei meinem letzten Besuch in Las Palmas im Februar 2008 in der Hippiekneipe «San Francisco» von einem vertrauenswürdigen Alt-68er geschenkt bekommen, weil er mich mit meinem wilden Lockenkopf für die weiße Wiedergeburt von Jimi Hendrix hielt. Der Typ war die Härte! Er hatte die ganze Freaknummer drauf: Stirnband um die verfilzte, ergraute Zottelmähne, Palästinensertuch um den Hals, dreißigtausend Lederarmbänder am Arm, bunte Batikklamotten, Jesus-Latschen und die obligatorischen Zahnstumpen im Mund. Mit verschwörerischer Miene hatte mir dieser wettergegerbte Vollbart-Zottel noch ins Ohr geflüstert: «Sei vorsichtig mit diesem Joint. Vergiss nicht

Purple Rain, Jimi! Nur einen Zug zu viel, und du öffnest die Büchse der Pandora.»

Was blieb mir anderes übrig, als dieses von Gott gegebene Zeichen zu akzeptieren? Ich nahm mein altes Zippo-Sturmfeuerzeug und entzündete den Sticky mit dem thailändischen Gras ehrfürchtig. Respektvoll inhalierte ich den ersten Zug. Sofort meldete sich der Nichtraucher in mir: Bah, das schmeckte auch nicht besser als eine Lord Extra. Ich hustete in die klare Bergluft und nahm direkt den nächsten tiefen Zug. Ich musste lachen. Jimi Hendrix, Purple Rain – ja nee, is' klar! Sonst noch was? Dass diese alten Hippies auch immer so schrecklich übertreiben müssen. Büchse der Pandora. Was für ein Quatsch. Wenn ich mal einen Wodka Red Bull trinke statt Pils, kippe ich ja auch nicht gleich um. Lächerlich. Beherzt nahm ich noch einen dritten Zug und machte mich gutgelaunt auf den Heimweg. Ich lief und lief und lief. Mein Gott, ich lief wie irre, aber ich kam aus diesem verdammten Tal einfach nicht mehr raus. Alle Wege drehten sich im Kreis und führten mich immer wieder zum Ausgangspunkt. Es war wie verhext! Als ich zwei Stunden gelaufen war, brach ich vor Erschöpfung fast zusammen. Der Schweiß lief mir in Strömen über das Gesicht, und ich japste kurzatmig nach Luft.

Ich setzte mich ins Moos, lehnte mich an einen Baumstamm und versuchte, ruhig zu atmen. Das Herz hörte auf zu rasen, und ich bekam wieder etwas Luft in meine Lungen. Ich hatte auf einmal einen Riesenschmacht. Ein Königreich für eine Leberwurstkniffte und eine ordentliche Portion dänischen Gurkensalat! Hätte ich doch bloß eine von den Chorizo-Stullen gegessen. Aber hinterher ist man ja immer schlauer. Gerade als ich wieder aufstehen wollte, um weiterzulaufen, hörte ich plötzlich eine vertraute Stimme über mir:

«You're my heart, you're my soul.
You can win, if you want,
Geronimo's Cadillac.
Brother Louie-Louie-Louie,
if you want it, you can win.»

Verwundert schaute ich nach oben. Ich traute meinen Augen nicht, aber es gab keinen Zweifel: Da oben in der Baumkrone saß Thomas Anders in einem schneeweißen Overall auf einem dicken Ast. Um den Hals trug er eine schwere goldene Atze-Kette. Seine Frisur saß perfekt, und obwohl es mittlerweile sehr windig geworden war, rührte sich kein Haar in seiner seidigen Mähne. Gütig lächelnd schaute er auf mich herunter. Offenbar erwartete er eine Antwort von mir. Völlig entgeistert sagte ich: «Thomas, was soll der Mist? Komm da runter, du erkältest dich noch!»

Er nickte seltsam, sprang mir mitten ins Gesicht, und ich verlor das Bewusstsein. Nach einer gefühlten Ewigkeit erwachte ich mit einem Brummschädel, schaute auf die Uhr und stellte fest, dass erst fünfzehn Minuten vergangen waren. Ich raffte mich auf, nahm meinen Rucksack und stiefelte nach Hause, Richtung «Las Rebajas».

Was zur Hölle war das gewesen? Eine Halluzination? Hatte ich beim Aufreißen des «Raider» aus Versehen einen Krümel eingeatmet und ihn nicht vertragen? Oder hatte der alte Hippie mit seiner Prophezeiung recht gehabt? Ich überlegte lange, dann hatte ich den Sinn dieser Erscheinung und ihre mysteriöse Botschaft verstanden: Ich würde in Zukunft die Finger von solchem Zeug lassen. Wie sagt schon mein alter Kumpel Micky immer: «Mir ist die Bluse der Pamela lieber als die Büchse der Pandora.»

Am nächsten Tag packte ich meinen Koffer, drückte Helga einen dicken Abschiedskuss auf die Schnute und bestieg den Flieger nach Düsseldorf.

Ich musste dringend zurück nach Deutschland. Die Arbeit rief. Mehrere TV-Shows, einige Galas – und außerdem ging bald die Tournee wieder los. Frisch renoviert, wie ich war, liebte ich meinen Beruf wieder aus vollem Herzen und gab alles, um keinen zu enttäuschen.

Ich hatte gerade die ersten Tournee-Auftritte absolviert, als meine lieben Freunde vom ZDF in Mainz anriefen: «Atze, wir brauchen dich als Assistent bei ‹Wetten, dass..?›.»

Nanu, was war passiert? Die eigentliche Assistentin von Moderator Markus Lanz war seit der ersten neuen Sendung vor drei Wochen keine Gewichtigere als «Cindy aus Marzahn». Doch aufgrund einer Rückenverletzung musste sie kurzfristig absagen. Ich nahm an, dass sie beim Sprung durch den brennenden Reifen in einer Sea-World-Vorstellung falsch auf die Wasseroberfläche geklatscht war und sich dabei den zarten Rücken verknackst hatte.

Ich wollte eigentlich absagen, weil an ebenjenem Samstag unser traditioneller Männerabend auf Hajos Terrasse anstand, also rief ich meinen lieben Freund Markus Lanz in seinem Heimatdorf in Tirol an. Sofort erinnerten wir uns an unsere gemeinsame Bergwandertour durch die zauberhaften Dolomiten. Ich glaube, es war Ostern 2006. Es lag noch ungewöhnlich viel Schnee auf den Gipfeln, als wir Richtung Sellamassiv loszogen. Auf meinen Rat hin hatten wir ein wenig Bergausrüstung eingepackt. Zwei Sigg-Flaschen randvoll mit Ovomaltine und meinen geliebten Wanderstock mit der sehr seltenen Plakette des Verkehrsvereins Goslar. Auf Markus' Rucksack prangte ein auffälliger Aufnäher: «K2 – King of Himalaya». Na, wenn er meint ... letzten Endes ist das doch auch nur ein Berg wie der Kahle Asten.

So zogen wir gutgelaunt im Frühtau zu Berge, nur begleitet von Markus' treuer Bernhardinerhündin Margot. Zügig gewannen wir an Höhe und sprachen über unsere gemeinsame Liebe zu alten Luis-Trenker-Filmen. Gegen Mittag begann es fürchterlich zu schneien. Man sah die Hand vor Augen nicht mehr. Erst in letzter Minute fanden wir Unterschlupf in einer windschiefen alten Schutzhütte der Bergwacht. Vorsichtig lösten wir das Holzfässchen an Margots Halsband und genehmigten uns ein herrliches Gläschen Käpt'n-Hansen-Rum.

Die Eiszapfen an meiner Brille schmolzen, die Turnschuhe trockneten. Der tobende Schneesturm konnte uns nicht mehr gefährden, und die Stimmung hätte kaum besser sein können. Markus ist einer der begnadetsten Witzeerzähler, die ich kenne. Er haute ein Dingen nach dem anderen raus: «Treffen sich zwei Jäger, beide tot!»

Ich schrie vor Vergnügen. Selbst der Hund konnte sich ein Grinsen nicht verkneifen. Während Markus genüsslich Rum nachschenkte, konterte ich schnell mit meinem Lieblingswitz: «Herr Doktor, Herr Doktor, der Simulant von Zimmer 7 ist gestorben ...», weiter kam ich nicht, denn wir fielen uns prustend in die Arme. Um die Hütte ein wenig gemütlicher zu machen, holten wir Bärenfelle aus einer uralten Bergwachttruhe. In dem alten, verlassenen Kachelofen lagen zu unserer Überraschung zwei getrocknete Klafter Rotbuche, die schnell entzündet waren und behagliche Wärme in unsere Unterkunft brachten. Glucksend schenkte ich aus einer unserer Reserveflaschen Rum nach, als Margot unruhig wurde. Besorgt sagte Markus: «Hier stimmt was nicht. Das macht sie normalerweise nie.» Ich nahm einen tiefen Schluck und versuchte im Angesicht der unsichtbaren Bedrohung ganz ruhig zu bleiben. Markus hatte recht: Irgendwas stimmte hier ganz und gar nicht. Das Tier wurde immer nervöser. Wölfe? Um diese Jahreszeit? Auf dieser Höhe? Eher unwahrscheinlich. Trotzdem zog ich das lange Bajonettmesser aus der drehbaren Spitze meines Wanderstocks. Ich gab Markus ein Zeichen. Auf sein Nicken hin riss ich die Tür auf, und er hechtete mit einem tollkühnen Satz nach draußen. Ich folgte ihm fast unsichtbar und mit anmutigen Bewegungen lautlos in den Schnee. Vor unseren Augen spielten sich dramatische Szenen ab: Ein junges Reh hatte sich in einer Bärenfalle, die rücksichtslose Wilderer ausgelegt hatten, beide Beine gebrochen. Markus legte zwei Finger auf die Halsschlagader hinter dem linken Ohr und schaute mich mit Tränen in den Augen an: «Ich kann nichts mehr für sie tun. Mach du es.» Ich wusste sofort, worauf er anspielte. Wie oft hatte ich ihm von meiner großen Leidenschaft, dem Stierkampf, erzählt! Dumm gelaufen, denn ich kannte diese bekloppte Sportart natürlich nur aus den Romanen Hemingways – das hatte ich ihm natürlich verschwiegen. Wie stand ich jetzt da! Ein tiefes Schweigen lastete auf uns, doch ich wusste instinktiv, was ich zu tun hatte. Durch das orkanartige Schneegestöber tastete ich mich bis zur vierten Rippe des braven Tieres. Mit dem beherzten Griff ans Messer erschreckte ich das arme Geschöpf so sehr, dass sein schwaches Herz versagte und es tot zusammenbrach.

Von nun an hieß es «Lanz kocht!». Herrlich. Während wir uns erleichtert mit einer frischen Lage Rum zuprosteten, kramte Markus schon im Rucksack nach dem zusammenklappbaren Schuhbeck-Gewürzregal. Unter Absingen der heimlichen Hymne aller Bergsteiger, «La Montanara, die Berge, sie grüßen dich», brutzelte Markus, der begnadete Hobbykoch, ein Rehrückenfilet über dem offenen Feuer. Es schmeckte unvergleichlich gut. Margot kaute zufrieden auf einem herzhaften Brustknochen herum. Nach dem Essen hatten wir keine Lust aufzuräumen, außerdem gingen unsere Rumvorräte zur Neige. Diesmal rettete uns Markus aus der prekären Situation: Er wählte mit seinem Handy die Nummer vom Taxiservice Tirol, und schon fünfzehn Minuten später saßen wir in der finnischen Holzsauna des Hilton-Hotels im romantischen Örtchen Geiselsberg. Ja, das Glück ist mit den Tüchtigen.

Und während Markus noch völlig euphorisch am Telefon weitere Details unserer Ostergeschichte auffrischte, dachte ich die ganze Zeit darüber nach, wie ich ihm die Absage für «Wetten, dass..?» unterjubeln konnte.

Während ich noch Luft holte, um endlich auf den Punkt zu kommen, erwähnte der smarte Frauenschwarm eher beiläufig, dass auch Halle Berry am Samstag in Bremen auf der Wettcouch sitzen würde. Ich war wie elektrisiert und grätschte erbarmungslos dazwischen: «Markus, jetzt lass mich dir doch auch endlich mal zusagen. Ich komm hier ja gar nicht zu Wort. Selbstverständlich bin ich dabei, ich lass dich doch nicht hängen. Ist doch Ehrensache!»

Was hätte ich auch sonst sagen sollen? Halle Berry und ich auf derselben Couch! So eine Gelegenheit lasse ich mir doch nicht entgehen!

Ich konnte das erotische Knistern zwischen mir und dieser wahnsinnig attraktiven Frau schon am ganzen Körper spüren. Allein wie sie bei James Bond im legendären Bikini den Fluten entstieg! Dann die unglaubliche Rappelszene mit Billy Bob Thornton in «Monster's Ball». Vor meinem geistigen Auge ritt sie auf mir, schrie vor Lust meinen Namen und krallte ihre roten Fingernägel tief in meinen durchtrainierten Rücken. Aaah! Ja, ja, ja! Auf meiner erotischen Wunschliste ist Miss Berry seit Jahren ein Stammgast in den Top 40, neben Christine Neubauer und Anne Will. Bei Letzterer bringt mich allein schon diese charmante Kombination aus Vor- und Nachnamen um den Verstand.

Schon am Donnerstag reiste ich zu den Proben nach Bremen. Alle Stars logierten natürlich im ehrwürdigen Parkhotel, in dem ich mir seit Jahren immer die schlaflosen Nächte in Bremen versüßte. Die Direktion der Edelherberge hatte mir ein Zimmer neben dem wunderschönen Superstar aus Hollywood gegeben. Solche Details unterscheiden Luxushotels von First-Class-Herbergen. Die Stimmung in der «Wetten, dass..?»-Crew war wie immer bestens, und an der Hotelbar war jeden Abend die Hölle los.

Dann kam der Tag der Sendung. Endlich trafen auch die Superstars ein. Im Backstage-Bereich von «Wetten, dass..?» herrschen traditionell immer großes Durcheinander und hektische Betriebsamkeit: Akteure werden geschminkt,

Tänzer proben letzte Schritte, Wettkandidaten feilen noch einmal an ihren Wetten. Ich erinnere mich, wie ich 2006 bei «Wetten, dass..?» in Düsseldorf war. In der Sendung waren damals unter anderem Robbie Williams und der Rapper 50 Cent zu Gast, der mit zwanzig seiner besten Buddys und einem riesigen Ghettoblaster den kompletten Garderobenflur in einen amtlichen Szene-Partyclub verwandelte.

Ich war also sehr gespannt, ob es hier in Bremen auch so abgehen würde. Wir saßen locker zusammen: David Garrett fiedelte ein wenig Zigeunerjazz auf seiner Straddi, und der gute Tom Hanks kloppte einen Gag nach dem anderen raus. Stimmung, Spaß und gute Laune. Als die Eurovisionsmelodie aus der Halle erklang, hatten wir schon fast vergessen, warum wir überhaupt da waren.

Markus eröffnete zusammen mit Robbie Williams die Show. Die Bremer im Saal standen vor Begeisterung kopf. Das fing ja gut an! Ich hatte als Assistent von Markus Lanz ordentlich Spaß, plante aber eine kleine Aktion auf eigene Rechnung: In der Tasche meines rosafarbenen Cindy-Kostüms hatte ich die alte Katzenmütze von Katis Mutter versteckt, die sie 25 Jahre lang im Essener Karneval trug. Als ich meinen Jungs den Männerabend abgesagt hatte, trugen sie mir nämlich zur Wiedergutmachung diese Spezialaufgabe auf: «Wetten, du schaffst es nicht, ‹Forrest Gump› in der Sendung das olle Dingen auf die Birne zu setzen?»

Ich hatte zwar noch keine Ahnung, wie ich das anstellen sollte, aber irgendwas würde mir schon einfallen. Die Chance bot sich schneller, als ich dachte. Während Markus in der ominösen «Lanz-Challenge» gegen einen Saalkandidaten sackhüpfen musste, setzte ich die männlichen Wettpaten als Begrenzungspfähle ein und stülpte Tom Hanks kurzerhand die bescheuerte Katzenmütze über. Er selbst fand das lustig und machte einige müde Katzenwitze. Auch Halle Berry kicherte und war bestens gelaunt. Von meinen Wunschgedanken und Phantasien befeuert, nahm ich mir fest vor, ihr im weiteren Verlauf der Nacht noch eine ganz besondere Überraschung zu präsentieren.

Mein Plan war ebenso perfide, wie er perfekt war. Ich hatte in all den Jahren auf Tournee und den damit verbundenen Aufenthalten in diversen Luxushotels von einem ausgebufften Concierge den Trick zur Öffnung aller elektronisch gesteuerten Türschließsysteme bekommen. Man benötigte dazu die Magnetkarte des jeweiligen Hotels, ein iPhone und natürlich eine ganze Menge technischen Sachverstand.

Auf dem iPhone drückt man im Nummernwahlblock eine achtstellige Zahlenkombination. Dann schaltet man das Gerät auf Bluetooth-Modus und überträgt den Code durch einen unterdrückten Anruf auf die Zimmerkarte. Wichtig ist dabei, das Handy vorher auf «Nicht stören» und «Mobile Daten aus» einzustellen, weil sonst eingehende Anrufe oder SMS sowie E-Mails die verlustfreie Übertragung des Crackcodes verhindern. Im Prinzip kinderleicht, wenn man den achtstelligen Code kennt. Ich kannte ihn, und ich war fest entschlossen, ihn zu benutzen.

Es funktionierte reibungslos, wie immer. Und so lag ich nur mit einem meiner besten und formschönsten Leopardenslips bekleidet in Halle Berrys kuscheligem Kingsizebett. Die Aftershowparty hatte ich mir gespart, und jetzt warteten mein treuer Gefährte und ich in freudiger Erwartung auf die Ankunft der schokoladenfarbenen Schönheit. Ich konnte schon spüren, wie sie sich mit allen Fasern ihres herrlichen Körpers nach mir sehnte. Keine Frage – hier würden sich zwei Erwachsene auf Augenhöhe begegnen.

Ich betete im Geiste das Kamasutra noch mal rückwärts her und schlief selig dabei ein. Eine eiskalte Hand an einer sehr empfindlichen Stelle weckte mich auf. «Surprise, surprise», hörte ich eine rauchige Stimme murmeln. Von da an ging es wirklich über Stock und Stein. Rustikal, robust und durchaus deftig. Gut, dass es so dunkel war, sonst wäre ich noch rot geworden.

Als ihr Furor vergangen war und sie von mir abließ, seufzte sie tief und mit eindeutigem Mainzer Dialekt in mein Ohr: «Woher wusstest du, dass das mein Zimmer ist? Das war nämlich vorher das Zimmer von Halle Berry, aber die ist ja gleich nach Berlin weitergefahren. So, mein Spätzchen – jetzt rauch ich schnell eine, und dann scheucht Mutti dich noch mal so richtig durch den Parcours.»

Ich weiß nicht, wie lange sie noch an mir rumgemacht hat. Irgendwann verlor ich während der Tortur das Bewusstsein. Aber so ist das eben mit dem ZDF: Mit dem Zweiten sieht man besser! Aber nur, wenn das Licht an ist.

MIX
Papier aus verantwortungsvollen Quellen
FSC® C083411

Das für dieses Buch verwendete FSC®-zertifizierte Papier *Lux Cream* liefert Stora Enso, Finnland.